Der Zweite Weltkrieg
Es war die Hölle
Mit neunzehn Jahren im Kessel von Stalingrad

Ernst-Ulrich Hahmann

Der zweite
WELTKRIEG

Es war die Hölle

Mit neunzehn Jahren im Kessel von Stalingrad

Erzählende Geschichte

Bibliografische Information der Deutschen Nationalbibliothek.

Die Deutsche Nationalbibliothek verzeichnet diese Publikation in der Deutschen Nationalbibliografie: detaillierte bibliografische Daten sind im Internet über http://dmb.ddb.de abrufbar.

Umschlagentwurf und Layout: Ernst-Ulrich Hahmann

1. Auflage
© 2015 Carola Hartmann Miles-Verlag Berlin

©2021 Hahmann / 2. überarbeitete Auflage

Herstellung und Verlag
BoD - Books on Demand, Norderstedt

ISBN 978-3-75433-84-6

9,99 Euro

Am 23.08.1942 stieß der Nordflügel der 6. deutschen Armee aus den Don Brückenkopf Wertjachi bis an die Wolga nordostwärts Orlowka vor und riegelte Stalingrad von Norden her ab. Die sich von Südwesten herankämpfende 4. deutsche Panzerarmee drang jedoch erst am 04.09. in die südwestlichen Ausläufer der Stadt ein. Die deutschen Truppen hatten bei der Stadt, die Stalins Namen trug die Wolga erreicht. Mit dem gezielten Angriff am 13.09. auf Stalingrad, unter der alleinigen Führung des Armeeoberkommandos der 6. Armee begann für mehr als 300.000 deutsche Soldaten ein Leidensweg ohne Beispiel und der Krieg zeigte sich von seiner grausamsten Seite. Die Schwere der Kämpfe in Stalingrad lassen sich am deutlichsten an den blutigen Verlusten ablesen.

Allein vom 21.08. bis 16.10 betrugen sie bei der 6. deutschen Armee 1.068 Offiziere und 38.943 Mannschaftsdienstgrade.

Im Verlaufe der Gefechtshandlungen zeichnete sich immer mehr ab, dass die vollständige Einnahme der Stadt mit den vorhandenen Kräften nicht zu erreichen sein würde. Warnungen über die Verschlechterung der Lage der deutschen Truppen an der Stalingrader Front schlug Hitler in den Wind.

Wie besessen war er von der Einnahme Stalingrads.

Die sich versteifende Haltung Hitlers kam bei der Lagebesprechung am 02.10. besonders deutlich zum Tragen. Der Adjutant des Heeres beim Führer, Major i. G. Gerhard Engel notierte damals:

Zeitzler und auch Jodl regen an, Einnahme der Stadt in zweiter Linie zu erwägen, um Kräfte freizubekommen; Hinweis auf verlustreiche Häuserkämpfe. Führer lehnt schroff ab und betont das erste Mal, dass Einnahme von Stalingrad nicht nur aus operativen Gründen, sondern auch aus psychologischen Gründen dringend notwendig sei, für Weltöffentlichkeit und Stimmung der Verbündeten.

Am folgenden Tag ließ sich Hitler auf die erneut von Zeitzler aufgeworfene Frage die H.Gr. freizubekommen, zu der Bemerkung hinreißen, *„das seien die typischen Halbheiten, die er vom Heer kenne"*. Stalingrad müsse *„Herausgebrochen"* werden, so erklärte er am 10.10. *„damit der Kommunismus seines Heiligtums beraubt"* werde.

Außerdem traute Hitler einen groß anlegten Angriff den sowjetischen Truppen zu keiner Zeit zu. So gab er noch zwei Tage vor Beginn der entscheidenden sowjetischen Offensive am 17.11. folgenden Befehl zur Fortführung der Eroberung Stalingrads durch die 6. Armee:

Armee-Oberkommando 6   *A.H.Qu., 17.November 1942*
Abt. Ia   *13.15 Uhr*

GEHEIM!

KR-Fernschreiben an Gen.Kdo. LI. A.K.
nachtr.: an Gen.Kdo VIII. FI. K.

Folgender Führerbefehl ist allen in Stalingrad eingesetzten Kommandeuren bis zum Rgt.Kdr. einschließlich mündlich bekannt zu geben:

„Die Schwierigkeiten des Kampfes um Stalingrad und die gesunkenen Gefechtsstärken sind mir bekannt. Die Schwierigkeiten für den Russen sind jetzt aber bei dem Eisgang auf der Wolga noch größer. Wenn wir diese Zeitspanne ausnützen, sparen wir uns später viel Blut.
Ich erwarte deshalb, dass die Führung nochmals mit aller wiederholt bewiesener Energie und die Truppen nochmals mit dem oft gezeigten Schneid alles einsetzen, um wenigstens bei der Geschützfabrik und beim Metallurgischen Werk bis zur Wolga durchzustoßen und diese Stadtteile zu nehmen.

Luftwaffe und Artillerie müssen alles tun, was in ihren Kräften steht, diesen Angriff vorzubereiten und zu unterstützen.

Der Führer
gez. Adolf Hitler"

Ich bin überzeugt, dass dieser Befehl unseren braven Truppen neuen Impuls geben wird.

gez. Paulus
AOK 6 Ia Nr. 4640/42g

<u>Quelle:</u> Percy E. Schramm: Kriegstagebuch des OKW, Band 2/2, Seite 1307.

Als einzige Verstärkung für die H.Gr. B wurde für die Zeit bis Anfang Dezember die Überführung der 6. Pz.Div. und zwei Inf. Divisionen aus Frankreich angekündigt.

Was folgte, war die Einkesselung der 6. deutschen Armee durch die sowjetischen Streitkräfte. Schätzungsweise eine Viertelmillion Soldaten wurden dabei eingeschlossen.

Abgeschnitten von der Versorgung durch die deutschen Transportflugzeuge aus der Luft, reichten kaum fünf Monate, um der 6. deutsche Armee den Todesstoß zu versetzen.

Deutschen Fliegern gelang es, in einem Opfergang ohnegleichen annähernd fünfundvierzigtausend Verwundete und Spezialisten auszufliegen. Auch sie waren zum größten Teil nur Gerettete auf Zeit und wurden unmittelbar oder etwas später zurück an die Front geschickt. Nur wenige hatten das Glück, dem Inferno des Krieges zu entgehen.

Als im Februar 1943 die Waffen schwiegen, blieben über einhundertfünfundvierzigtausend Stalingrad-Kämpfer auf dem Schlachtfeld zurück. Wer überlebte, vergaß die grauenhaften Bilder des Todes sein Leben lang nicht. Nach 72 Tagen erbitterter und verlustreicher Kämpfe, nach zweieinhalb Monaten Hunger und Kälte in den Ruinen der zerstörten Stadt gerieten annähernd neunzigtausend Soldaten in Gefangenschaft. Von den neunzigtausend deutschen Kriegsgefangenen kamen weitere siebzehn-

7

tausend auf den langen Märschen in die Gefangenschaft und bei eisiger Kälte ums Leben. Tausende und aber Tausende starben in den russischen Gefangenenlagern. Wie viele von ihnen in den späten vierziger und frühen fünfziger Jahren zurück nach Deutschland kamen, weiß niemand genau zu sagen. Es wird von sechstausend Menschen gesprochen.

6.000 von über 300.000

1. Den ganzen Vormittag war es bereits sommerlich schwül gewesen, als sich in den Mittagsstunden dunkle Gewitterwolken zusammenzogen. Bald darauf zuckten grelle Blitze über den Himmel und unter strömenden Regen rollte der Donner über die Dächer der Südharzstadt dahin. Blitze schlugen mit lautem Krachen ein, ohne jedoch besonderen Schaden anzurichten. Schon bald schien die Sonne wieder auf die weiten Fluren hernieder und trocknete mit ihren wärmenden Strahlen den feuchten Boden ab.

Zwanzig junge Männer, vielleicht waren es auch einige mehr, stiegen auf einen gewundenen Pfad den Burgberg hinauf.

Die Anhöhe lag in unmittelbarer Nachbarschaft einer kleinen Stadt.

Der Besuch der Burschen galt hier nicht der Gaststätte, wo die freundliche Wirtin heißes Wasser für Kaffee bereithielt. Und wer diesen nicht trinken wollte, konnte sich an Wein, Bier, Limo oder anderen Getränken gütig tun.

Bild 1: Ausflugsgaststätte und Tanzkaffe auf dem Burgberg, genutzt als Musterungsstützpunkt für die umliegenden Ortschaften.

Die Achtzehn-, neunzehnjährigen meldeten sich an diesem herrlichen Junitag, auf den mit Birken bewachsenen Burgberg, zur Musterung. Hier, in der beliebten Ausflugsgaststätte, einem zwischen den grünen Bäumen liegenden Tanzkaffe, hatte die deutsche Heeresführung den Musterungsstützpunkt für die umliegenden Ortschaften eingerichtet.

Der herrliche Ausblick auf die nahe gelegenen bewaldeten Höhen des Harzvorlandes ließen den einen und anderen vergessen, warum er überhaupt hier war. Das Auge konnte sich bei klarer Fernsicht, die das Gewitter im Gefolge hatte, wieder einmal sattsehen an der ganzen Pracht, die die Natur so verschwenderisch gespendet hatte. Da unten am Mühlengraben hatte sich das Wasser vom Gewitterregen so braun gefärbt, als hätte der Besitzer der Burgmühle für die ganze Unterstadt Schokolade gekocht und sie überlaufen lassen. Von drüben an den Türmen der Johanniskirche vorbei grüßte der Frauenberg mit seinem alten Kirchlein herüber, umrahmt von dem grünen Blätterwald zahlreicher Bäume. Die alten Wahrzeichen der Stadt, der Ravensturm, der sich scheinbar immer mehr nach der Seite neigte, und das Wernaertor gaben den zu Füßen liegenden Städtchen sein unverwechselbares Gepräge.

Heiß brannte mittlerweile die Sonne vom wolkenlosen Sommerhimmel auf die Ellricher Feldfluren mit den grünen Wiesen, den gelben Getreidefeldern und den dazwischen liegenden Ackerflächen, die künftige Kartoffelernten brachten.

Aus der Ferne grüßte der kegelförmige Staufenberg mit seinem neuen Aussichtsturm herüber. Ihm reihte sich der *Rote Schuss*, höher hinauf der Brandhay, dann die Beerenköpfe und der große Ehrenberg an.

Unter den jungen Männern befand sich auch ein 18-jähriger Bursche, der Werner genannt wurde.

Adolf Hitler hatte vor zwei Jahren, am 1. September 1939 vor dem Reichstag in Berlin verkündet, das die deutsche

Wehrmacht um 5.45 Uhr in Polen einmarschiert sei und das seither „zurückgeschossen" werde. Zwei Jahre lang befanden sich die deutschen Truppen, ob im Westen oder Osten, auf den siegreichen Vormarsch. Nichts und niemand schien auf der Welt in der Lage zu sein sich dieser militärischen Machtmaschinerie widersetzen zu können. Im Juni 1941 marschierten die deutschen Truppen in die Sowjetunion ein mit der lapidaren Begründung zur Schaffung von „Lebensraum im Osten" für das deutsche Volk und der gleichzeitigen Vernichtung des Weltkommunismus.

Bild 2: Musterungsjahrgang auf dem Burgberg bei Ellrich (12. Juni 1941).

Die nationalsozialistische Propaganda nutzte die positive Darstellung der großen und schnellen Erfolge der Wehrmacht in Polen, Norwegen, Dänemark und während des Westfeldzuges zur Prägung des deutschen Soldatenbildes in den Wochenschauen. Noch hatten die Kriegsbedingungen nicht die Dimensionen eines Weltbrandes erreicht, und die Kriegswochenschau war immer

11

bemüht das Landserleben mit einem gehörigen Schuss Abenteuerromantik zu umgeben. Sie förderte damit bewusst die Fehleinschätzung über das Soldatenleben, vor allem bei den jungen Menschen in der Heimat. Kein Wunder, das in ihren jugendlichen Übermut viele deutsche Burschen darauf brannten, mit der Waffe in der Hand ihren Beitrag für Großdeutschlands Zukunft zu leisten. In der Schule, im Elternhaus, in der Hitlerjugend und in der NSDAP wurde ihnen das Gefühl der Größe des Kampfes für ein edles Ziel eingeimpft. Sie wollten mit dabei sein beim Kampf gegen den Bolschewismus und Judentum, beim Kampf gegen den Untermenschen, bei der Errichtung des Großdeutschen Reiches, das die ganze Welt beherrscht, laut dem Motto der deutschen Nationalhymne:

„... heute gehört uns Europa und morgen die ganze Welt!"

Es war ein Krieg, der als Vernichtungsfeldzug geplant, vorgab die *Rettung des Abendlandes* zu sein, aber in seiner Summe eben dessen Moral und Ethik vollständig infrage stellte.

In Deutschland gab es Stimmen, die vor dem Großmachtstreben der neuen Machthaber warnten und auf deren menschenverachtende Politik hinwiesen.

Übertönt von der Begeisterungshysterie für den Nationalsozialismus, untergehend in den Schmerzensschreien der Gefolterten in den Gestapokellern, unterdrückt durch die brutale Behandlung und Ermordung unliebsamer Zeitgenossen in den Konzentrationslagern verhallten die Warnungen ungehört.

Nicht einer der jungen Männer ahnte damals auf dem Burgberg, was ihm die Zukunft bringen würde. Sicherlich hätte er dann das lang ersehnte *KV* der Ärztekommission weniger freudig entgegengenommen.

Aufgewachsen in einer Welt aus Mischung von Propaganda, Halbwahrheiten und Gerüchten war ihnen der Gedanke zum Widerstand oder Ungehorsam fremd.

Als die Gemusterten auf schattigen Pfad den Burgberg hinab stiegen, rollte auf dem eisernen Schienenweg ein Zug der Staatsbahn soeben den Bahnhof zu und hielt mit quietschenden Bremsen. Eine weiße Qualmwolke hinter sich herziehend setzte er nach kurzen Aufenthalt seine Weiterfahrt fort.

Bild 3: Blick über die Stadt Ellrich vom Burgberg aus (vor 1936).

Die weißen Berge Ellrichs, die so Vielen Erwerb brachten, schienen heute in der durchsichtigen Luft besonders nahe und leuchteten, von der Sonne beschienen, grell herüber.

Industrielles Leben pulsierte dort.

Am Fuße des Burgberges formierten sich die Männer zu einer Marschkolonne und schritten im Gleichschritt Richtung Stadtmitte.

Festen Schrittes ging es über das Kopfsteinpflaster der Nordhäuserstraße, vorbei am Postamt, vorbei an der Fleischerei Kraul und vorbei an der Bäckerei Hoppe hin zum Marktplatz. Lustig flatterten bunte Bänder an den blumengeschmückten Revers der

Jacken. Fröhlich klang der Gesang des Liedes, den ein Akkordeonspieler mit seiner Ziehharmonika *Verdi eins* der Firma Hohner begleitete.

Bild 4: Nach der Musterung - Marsch durch Ellrich (1941).

Vom Burgberg schau ich niederwärts auf meine Heimatstadt, gestreift vom Saum der Südharzpracht, ich sehe mich nicht satt. So oft ich dieses Bild an schau, wirds Herz mir warm und singt, und was die Seele heimlich fühlt dir laut zum Preis erklingt: O Ellrich meine Heimatstadt, wie lieblich liegst du da, gibts Schönere auch, doch du allein stehst meinem Herzen nah.

Führt mich der Weg wohl in die fern, und kehr ich müde zurück, erblick ich deine weißen Höhn, erfrischt mich Heimatglück. So heiter wird mir da zumut, so fröhlich eil ich heim, und wieder durch den Sinn mir zieht der alte liebe Reim: O Ellrich meine Heimatstadt, wie lieblich liegst du da, gibts schönere auch, doch du allein stehst meinem Herzen nah.

14

Gern wandre ich den Harz hinan und atme Höhenluft und labe mich am Tannengrün bis Glockenklang mich ruft. Leb wohl, mein Wald, ich geh nun heim, dein Zauber war mir hold, zwei schlanke Türme winken schon im letzten Abendgold: O Ellrich meine Heimatstadt, wie lieblich liegst du da, gibts schönere auch, doch du allein stehst meinem Herzen nah.

Rechts und links der Straße blieben auf dem Gehweg vereinzelt die Leute stehen und winkten der vorbeimarschierenden Truppe zu.

Der traditionelle Rekrutenumzug endete auf dem Marktplatz. Hier löste sich die Marschkolonne auf.

Nach einer kurzer Diskussion über das, ihr zukünftiges Leben bestimmende Ereignis eilten die jungen Männer in verschiedene Richtungen davon.

Nicht jeder ging sofort nach Hause, um vom Ergebnis der Musterung zu berichten. Mehrere Burschen rückten grölend in die Kneipe am Marktplatz ein um den Tag bei einem kühlen Bier und mit einem Nordhäuser Doppelkorn zu beschließen.

Unterschiedlich wurde in den Familien die Nachricht aufgenommen. Bei vielen hocherfreut, bei den einen und anderen nachdenklich, aber auch bei einigen mit Ablehnung.

Es verging noch fast ein Jahr, bis auch Werner die menschenverachtenden Auswirkungen des Krieges einholten. Er sollte ihre ganze Grausamkeit am eigenen Leibe zu spüren bekommen.

2.

Im April 1942 flatterte der Einberufungsbefehl des Wehrkreiskommandos in Form eines Briefes ins Haus. Der junge Mann sollte sich unverzüglich beim 3. Flak Ersatz Bataillon mot. 59 melden.

Da Deutschland sich im Krieg befand, bedeute dies für ihn, dass er sich innerhalb von 48 Stunden und nicht erst in einer Woche zu melden hatte.

Zu diesem Zeitpunkt bereiteten sich die deutschen Truppen auf die Sommeroffensive 1942 vor. Sie sollte unter Einsatz aller verfügbaren Reserven vorangetrieben werden und die Streitkräfte bis tief ins sowjetische Hinterland führen. Ziel war die Eroberung der Erdölfelder des Kaukasus und die Einnahme von Stalingrad.

Pünktlich um 11.00 Uhr fuhr am 17. April dampfend und schnaubend der Personenzug mit den buntgeschmückten Waggons im Gothaer Bahnhof ein. In freudiger Erwartung, aber auch mit gemischten Gefühlen sahen die einberufenen Rekruten die kommenden Tage und Wochen entgegen.

Immer langsamer werdend hielten die Waggons quietschend am überdachten Bahnsteig.

Die Neuen wurden bereits erwartet.

Kernige Marschmusik einer Militärkapelle tönte ihnen entgegen. Kaum war diese verklungen, schallten die ersten Kommandos über den Bahnsteig: „In Marschordnung antreten! ... Marsch! Marsch!"

Wie ein aufgeschreckter Haufen Ameisen liefen die Angekommenen durcheinander.

„Tempo! ... Antreten!"

Es dauerte eine Weile, ehe die Unteroffiziere halbwegs eine Marschordnung zuwege brachten. Mit dem Kommando: „Ohne Tritt! ... Marsch!" ging es ab in die Kaserne.

Werner gehörte zu den Menschen, die kaum 18-jährig aus ihrer Arbeit gerissen, innerhalb weniger Tage den Stuhl im Zeichenbüro der Firma Busse, mit dem harten und entbehrungsreichen militärischen Leben tauschte.

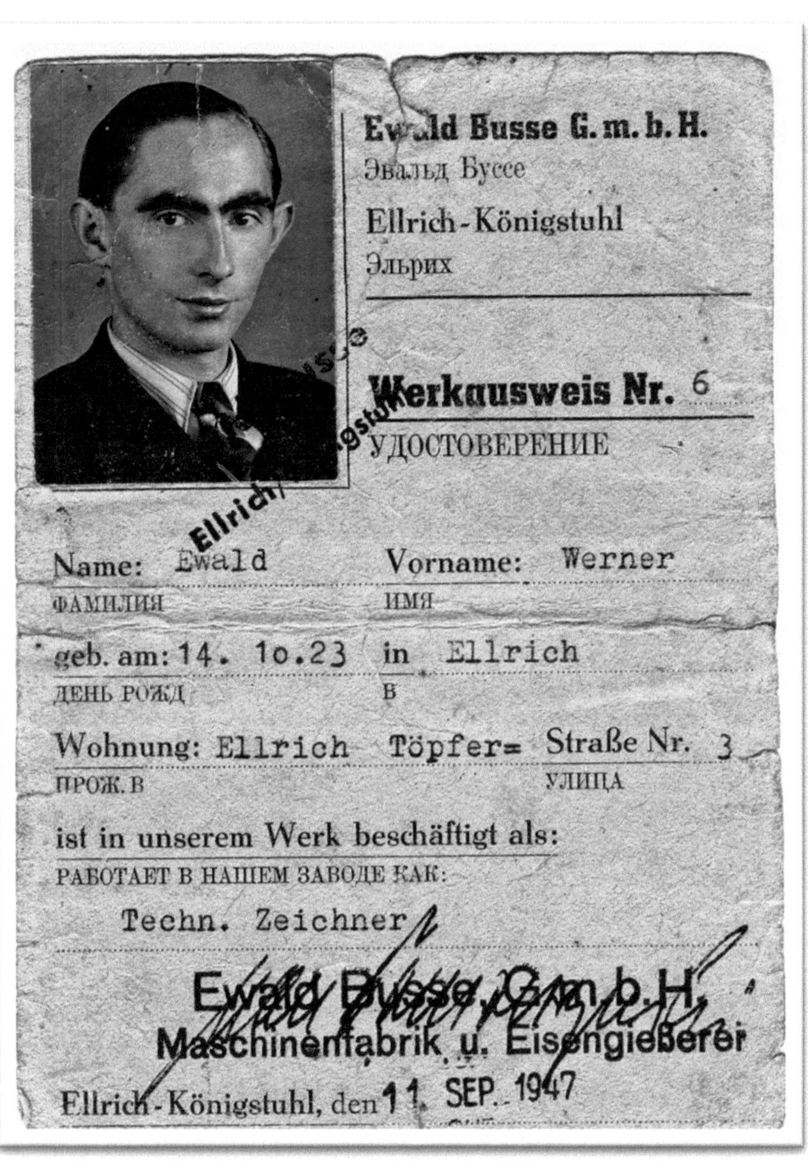

Bild 5: Betriebsausweis der Firma Busse GmbH.

Während der 14-tägigen militärischen Grundausbildung wechselte sich der theoretische Unterricht mit der praktischen Ausbildung ab. Drillmäßig wurde theoretisches Wissen, Erkenntnisse über die Bewaffnung und Ausrüstung, den Betriebsdienst und der Schießkunde gepaukt. Der Schwerpunkt der militärischen Ausbildung lag jedoch auf der Festigung der psychischen Widerstandskraft und der Steigerung der physischen Leistungsfähigkeit durch eine kriegsnahe Geländeausbildung. Das fast tägliche gefechtsmäßige Überwinden der nicht gerade mit leicht zu bezeichnenden Hindernisse der Sturmbahn taten ihr übriges.

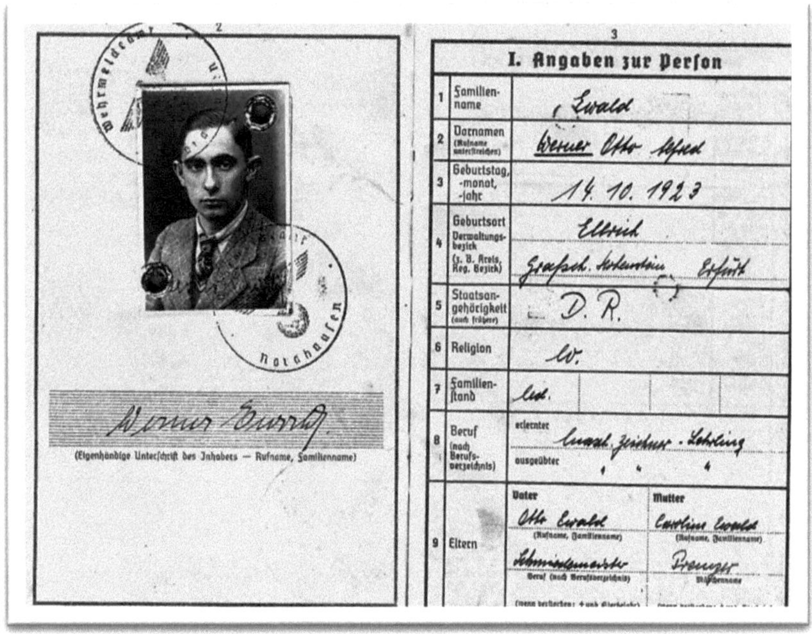

Bild 6: Wehrpass, ausgestellt vom Wehrmeldeamt Nordhausen.

Den Ausbildern ging es darum das die Jungs *hart wie Kruppstahl, zäh wie Leder und schnell, wie Windhunde wurden.* Dass dabei aber immer häufiger der Wunsch der Vater des Gedankens blieb, interessierte niemanden, denn durch die wachsenden Verluste in den erbittert geführten Kämpfen auf den Kriegsschauplätzen wurden besonders an der Ostfront dringend Soldaten benötigt.

Die Kaserne, das Übungsgelände, der militärische Drill und die fortwährenden Schikanen einiger altgedienten Unteroffiziere blieben Werner als hart und unmenschlich in Erinnerung.

Eine besonders bösartige Schikane traf einen von Werners Stubenkameraden. Beim Exerzieren passte dem Unteroffizier dessen Fußstellung nicht. Er hob das Gewehr hoch und schlug mit dem Kolben auf die Zehen des Rekruten. Der Schlag traf nicht nur den Zeh. Mit blau geschwollenem Fuß und unter ständigen Schmerzen musste er an der weiteren Ausbildung teilnehmen.

Für Wochen war er noch behindert.

Und was geschah mit dem Unteroffizier?

Nichts.

Alles ging seinen gewohnten Gang weiter.

Die Zeit für den Fronteinsatz drängte und die jungen Männer erhielten den letzten Schliff auf dem Heimattruppenübungsplatz, zu dem es immer im Fußmarsch ging und auf dem Rücken das mehr als 20 Kilo wiegende Marschgepäck mitführend.

Nach dem Abschluss der Ausbildung zum Flakschützen erfolgte die feierliche Ablegung des Fahneneides.

„Ich schwöre bei Gott diesen heiligen Eid, dass ich dem Führer des Deutschen Reiches und Volkes Adolf Hitler, dem Oberbefehlshaber der Wehrmacht, unbedingten Gehorsam leisten und als tapferer Soldat bereit sein will, jederzeit für diesen Eid mein Leben einzusetzen".

Der Kommandeur nahm ihn persönlich vor der entfalteten Truppenfahne ab.

Es folgten Tage der Ausbildung zum Funker. Nach den Bedingungen des Krieges gestaltete Übungen auf dem Truppenübungsplatz Ohrdruf folgten strapaziöse Besichtigungen der Einheit durch den Bataillonskommandeur.

<u>Bild 7</u>: Vereidigung in Gotha in der Bergkaserne. Am Pult der Bataillonskommandeur (1942).

Über dem gesamten Zeitraum der militärischen Grundausbildung wurde den Rekruten die These eingehämmert, dass der Kampf gegen die Sowjetunion ein unerlässlicher Präventivkrieg zur Verhinderung der Bolschewisierung Deutschlands sei.

Die von den Ausbildern gelehrten zehn Gebote der Kriegsführung des Deutschen Soldaten hörten sich in der Theorie zwar ganz vernünftig an, aber die grausame Wirklichkeit des Krieges sollte Monate später die Rekruten eines Besseren belehren, was es in der Wirklichkeit mit diesen auf sich hatte.

<u>10 Gebote der Kriegsführung des Deutschen Soldaten</u>

1. Der deutsche Soldat kämpft ritterlich für den Sieg seines Volkes, Grausamkeiten und nutzlose Zerstörung sind seiner unwürdig.

2. Der Kämpfer muss uniformiert oder mit einem besonders eingeführten, weithin sichtbaren Abzeichen versehen sein. Kämpfen in Zivilkleidung ohne solches Abzeichen ist verboten.

3. Es darf kein Gegner getötet werden, der sich ergibt, auch nicht der Freischärler und der Spion. Diese erhalten ihre gerechte Strafe durch die Gerichte.

4. Kriegsgefangene dürfen nicht misshandelt oder beleidigt werden. Waffen, Pläne und Aufzeichnungen sind abzunehmen. Von ihrer Habe darf sonst nichts genommen werden.

5. Dum - Dum - Geschosse sind verboten. Geschosse dürfen auch nicht in solche umgestaltet werden.

6. Das Rote Kreuz ist unverletzlich. Verwundete Gegner sind menschlich zu behandeln. Sanitätspersonal und Feldgeistliche dürfen in ihrer ärztlichen bzw. seelsorgerischen Tätigkeit nicht gehindert werden.

7. Die Zivilbevölkerung ist unverletzlich. Der Soldat darf nicht plündern oder mutwillig zerstören. Geschichtliche Denkmäler und Gebäude, die den Gottesdienst, der Kunst, Wissenschaft oder Wohltätigkeit dienen, sind besonders zu achten. Natural- und Dienstleistungen von der Bevölkerung dürfen nur auf Befehl von Vorgesetzten gegen Entschädigung beansprucht werden.

8. Neutrales Gebiet darf weder durch Betreten oder überfliegen noch durch Beschießen in die Kriegshandlungen einbezogen werden.

9. Gerät ein deutscher Soldat in Gefangenschaft, so muss er auf Befragung seinen Namen und Dienstgrad angeben. Unter keinen Umständen darf er über Zugehörigkeit zu seinem Truppenteil und über militärische, politische und wirtschaftliche Verhältnisse auf der deutschen Seite aussagen. Weder durch Versprechun-

gen noch durch Drohungen darf er sich dazu verleiten lassen.

10. Zuwiderhandlungen gegen die vorstehenden Befehle in Dienstsachen sind strafbar. Verstöße der Feinde gegen die unter 1 - 8 angeführten Grundsätze sind zu melden. Vergeltungsmaßregeln sind nur auf Befehl der höheren Truppenführung zulässig.

Nach 3-monatiger Ausbildung erhielt Werner am 4. Juli zwei Tage Heimaturlaub. Es sollte der Erste, aber auch der Letzte vor seinem Einsatz in Stalingrad sein.

Wie im Fluge vergingen die zwei Tage.

Zurückgekehrt zur Dienststelle lag bereits der Versetzungsbefehl zur 2. Komp. vor, gleichbedeutend mit dem baldigen Abmarsch an die Ostfront.

Es war der 20. Juli, ein herrlicher Sommertag.

Heiß brannten die Strahlen der Sonne vom azurblauen Himmel.

Im grünen Blätterwald der Bäume, die auf dem Gothaer Bahnhofsvorplatz standen, zwitscherten die Vögel ihr lustiges Lied. Nichts erinnerte hier an die Schrecken des Krieges, die auf dem östlichen Kriegsschauplatz die neuen Rekruten erwarteten.

Jäh wurde der fröhliche Gesang der Bundgefiederten, durch den schrillen Pfiff einer Lokomotive unterbrochen.

Der Transportleiter des Sonderzuges für die Ostfront hatte das Signal zum Einsteigen geben lassen.

Jetzt wurde es ernst.

Gedrängt standen die Soldaten auf dem Bahnsteig, hielten ihre Frauen oder Mütter am Arm, die Kinder an der Hand.

Eine letzte Umarmung, ein zarter Kuss.

Über manche blasse Frauenwange rollten Tränen.

Ob er wiederkommt?

Sollten wir sein liebes Gesicht heute zum letzten Mal gesehen haben?

Und was ist dann?

<u>Bild 8</u>: Auf dem Weg zur Front im Eisenbahntransportmarsch (1942).

Was hat uns dann der Krieg genutzt?

All diese Fragen beschäftigten die Zurückbleibenden.

Verstohlen warf Werner einen Blick auf die Mutter, auch in ihren Augenwinkeln schimmerten Tränen. Wie viele andere Söhne versuchte er, die Angst der Mutter zu besänftigen in dem er sich überzeugt zeigte: „Ich werde ganz bestimmt zu denen gehören, die zurückkommen."

Aus den Fenstern der zahlreichen Personenwaggons, die entlang des Bahnsteiges auf den Gleisen standen, schauten Soldaten mit Taschentüchern winkend heraus. Andere nutzten die Taschentücher, um verstohlen eine Träne aus dem Augenwinkel zu wischen oder die Nase zu schnäuzen.

Ja, es ging einer ungewissen Zukunft entgegen.

Nicht einer von ihnen ahnte zu diesem Zeitpunkt ob er sein junges Leben für *Führer, Volk und Vaterland* opferte oder als Schwerverwundeter, gar als Krüppel zu seinen Lieben zurückkehrte oder erst nach jahrelanger Gefangenschaft die Heimat wiedersah.

Bei allen sollte der Krieg tiefe Narben in der Seele hinterlassen und nicht wenige verloren je ein Wort über diese grausame und menschenverachtende Zeit und wenn ja, dann flossen Verzweiflungstränen der Erinnerung.

Zum letzten Mal fanden sich die Lippen der Liebenden.

Auf wie lange?

Pünktlich um 11.00 Uhr ruckte der Militärtransport an.

Die Fahrt, unter anderem zum Konzentrierungsraum der 29.I.D. (mot.), quer durch das russische Land zur Ostfront hatte für Werner begonnen.

Mit grellem Pfiff, der über den Bahnsteig hallte, setzte sich die Lokomotive des Zuges fauchend und ächzend in Bewegung.

Für einen Moment drehten sich die großen gusseisernen Speichenräder der Lok durch. Blitzschnell bewegten sich die glänzenden Kolbenstangen zischend hin und her.

Langsam kam Bewegung in die lange Wagenreihe.

Viele von denen, die dem Zug hinterher winkten, rollte Träne um Träne die blassen Wangen hinunter.

Was hieß in dieser Zeit schon Abschied?

Allzu oft konnte man solche Szenen sehen. Überall nahmen Menschen voneinander Abschied, viele für immer.

Der Zug war schon lange nicht mehr zu sehen. Aber noch immer standen die Menschen auf dem Bahnsteig. Es dauerte noch eine geraume Zeit, ehe die Ersten sich langsam in Bewegung setzten. Langsam, unendlich langsam setzten sie Fuß vor Fuß. Traurig schritten sie in den grauen Kriegsalltag hinein, der keine Herzensregung achtete.

3. Schneller und schneller wurde der Zug und das ratternde Geräusch der Räder verschluckte die durch die Luft schwirrenden Gesprächsfetzen der Soldaten. Wohin man in den Waggons auch schaute überall Soldaten in feldgrauen Uniformen.

Werner konnte sich eines bangen Gefühls, das ihn beschlich, nicht erwehren. Immer und immer wieder kreisten die Gedanken um die Frage: Werde ich die Heimat, die Eltern jemals wieder sehen?

Er fand keine Antwort.

Ausgedehnte Kiefernwälder, dichte Laubwaldungen, meilenweite Wiesen und riesige Kornfelder zogen am Abteilfenster vorbei.

Zahlreiche Seen, kleine bescheidene Dörfer und ansehnliche Städte prägten das Landschaftsbild.

Nachts 2.00 Uhr passierte der Zug die Grenze bei Hindenburg.

Es ging vorbei an zertrümmerten Waffen und Feldstellungen. Hier, in der Grenzschlacht, schlugen deutsche Landser durch einen überraschenden Angriff den Feind in die Flucht.

Bunte Laubwälder wechselten sich mit grünen Wiesen ab, die wiederum Federgrassteppen ablösten.

Bild 9/10: Immer wieder ein kurzer Halt beim Eisenbahntransport zum Konzentrierungsraum der 29.I.D.(mot).

Bild 11: Der Weg im Eisenbahntransportmarsch führt durch Polen.

Jetzt, Mitte Juli begannen bereits viele der Pflanzen durch die Hitze einzugehen.

Warm, wenn nicht sogar heiß, brannte die Sonne vom strahlend blauen Himmel.

Ausgetrocknet und hart war die Erde.

Die Fahrt zur Front wurde immer öfters durch ungeplante Halts unterbrochen. Auf einem Bahnhof fiel Werner ein langer Güterzug mit geschlossenen Waggons und stacheldrahtvernagelten Gucklöchern auf. SS-Wachleute patrouillierten entlang des Zuges. In den verschlossenen Eisenbahnwagen waren Juden, meist Frauen, Kinder und Greise. Eingekerkert, verlumpt und verdreckt lugten sie verängstigt durch den Stacheldraht.

Bild 12: Vorbeiziehende Landschaften während des Eisenbahntransportmarsches.

Unwillkürlich drängte sich Werner ein anderes Bild auf: Es war eine durch die Straßen von Ellrich schlurfende Kolonne ausgemergelter Gestalten, mit blau gestreiften Jacken und Hosen bekleidete Menschen. Diese beklagenswerten Geschöpfe wurden bewacht von Männern, auf deren Kragenspiegeln ebenfalls SS-Runen blitzten und an den Mützen die silbernen Totenköpfe glänzten. Geöffnet die Pistolentaschen wie bei den SS-Wachleuten an den Waggons und die MPi im Hüftanschlag schussbereit.

Stunden später rumpelte der Zug über eine Brücke, unter der reißendes Wasser eines Flusses gurgelnd dahinschoß. Es war eine der vielen Brücken, über die in den letzten Jahren im Wagen und per Eisenbahn wohl schon Millionen Soldaten transportiert wurden, gesunde und verwundete, hoffende und verzagte.

In der Zwischenzeit hatte Hitler am 23.07.1942 gegen die Auffassung des Chefs des Generalstabes des Herres die Führer-Weisung Nr. 45 für die Fortsetzung der Operation Braunschweig erlassen.

... Der Heeresgruppe B fällt - wie bereits befohlen - die Aufgabe zu, neben dem Aufbau der Donverteidigung im Vorstoß gegen Stalingrad die dort im Aufbau befindliche feindliche Kräftegruppe zu zerschlagen, die Stadt selbst zu besetzen und die Landbrücke zwischen Don und Wolga sowie den Strom selbst zu sperren. Im Anschluss hieran sind schnelle Verbände entlang der Wolga anzusetzen mit dem Auftrag, bis nach Astrachan vorzustoßen und dort gleichfalls den Hauptarm der Wolga zu sperren ...

Um 11.00 Uhr hielt am 25. Juli mit kreischenden Bremsen der Militärzug in Charkow.

Vorläufige Endstation der Reise an die russische Front.

Werner hatte sich beim 1. Feld-Ersatzbataillon 29. Inf. Reg. 71 zu melden. Nach der Vorlage des Marschbefehls wies ihm ein Feldwebel die Unterkunft in einer ehemaligen russischen Kavallerie Kaserne zu. Hier traf er, welch ein Zufall, Karl Braun aus seiner Heimatstadt. Schnell kam Werner mit dem Bekannten ins Gespräch und es stellte sich heraus, dass sie zur gleichen Einheit unterwegs waren, zur 29. Div. Inf. Regiment 21, 14. Komp. (2 cm Flak).

Zu diesem Zeitpunkt stellte Generaloberst Hermann Hoth, Oberbefehlshaber der 4. Panzerarmee die 24. und 14. P.D. und die 29.I.D. (mot.) für den Angriff auf den Südriegel der Verteidigungsstellungen rund um Stalingrad bereit.

In der russischen Großstadt Charkow vergingen für Werner die Tage im Trott des militärischen Alltags. Eintöniges Wache schieben in der Heeresunterkunft 205, langweilige Aufenthalte in der Kompanie, beantworten der ersten Post aus der Heimat und beklemmende Besichtigungstouren durch die zerstörte Stadt standen auf der Tagesordnung.

Bild 13: Charkow (1942).

Weiße, von Kugellöchern und Splittereinschlägen verunstaltete Gebäude prägten das Stadtbild. Durch die leeren, schwarzen Fensterhöhlen der zerschossenen und ausgebrannten Häuser

pfiff der Wind. Im Inneren waren die Reste von Einrichtungsge-
genständen zu sehen. Wohin man schaute nüchterne graue
Mietskasernen, Häuser mit protzigen Fassaden, traurig alles, was
dahinter war. Und in den Vororten sah es noch schlimmer aus.
Unbefestigte Straßen, Schlagloch an Schlagloch, Trümmer und
aus den Gleisen gesprungene zerstörte Straßenbahnen. Flache
umgefallene Lattenzäune und zerzauste Bäume säumten hier und
dort die staubigen Wege.

Überall wimmelte es von Ratten.

*In der Zwischenzeit war der Kampf um Stalingrad ent-
brannt. Die deutsche 6. Armee griff die Stadt von Westen
her an und in ihrem Bestand stieß die 29.I.D. (mot.) aus
der westlichen Kalmücken Steppe auf den Aksaj-Abschnitt
/ südlich Stalingrad vor. Im Verlaufe der Gefechtshandlungen stand der rechte Flügel des VIII. Pz.Korps im
Kampf nördlich Zaza. Westlich davon gingen Panzerkräfte
nach Norden über Dubowij - Owrag vor, drehten nach
Westen ein, nahmen gemeinsam mit den von Süden vor-
stoßenden Teilen der 29.I.D. (mot.) die Höhen nördlich
Kamerskij und verteidigten sie gegen starke Kräfte des
Feindes. Als für Stalingrad der Belagerungszustand er-
klärt wurde, kämpfte die 29.I.D. (mot.) um die Höhe von
Tundutowo / südlicher Eckpfeiler des Befestigungsringes
von Stalingrad und nahm an den Durchbruchskämpfen
durch den inneren Verteidigungsring von Stalingrad /
Gawrilowka teil. Bei der Verfolgung der sich zurückzie-
henden russischen Truppen machte ein einziges Bataillon
Panzergrenadiere binnen einer Stunde 1.000 Gefangene,
darunter siebzig Offiziere. Als am 1. September die Sturm-
truppen der 29.I.D. (mot.) auf den Höhen ostwärts Gawrilowka vorstießen, trafen sie bald auf hartnäckigen Widerstand der Russen. Die Divisionsführung gruppierte sofort
um, und die 29.I.D. (mot.) rollte nunmehr nach Nordwesten weiter. Sie sollte jetzt die Flankensicherung gegen Ja-
godny - Elchi, also südlich der angreifenden 14. und*

24.P.D., übernehmen und den Durchstoß der beiden Divisionen zur Wolga sichern.

An diesem 1. September sollte es für Werner weiter Richtung Front gehen.

Ein Gewitter, nachdem anderen waren, in der Nacht davor nieder gegangen. Es krachte und blitzte nur so. Die Landschaft wurde zeitweise taghell beleuchtet und riss die Ruinen der Stadt für Sekunden aus der Dunkelheit. Dabei goss der Regen herab, als hätte der Himmel all seine Schleusen geöffnet.

Morgens um 8.30 Uhr stand ein leichter Lastwagen bereit. Schnell wurde die Ausrüstung auf dem Opel *Blitz* verladen, denn für 9.00 Uhr war die Abfahrt befohlen.

Und so war es dann auch.

Bild 14: General Schlamm, einer der Verbündeten der Sowjets (1942).

Aufgrund des Unwetters ging es nur langsam vorwärts. Die Straßen hatten sich in wahre Schlammbäche verwandelt. Verzweifelt jonglierte der Fahrer, ein Obergefreiter, mit dem Lenkrad und betätigte gefühlvoll das Brems- und Gaspedal. Jedes Mal heulte der Motor auf, wenn die Räder durchdrehten oder das Fahrzeug gar ins Rutschen geriet.

In diesen Lehm und Dreck drohte alles stecken zu bleiben.

Aber irgendwie ging es vorwärts. Durch den metertiefen Schlamm bahnte sich das Auto den Weg.

Rechts und links des Weges Wasser gefüllte Granattrichter.

Dann geschah das Unausbleibliche.

Als der Obergefreite den Lastwagen mit Schwung durch ein Wasserloch fahren wollte, blieb das Fahrzeug stecken. Verzweifelt versuchte er es wieder flott zubekommen. Da half auch kein Spiel mit dem Gas und den Vor- und Rückwärtsgängen. So dauerte es nicht lange, da hatte der Fahrer die Schnauze endgültig voll und rief nach hinten: „Männer ich kann euch nicht helfen. Ihr müsst absitzen und schieben!"

Was das bedeutete, bekamen die Männer sofort am eigenen Leib zu spüren. Es hieß schieben, schieben und nochmals schieben, bis der Wagen durch den grundlosen Morast hindurch war.

Der Matsch und der Brei gingen bis an die Knöchel.

Schweiß rannte in Bächen von der Stirn.

In den Schläfen hämmerte wild das erhitzte Blut.

Motor und Mensch in vereinter Kraft würden es schon schaffen.

Und wirklich sie schafften es.

Das Auto kam flott.

Schnell bewegte sich die Brust auf und nieder. Hörbar pfiff der heiße Atem zwischen den Lippen hindurch.

Eine dicke Lehmschicht überzog die Uniform und Werners Gesicht.

Die Kameraden sahen nicht viel besser aus.

Aber es ging wenigstens vorwärts.

Wegen der verschlammten Straßen wurde nur bis Tschugujew gefahren. Um 1.00 Uhr mittags traf der Lastwagen hier ein. Wenn die Männer jetzt dachten, genügend Zeit zu haben, um nach der Schlammschlacht, sich und die Uniform auf Vordermann zu bringen, sollten sie sich täuschen.

„Abfahrt in aller Frühe nach Isjum!" hieß bereits der Befehl für den nächsten Tag.

Und wie befohlen ging es weiter.

Wieder das gleiche Bild. Zäher Schlamm, tiefe Fahrrinnen, schlammige Löcher und mit Wasser gefüllte Bombentrichter.

Vorsichtig lenkte der Obergefreite den Lastwagen an einem Fahrzeug vorbei, das bis zu den Achsen im Schlamm steckte. Die Räder griffen nicht mehr und drehten durch. Vergeblichen bemühten sich sechs Landser das Auto flott zu bekommen. Besonders laut waren die Flüche der Kameraden, da sie bis über die Knie in ein Wasserloch standen.

Chaos ...! Wohin man schaute ..., Chaos ...!

Langsam rollte der Opel *Blitz* an Fahrzeugen vorbei, die sich mühsam durch den Morast quälten.

Obwohl der Obergefreite, es schien ein erfahrener Fahrer zu sein, sich vor den im Morast verborgenen Löchern hütete, geschah es einige Mal, dass das Fahrzeug festsaß. Die aufgesessenen Männer sprangen sofort von der Ladefläche und schippten die Antriebsräder frei. Klappte dies nicht auf Anhieb, ertönten lästerliches Schimpfen und Fluchen.

Grundlos und zäh war der Schlamm.

Kilometer um Kilometer ging es so, fluchend und schwitzend vorwärts. Vorbei, an bis an die Achsen, in den Schlamm eingesunkene Fahrzeuge.

Endlich, um 14.00 Uhr erreichten sie Isjum. Werner erwartete hier die Nachricht, dass es am gleichen Tage um 15.30 Uhr weiter gehe.

Nur gut, dass die Schlechtwetterfront vorübergezogen war und die Abendsonne rotgolden hervorkam.

Obwohl die Straßen diesmal wesentlich besser waren, gab es schon wieder einen Halt. Die vor ihnen fahrenden Fahrzeuge hielten an.

Eine viertel Stunde verging.

Nichts tat sich.

Eine halbe Stunde verging.

Nichts.

Es verging eine Stunde.

Als jetzt immer noch nichts geschah, riss dem Obergefreiten der Geduldsfaden. Er stieg aus dem Fahrerhaus und sprach: „Ich gehe mal sehen, was da los ist. Vielleicht gibt es noch einen anderen Weg!“

Nach kurzer Zeit tauchte er wieder auf und schwang sich auf das Trittbrett.

„Na, wie stets da vorn?“, wollte Werner wissen.

„In unmittelbarer Nähe der Brücke, die über den Donez führt, ist eine Fliegerbombe runter gekommen. Druckwelle und Splitter haben die Zufahrt beschädigt, das Brückengeländer und Teile des Brückenbelages weggerissen.“

„Was wird nun?“

„Die Pioniere sind bereits im Einsatz und arbeiten fieberhaft an der Beseitigung des Schadens.“

Alle wollten über diese Brücke.

So stauten sich im Nu kilometerlang die Fahrzeuge rechts und links des Weges.

Vorsicht war geboten, denn neben der Piste kennzeichnete ein Schild mit der Aufschrift: *Minen* und weiße Streifen ein nicht geräumtes Minenfeld.

Aus irgendeinem Grund gerieten die Pferde eines Nachschubwagens in Panik. Sie bäumten sich auf und preschten mit dem Wagen Richtung Minenfeld.

Den Atem anhaltend schauten alle wie gelähmt, entsetzt zu.

Der Kutscher, einen Salto schlagend, konnte gerade noch rechtzeitig vom Wagen springen. Da raste das Gespann mitten in das Minenfeld hinein.

Ein Feuerblitz schien aus der Erde hervorzuschießen. Die explodierende Mine riss die Pferde in Stücke. Der Wagen kippte um und fing sofort Feuer.

Aus ihrer Erstarrung erwachend sprangen die umstehenden Männer in Granat- und Bombenlöcher, suchten Deckung hinter den nächsten Fahrzeugen oder warfen sich dort wo sie standen auf die Erde, den Kopf schützend in der Armbeuge verbergend.

Da schoss mit lautem Knall eine grellrote Stichflamme aus den Trümmern des Gefährts. Geschosse der explodierenden Schützenwaffenmunition, die zur Ladung gehörte, zwitscherten gefährlich nahe über die Männer hinweg.

Mindestens eine viertel Stunde dauerte das Feuerwerk.

Nach dem überstandenen Schrecken kletterte Werner erst einmal von der Ladefläche des Lkw, auf die er Schutz gesucht und gefunden hatte. Am Ufer stehend beobachtete er die schwere Arbeit der Baupioniere, die sich von der Explosion im Minenfeld nicht hatten ablenken lassen. Wie die Ameisen wuselten die Männer umher, schleppten Balken und Bretter heran. Es dauerte keine halbe Stunde mehr und die Brücke war provisorisch instandgesetzt.

Es ging weiter.

An der Zufahrt zur Brücke postierte sich ein Unteroffizier und versuchte den Verkehr in die rechten Bahnen zu lenken. Die mit ruhiger Stimme gegebenen kurzen militärischen Anweisungen sowie sein bestimmtes Auftreten ließen beim Anfahren der Kolonne gar nicht erst Chaos aufkommen. Mit der Winkerkelle in der Hand lotste er jedes Fahrzeug einzeln, der sich rasch gebildeten Kolonne, über die angeschlagene Brücke.

Selbst von einem Major, der mit viel Geschrei und Fluchen seinen eigenen Weg zu finden versuchte, ließ er sich nicht aus der

Ruhe bringen. Als dieser mit seinem Fahrzeug gar auszuscheren versuchte, stellte er sich ihm mutig in den Weg.

Die Brücke stellte einen Flaschenhals dar, der nicht umgangen werden konnte.

Fahrzeug für Fahrzeug bewegte sich langsam und exakt über den provisorischen Flussübergang hinweg. Kettenklirrende Panzer und Sturmgeschütze, Lastwagen über Lastwagen, schwere und leichte Artillerie, Nachrichteneinheiten und Flak, alles strömte nach Osten.

Endlich um 18.00 Uhr erreichte der Lastkraftwagen Ilamensk. Sofort wurde das zugewiesene Nachtquartier bezogen, denn am nächsten Früh um 4.00 Uhr sollte es schon wieder weiter gehen.

Am 14. September gelangten Infanterieteile der 29.I.D. (mot.), durch einen deutschen Luftangriff unterstützt von Westen und Süden nach Kuporossnoje. Sie stießen bis zum Nordteil durch. In den nächsten Tagen wurden das Sägewerk und das Stadtviertel nördlich davon genommen. Der Angriff konnte bis zur Konservenfabrik vorgetragen werden.

Pünktlich um 4.00 Uhr setzte der Opel *Blitz* sich in Bewegung. Neben Werner hatten auf der Ladefläche mehrere Soldaten, alles Panzergrenadiere, platzgenommen. Sie schienen den gleichen Weg wie er zu haben.

Ein herrlicher Tag bahnte sich an, denn gegen 9.00 Uhr stand die Sonne bereits hoch am wolkenlosen Himmel. Die Septembertage vermochten hier noch sehr heiß zu werden, und ehe man es sich versah, hatte die Sonne nicht nur das Gesicht, sondern auch alle unbedeckten Körperteile verbrannt.

Dies konnte unangenehm werden.

Noch lange hing die Staubfahne in der Luft, die der Lkw hinter sich herzog. Das leicht wellige Steppenland schien hier im Sommer auszutrocknen wie die sandigen Landstriche der Sahara.

<u>Bild 15</u>: Gesprengtes russisches Geschütz (1942).

<u>Bild 16</u>: Vernichteter russischer Panzer (1942).

Bild 17: Abgestürztes sowjetisches Flugzeug (1942).

Bild 18: Bombardierter Militärtransport (1942).

Der Staub wirbelte nicht nur lustig durch die Gegend, er knirschte auch unangenehm zwischen den Zähnen der Männer. Die brennenden Augen versuchten etwas durch den staubigen Dunst zu erkennen.

Hier und da wurden in dem trockenen Erdboden verlassene Stellungen und die Spuren der schweren Kämpfe sichtbar. Vereinzelt lagen links und rechts der Straße umgekippte Fahrzeuge. Abgerissene Räder, Kettenteile der gepanzerten Fahrzeuge säumten den Fahrweg. Patronenhülsen lagen umher und aus dem Sand ragten Panzerhindernisse. Von Kugel und Granatsplittern durchlöcherte Stahlhelme kennzeichneten den Vormarsch der siegreichen deutschen Truppen.

Aber auch zwei, drei Panzer mit Balkenkreuzen begrenzten die Vormarschstraße. Einfache Holzkreuze mit deutschen Stahlhelmen, die den Weg säumten, zeugten vom Schrecken des Krieges. Hier ruhten im ewigen Frieden Kameraden, die ihr Leben für *Führer, Volk und Vaterland* gaben.

Sand und Steppe schienen die einzige Schönheit dieses weiten Landes zu sein.

Bereits um 11.30 Uhr fuhr das Auto durch die Straßen von Stalino und hielt vor der Heeresunterkunft, dem Quartier der Männer.

Gärten und Anlagen lockerten das Stadtbild auf. Fast alle Häuser waren leer, da die meisten Bewohner den Ort verlassen hatten.

Schon in der ersten Nacht erlebte Werner hier eine unangenehme Überraschung. Er hatte sich zum Schlafen auf eine der mit Segeltuch bespannten Liege gelegt und mit einer Wolldecke zugedeckt. Kaum eingenickt weckte ihn bestialisches Jucken. Er fuhr von seiner Schlafstätte hoch, zündete eine Kerze an und sah die Bescherung. Drei, vier, ja fünf Wanzen grabbelten über die Wolldecke.

Wanzen sind eben keine angenehmen Schlafgefährten, sie quälen den Schläfer mit fürchterlichem Jucken.

Eine wilde Wanzenjagd begann. Schließlich hatte Werner drei der Biester erwischt.

Das erste Mal in seinem Leben schloss er mit solchen unangenehmen Zeitgenossen Bekanntschaft.

Es beruhigte ihn jedoch in keiner Art und Weise, dass die Tiere nicht nur ihn, sondern die ganze Mannschaft in der Heeresunterkunft überfallen hatten.

4. Viel Zeit stand Werner in Stalino zur Verfügung, denn der Lastkraftwagen, mit dem die Fahrt zur Front fortgesetzt werden sollte, war noch nicht eingetroffen. Irgendwo auf der Rückfahrt von der Front zur Etappe musste er aufgehalten worden sein oder wer weiß, mit was für Schwierigkeiten er unterwegs zu kämpfen hatte. Auf jeden Fall war er noch nicht da.

Für die nächsten zwei Tage verschonte man Werner vom Dienststehen.

Es war das Beste, was ihm hier passieren konnte.

Er nutzte die Gelegenheit für ausgedehnte Spaziergänge, ging auf Entdeckungstour durch die teilweise stark zerstörten Straßen Stalinos. Aus den leeren Fensterhöhlen schien ihn das Grauen anzustarren.

Zwischen all den Trümmern entdeckte er in einer Seitengasse ein Kino. In dem unversehrten Gebäude wurde es von einer Propagandakompanie mit dem Ziel betrieben, die Kampfmoral der Truppe zu erhalten. Täglich öffnete das Filmtheater seine Pforten für die vielen deutschen Militärangehörigen in und um Stalino, gönnte den Soldaten einige Stunden der Ruhe und Abwechslung vom Kriegsgeschehen und lenkte etwas vom Alltag des Kriegs ab.

Auf dem Spielplan stand für den ersten Abend *Der Postmeister* und am nächsten Nachmittag ein Film von Schiller.

Eine Stunde vor Beginn des jeweiligen Filmes drängelten sich bereits zahlreiche Panzergrenadiere, Nachrichtenleute, Flakartilleristen, Flieger und ... um den Einlass in den notdürftig für die Kinobesucher hergerichteten Saal. Soldaten, Unteroffiziere und Offiziere füllten an beiden Vorstellungen das Filmtheater bis auf den letzten Platz. Selbst rechts und links neben den Sitzplätzen standen die Soldaten an die Wände gelehnt.

Werner befand sich unter dem, in feldgrauen Uniformen schwitzende Publikum.

Die Wochenschau begann. Bilder vom Ostkriegsschauplatz, auch vom brennenden Stalingrad flimmerten über die Leinwand. Wie auf einen Übungsplatz stürmten, deutsche Soldaten vorwärts. Exerziermäßig gaben einige Feuerschutz, während andere losrannten.

Plötzlich geschah etwas, was Werner mit Erstaunen wahrnahm. Hier und dort Gelächter, Pfiffe und Zwischenrufe: „Schwindel!"

Feldgendarmen betraten durch den Seiteneingang den Saal. Sie schauten sich kurz um, zerrten den am lautesten Rufenden aus der Sitzreihe und stießen ihn brutal hinaus ins Freie.

Vereinzelte Protestrufe wurden laut.

Einer der *Kettenhunde* drehte sich um und versuchte, im Halbdunkel des Saales etwas zu erkennen.

Sofort herrschte Totenstille.

Nachdenklich verließ Werner das Kino. Die fesselnden Handlungen der Spielfilme hatten ihm, wie auch den anderen Männern den rauen Alltag des Krieges vergessen lassen.

In alle Richtungen strebten die Zuschauer eilig zu ihren Einheiten zurück. Die unbarmherzige und brutale Realität holte sie hier schnell wieder ein.

Auch Werner holte die Wirklichkeit schnell ein. Bereits am nächsten Tag, es war der 6. September, traf das lang erwartete Fahrzeug ein. Für den Fahrer gab es nur wenige Stunden der

Ruhe, denn der Marschbefehl lautete: „5.00 Uhr Abfahrt zur Front."

Obwohl sich die Abfahrt des Lkws verzögerte, war Werner froh das es weiter ging, nur weg von den nächtlichen Quälgeistern.

Endlich 10.30 Uhr setzte sich das Fahrzeug in Bewegung.

Und es wurde wieder ein heißer Tag.

Der Lastkraftwagen rollte über eine öde und leere bis zum Horizont erstreckende weite Landschaft. Sie hatte sich total verändert. War da, vorher noch fruchtbares Land, dann wuchs hier außer Gras und mal ein paar vereinzelte Sträucher, lichte Busch- und Baumgruppen gar nichts mehr. Vor dem Fahrzeug schlängelte sich der staubige Weg durch das verdorrte Steppengras. Hinter ihnen schwebte die obligatorische, lang gezogene Staubfahne in der flimmernden Luft.

Sonne und Staub wurden zu richtigen Plagegeistern. Nur gut, dass in diesem Moment am Horizont die Häuser von Makijiwka auftauchten, denn hier in der Steppe lagen die Dörfer vierzig bis fünfzig Kilometer auseinander.

Die Fahrt hätte auch nicht mehr viel länger dauern dürfen, so quälte die Männer der Durst.

In dem zerstörten Dorf waren einige der typischen kleinen Holzhäuser wie durch ein Wunder ganz geblieben. Ihr kühlender Schatten bildete jetzt den idealen Platz für die Mittagsrast.

Unbarmherzig flimmerte die Hitze der glühenden Sonnenstrahlen über der staubigen Landstraße. Die Staubfahne, die das Fahrzeug hinter sich herzog, verwehte langsam.

Noch nicht mal eine halbe Stunde war vergangen, da kam bereits der Befehl: „Alles Aufsitzen!"

Und weiter ging es in der glühenden Hitze.

Die Fahrt führte vorbei an Schützenlöchern, an verwaist umherliegenden Gewehren und Stahlhelmen, an Patronentaschen und an flachen, eilig errichteten und schon wieder halb zerfallenen Bunker. Kadaver von Pferden und Vieh lagen umher, die

Bäuche infolge der Hitze angeschwollen und die Beine in grotesker Stellung in die Luft gedrückt.

Holpernd fuhr der Lastkraftwagen über tiefe Furchen, die deutsche und russische Panzer in die Erde gedrückt hatten.

Im rechten Straßengraben lagen drei zerschmetterte sowjetische Motorräder mit Beiwagen vom Typ *Molotow* und mehrere verstümmelte Leichen. Vorüber ging es an schrottreifem Kriegsgerät. Rechts und links der Straße zerschossene und im Kampf stehen gebliebene schwere russische Panzer T 34 und KW-I. mächtige Brocken waren es. Verkohlte Leichen an denen die Hälfte der Kleidung von der Wucht detonierender Granaten weggefegt, gaben ein grauenhaftes Zeugnis vom Schrecken des Krieges.

Bild 19: Zerstörte russische Kraftfahrzeuge (1942).

Werner erblickte am Horizont, dem flimmernden Band zwischen Himmel und Steppe, eine Bewegung. „Halt mal an! Dort am Horizont bewegt sich etwas!" rief er den Fahrer zu.

Und wirklich, der Fahrer hielt. Etwas ungehalten wollte er wissen: „Was gibt es?"

„Sieh, dort am Horizont!"

Angestrengt schauten alle in die von Werner gewiesene Richtung.

„Ich sehe nichts", sprach der Fahrer und auch die anderen konnten nichts erkennen.

Schließlich fuhren sie ein Stück weiter und hielten erneut an.

„Mensch, das sind ja Kamele!", rief Werner jetzt erstaunt.

„Was?"

„Ja, schau doch mal, das sind Kamele!"

So an die siebzig Kamele zogen da durch die Steppe, die ganze Herde, die einem Dorf zu gehören schien.

Erst als die Herde vorbei war, ruckte der Lkw an und erreichte um 16.00 Uhr Ineskowa.

Die Sonne stand zu dieser Stunde bereits tief am blauen Himmel und nahm mit jeder Minute in ihrer Röte zu. Sommerliche Wärme lag über dem Ort und die Blätter der vereinzelt hier stehenden Bäume begannen bereits gelb zu werden.

Werner dachte, das große Los gezogen zu haben, als er ein Privatquartier zugewiesen bekam. Die böse Überraschung folgte jedoch auf dem Fuße. Kaum hatte er sich zur Ruhe begeben, als ihn schon wieder bestialisches Jucken weckte.

„Nein, nicht schon wieder. Das kann doch nicht sein?" fluchte er mit Entsetzen in der Stimme.

Es war aber so.

Als er die Kerze anzündete, sah er die Bescherung. Es wimmelte nur so von Wanzen. Schlimmer noch als in Stalino.

Werner blieb nichts anders übrig als auszuziehen und die Nacht im Führerhaus des Autos zu verbringen. In dieser Nacht bekam er zum ersten Mal einen Vorgeschmack davon, wie hier, zu dieser Jahreszeit die Tage doch so heiß, aber die Nächte recht kühl sein konnten. Nur gut das es am nächsten Morgen um 07.00 Uhr weiter ging.

Diesmal fuhren sie durch ein Gebiet, wo der Krieg im Blitztempo über das Land zog. Deutlich war hier zu erkennen, dass die Front immer näher rückte. Zerschossene Panzer, tote Pferde, liegen gebliebene Kraftfahrzeuge und zerstörte Geschütze belegten, dass es um Leben und Tod gegangen sein musste.

Überall leblose Körper.

Zerrissene Uniformstücke.

Bilder grausamer Verwüstung.

Von Feuer und Eisen aufgewühlte Erde.

Die Kraterlandschaft des Mondes hätte nicht schlimmer aussehen können.

Bild 20: Abgeschossener T-34 (1942).

Nachdenklich wurde Werners Blick, als sie eine Stelle passierten, an der aufgereiht in einer Reihe Dutzende von Leichen lagen. Deutsche neben Russen, die Zähne entblößt, die Augen verglast, mit vor Todesqual verzerrten Gesichtern.

Unbarmherzig schien die Septembersonne vom unendlich weiten Steppenhimmel auf die Menschen herab. Nirgends ein Baum oder ein Strauch, der wohltuenden Schatten spendete. Keine aus schroffen Felsen fließende Quelle, deren klares Wasser zum Trinken einlud, um den brennenden Durst zu löschen. Da konnte der Geist einen schon solch wunderschöne Trugbilder vorgaukeln wie: *Das aus sprudelnden Born im grünen Tann kühles Nass dahinplätscherte und der Schatten dicht belaubter Bäume zum Verweilen einlud.*

Die raue Wirklichkeit sah jedoch ganz anders aus. Wohin das Auge schaute, nur Steppengras und niedrige Büsche, über die flimmernde Luft schwebte.

Aufgewirbelter feiner Staub.

Endlich um 14.00 Uhr erreichte der Lkw die Stadt Schachty.

Aber wie sah die Stadt aus?

Konnte man überhaupt noch Stadt zu ihr sagen?

Durch die schweren Straßenkämpfe, die hier tobten, war die Stadt zu Zweidrittel zerstört.

Deutsche Grenadiere und deutsche Pioniere erkämpften in den vergangenen Wochen Meter um Meter gegen die sich verbissen zur Wehr setzenden Russen. Hinter jeder Ruine, an jeder Straßenkreuzung lauerte der Tod. Erbittert geführtes Kreuzfeuer von Fenster zu Fenster hielt grausame Ernte unter den kämpfenden Männern. Um jedes Haus, um jeden Mauerrest, um verschüttete Keller und schließlich um jeden Trümmerhaufen tobte der Kampf.

Die das Gefecht unterstützende Kampfflugzeug vom Typ Me und Ju taten ihr Übriges.

Holzbauten verbrannten, von Steinhäusern blieb nur noch Schutt und Asche übrig und die einstmals glatten Straßen wurden vom Dauerbombardement aufgerissen. Große Geröllhaufen und riesige Trümmerstücke versperrten Straßen und Gassen. Ganze Häuserzeilen waren nahezu vollständig zerbombt und die Ziegel schwarz von der Feuersbrunst, die hier wütete.

Glassplitter, Fensterflügel, Maschinenteile, Autowracks, Bettgestelle, Möbelreste, Küchengeschirr, Öfen, Lichtleitungen - ein unvorstellbares Durcheinander zerstörter und zerfetzter Gegenstände aller Art.

Übrig gebliebene Grundmauern.

Gespenstisch reckten verdorrte und verkohlte Bäume dürre Äste in die Höhe.

Einigermaßen überraschte es Werner, dass es noch bewohnbare Häuser gab.

Ein, den Verhältnissen entsprechend sauberes Quartier am Rande der Stadt wurde ihm zugewiesen. Hier erwartete ihn ein weiches Bett, in dem er nach langer Zeit wieder einmal in Ruhe schlafen konnte.

Endlich ein festes Dach über dem Kopf, da störte es auch nicht, wenn man zu sechst in der Bauern Kate übernachtete.

Es war kaum zu fassen, dass die russischen Wirtsleute nach den erbittert geführten Straßenkämpfen so freundlich gegenüber den deutschen Soldaten waren. Dann kam noch dazu, dass die russische Bäuerin eine warme Mahlzeit für die eingewiesenen Soldaten zusammen zauberte, die wirklich schmeckte.

Dafür konnte es nur zwei Antworten geben: Entweder waren das russische Ehepaar eingeschworene Gegner des Bolschewismus und sahen in den Deutschen die Befreier vom kommunistischen Joch oder sie hatten Angst vor den Repressalien der deutschen Ordnungskräfte.

Den einquartierten Männern konnte dieses eigentlich egal sein.

Und es war ihnen auch egal.

Eintönig verging der Tag, denn die Weiterfahrt sollte erst am 8. September erfolgen. Nach dem Wecken um 6.oo Uhr und der Ausgabe von neuer Marschverpflegung kam: „Sieben Uhr bereithalten zum Abmarsch!"

Trotz des Befehles geschah den ganzen Tag über nichts und die Männer verbrachten die Zeit im Quartier.

Nur gut das die Sonne vom Himmel strahlte, durch kein Wölkchen getrübt.

Die Männer saßen bei dem herrlichen Wetter auf dem Hof des Anwesens zusammen. Führten Gespräche über das für und wider des Krieges und das, was ihnen die nahe Zukunft bringen würde.

Hitzig prallten Meinungen aufeinander.

Zum Schluss überwog dann der Optimismus, denn zum jetzigen Zeitpunkt ging es ihnen, den Umständen entsprechend, ja noch recht gut.

Als irgendeiner auch noch Bohnenkaffee aus seinem Marschgepäck hervorzauberte, war die Stimmung endgültig gerettet. Schnell wurde Wasser heißgemacht und der Duft frisch gebrühten Bohnenkaffees schwebte durch die Luft. Er kitzelte die nicht gerade damit verwöhnten Nasen der Männer und ließ ihnen das Wasser im Munde zusammenlaufen.

Beim Umherstreifen auf dem Hof fand einer der Männer in der Scheune Kartoffeln. So gab es am späten Nachmittag neben Tee auch noch Bratkartoffel.

Was für eine Schlemmerei!?

Unter den Landsern waren zwei Soldaten, sie nannten sich Adolf und Heiner. Aus langer Weile begann Werner mit ihnen aus Maisstroh, das es hier reichlich gab, eine provisorische Hütte zu bauen. Als sich die Dunkelheit über den Ort Schachty senkte, bezogen sie zu dritt die Hütte und legten sich zum Schlafen auf den harten Boden nieder.

Im Nu waren sie bei der klaren Nachtluft eingeschlafen.

Pünktlich um 6.00 Uhr hallte der Ruf über den Hof: „Nachtruhe beenden! ... Aufstehen, meine Herren! ... Sieben Uhr bereithalten zum Weitermarsch!“

Und wieder tat sich nichts. Die Männer nahmen schon an, dass der Tag wie am Vortage verlaufen würde. Sie sollten aber die Rechnung ohne den Wirt gemacht haben.

„Vorwärts!“ kam um 12.00 Uhr der Befehl.

Und es ging vorwärts. Bereits 15.00 Uhr überquerte das Fahrzeug den Donez. Zimijanskaja erreichten sie gegen 17.00 Uhr. Zum Beziehen des Quartiers bestand an diesem Abend keine Möglichkeit mehr, so mussten die Männer die Nacht im Auto verbringen. Diesmal erfolgte bereits in aller Frühe das Wecken und 4.30 Uhr rollte bereits das Auto weiter.

Nachts war die Kälte schon recht unangenehm gewesen.

Diesmal fuhr der Opel *Blitz* durch, bis zum Don und hielt am Flussufer. Der Obergefreite, der Fahrer des Autos beugte sich aus dem geöffneten Fenster und rief nach hinten, zur Ladefläche: „Eine Stunde Rast, meine Herren!"

Bild 21: Deutsche Flak in Feuerstellung.

Das Ufer des Don fiel an dieser Stelle leicht ab, das seichte Wasser des Flusses kräuselte sich spielerisch im Licht der Sonnenstrahlen. In Windeseile hatten die Männer die staubigen Sachen ausgezogen. Erst nachdem sie die Hemden, die beinahe schwarz aussahen, im Flusswasser gewaschen hatten, erfolgte der Kopfsprung ins nasse Element. Die Gelegenheit beim Schopfe

49

packend aalten sie sich eine Stunde lang im relativ sauberen Flusswasser. Es genügte, um die von der glühenden Sonne ausgedörrten Körper neu zu beleben.

Werner schwamm erst einmal eine Runde.

Aller Schweiß und Staub fiel ab.

Nackt lagen sie anschließend ausgestreckt im dürren Gras des Ufers, ließen sich von den wärmenden Sonnenstrahlen trocknen und hatten nicht so recht Lust zum Aufsitzen, als der Befehl zur Weiterfahrt kam.

Über eine Notbrücke, die ein Pionier-Bataillon mit einem Kriegsbrückengerät geschlagen hatte, ging es weiter. Rechts und links der Brücke ragten die Rohre der 8,8 cm Flak senkrecht gen Himmel. Es waren auf jeder Seite mindestens sechs in Stellung gegangen.

Endlich, der rote Ball der Sonne begann bereits am Horizont zu verschwinden, wurde Remantnaja erreicht.

In der Zeit vom 17. bis zum 22. September tobte ein grausiger Kampf um das Hochhaus und dem Silo Stadt Stalingrads. Von den sechshundert Rotarmisten, die im Hochhauskomplex kämpften, blieben nur wenige Verwundete am Leben. Alle übrigen starben in diesem menschenverschlingenden Ringen. Damit hatte die 29.I.D. (mot.) zusammen mit der 94.I.D. und der 24.P.D. den Südteil von Stalingrad bis hinauf zum Zarizafluß erobert. Die Divisionen übernahmen ebenso wie die 24.P.D. die Ufersicherung.

In Remantnaja erfolgte der Wechsel des Fortbewegungsmittels. Von der staubigen Landstraße ging es auf das stählerne Schienenband. Erst zu später Stunde setzte sich der Munitionszug in Bewegung. Die Waggonreihe ruckte an, gewann langsam an Fahrt und rumpelte mit mäßiger Geschwindigkeit dahin.

Vorbei ging es an einem zerstörten Militärtransport. Auf dem Nachbargleis lagen zertrümmerte Waggons, teilweise aus den

Schienen gesprungen. Zerfetzte Geschütze richteten ihre Rohre in alle Richtungen.

Wie anders sahen da doch die Waffen auf dem eigenen Militärtransport aus. Die blanken Rohre, der auf den offenen Waggons aufgestellten Fliegerabwehrkanonen, starrten drohend in den Himmel.

Eingesetzte Beobachter blickten aufmerksam in alle Himmelsrichtungen, jederzeit bereit die Annäherung feindlicher Flieger zu melden.

In den offenen Waggontüren der Mannschaftswagen standen Soldaten, die Ärmel der Uniformjacken hochgekrempelt. Die Unterarme auf die heruntergeklappten Haltestangen gelegt, lehnten sie sich heraus und ließen auf Abkühlung hoffend den lauwarmen Fahrtwind übers Gesicht streifen, durchs Haar fächeln.

<u>Bild 22:</u> Ein Blick der Zerstörung wohin man auch schaut.

Ungewohnt das vorbeiziehende Landschaftsbild.

Rechts und links glitt die unendlich weite Steppe vorbei.

Die hereinbrechende Dämmerung deckte mit dem Tuch der Dunkelheit tote Russen und verendete Pferde, die neben der Bahnlinie lagen, barmherzig zu.

Wieder und wieder tauchten in der Finsternis der Nacht die Silhouetten vernichteter Panzer, abgeschossener Flugzeuge und zerstörter Geschütze auf.

Gegen Mitternacht, es stand kein Wölkchen am sternenklaren Himmel, ließ der gelb leuchtende Mond mit seinem diffusen Licht die weite Steppe wie eine gespenstische Landschaft erscheinen.

Ratternd rollten die Waggons des Militärtransportes durch die endlose Weite der Kalmücken Steppe. Eine Landschaft großer Monotonie und Melancholie.

Da und dort ein kleines Dorf, Gehöfte, typische kleine Holzhäuser.

Aber nirgends ein Lebenszeichen.

Schwarze Flächen abgebrannter Maisfelder.

Balkas, Erosionsspalten - tiefe Schluchten mit steilen Wänden - die für Fahrzeuge fast unüberwindliche Hindernisse darstellten, unzählige kleine Wasserläufe, Nebenflüsse des Don und der Wolga, verwandelten die weite Ebene in ein zerklüftetes, unwegsames Gelände.

Der Krieg sickerte hier aus der Steppe in die durchfurchten Steilufer längs der Wolga ein.

In das Rattern der Räder und dem Schnaufen der Lokomotive mischte sich ein neues Geräusch - das Brummen eines Motors.

Mal näher, mal weiter entfernt, um aufs Neue anzuschwellen.

Am Horizont blinkte im Mondschein ein winziges Pünktchen. Beim Näherkommen entpuppte es sich zu einem russischen TB-3-Nachtbomber, der am sternenklaren Nachthimmel seine Kreise zog. Das Flugzeug kippte über die rechte Tragfläche, flog eine

Kurve. Plötzlich schoss es herab und flog längs des Militärtransportes entlang, wendete und lärmte erneut heran.

Jetzt erst ertönte der Ruf: „Russisches Flugzeug!“ In der
Dunkelheit war der Rufer nicht auszumachen.

„Alarm ...! Alarm ...!“

Metallisches Knirschen und klirren der Zugbremsen klang
durch die Nacht. Mit ohrenzerreißendem Kreischen und funken-
sprühenden Rädern kam die lange Waggonreihe nach weiteren
100 Metern zum Stehen. Der Zug stand noch nicht richtig, da
sprangen schon die ersten Landser aus den Waggons und sprin-
teten fächerartig auseinander.

„Bomben! Deckung! Dort drüben, die Löcher!“

In Sekundenschnelle stand einsam und verlassen der Militärtransport mit dampfender Lokomotive auf dem im Mondlicht
glänzenden Schienenstrang.

Bild 23: Hoch oben sowjetische Flugzeuge im Angriffsflug.

Groß und bedrohlich, wie ein Raubvogel stieß das Flugzeug
erneut auf die lange Waggonreihe herab.

Werner stürmte in Richtung des nächsten Deckungsloches.

Viel zu langsam schien es näher und näher zu kommen.

Noch ein weit ausholender Sprung.

Wie ein nasser Sack plumpste Werners Körper in das tiefe Loch, den harten Aufprall nicht spürend.

Das Stakkato einer losbellenden 2-cm-Flak zerriss die Nacht. Die Leuchtspurgeschosse suchten ihren Weg empor zu dem angreifenden Flugzeug.

Eng an die Erde gepresst erwarteten die Soldaten mit bangen Herzen das Kommende.

Unerträglich laut wurde das Dröhnen. Aus dem schwarzen Rumpf, des über ihnen hinwegrasenden Flugzeuges löste sich etwas Dunkles.

Das wars! Vorbei! schoss es Werner, den Kopf zwischen den Händen haltend, blitzartig durchs Gehirn. Die Ohren zuhaltend wollte er nichts hören. In maßloser Wut über die eigene Machtlosigkeit schloss er die Augen und drückte sich tief in das Erdloch.

Das Pfeifen in der Luft verwandelte sich in immer näher kommendes schrilles Rauschen, in Flattern. Wie immer, wenn Hunderte Kilo Sprengstoff in stählernen Umhüllungen zur Erde taumelten, langsam erst, dann immer schneller werdend. Aus dem anfangs taumelnden Sturz wurde eine kreisende Bewegung, bis der Sprengkörper fast senkrecht auf die Erde zuraste.

Lauter werdendes pfeifendes Heulen.

„Verdammt!", murmelte Werner. „Wenn ich hier ...!"

Seine Worte gingen unter im Aufbrechen der Detonation.

Rotglühende Explosion.

Neben der Bahnlinie schlug eine Fünfhundertkilobombe ein.

Das Trommelfell schmerzte von der schweren Detonation.

Die Druckwelle raste über die Soldaten hinweg.

Erdreich, Sand, Steine, Buschwerk, durcheinanderwirbelnd, flog himmelwärts.

Donnernd, brüllend, zerstörend ...!

Von irgendwo drangen Schreie an Werners Ohr, aber nichts Menschliches lag mehr in diesen Stimmen.

Eine weitere 2-cm-Flak fiel mit wütendenden Bellen in das Feuer der Ersten ein. Wie auf Perlenketten aufgereiht rasten die Leuchtspurgeschosse den Nachtbomber entgegen.

Jetzt mischten sich in das Feuer der Flak auch noch hämmernde Abschüsse etlicher Maschinengewehre.

Überrascht von dem starken Abwehrfeuer drehte die Maschine ab.

Alles lauschte und spähte hinter dem Flugzeug her, aber es flog weiter, bis es am Horizont nur noch als kleiner glitzernder Fleck zu erkenne, war und schließlich ganz verschwand.

„Gut, dass wir ihn los sind", hörte Werner neben sich einen Landser erleichtert sagen.

„Hoffentlich!"

Sie hatten nicht mit der Hartnäckigkeit des russischen Piloten gerechnet. Es mochten wohl 15 Minuten vergangen sein und der Transportleiter wollte gerade das Signal: „Entwarnung!" geben da schwoll vom Horizont her wieder das knatternde Geräusch von Flugzeugmotoren an.

Von Sekunde zu Sekunde wurde es lauter und lauter.

Diesmal rauschten drei russische Flugzeuge heran. Der TB-3-Nachtbomber wurde begleitet von zwei Schlachtflugzeugen vom Typ IL-2, im Landser Jargon *Schlächter* genannt. Im Tiefflug stürzten sie sich auf den stehenden Zug.

Mit Wucht schlug ihnen das wütende Bellen der 2-cm-Flakgeschütze und schweren Maschinengewehre entgegen.

Im Feuer der ununterbrochen hämmernden Bordwaffen luden die Flugzeuge ihre tödliche Fracht ab. Noch beim Abladen drehten die Bomber ab und verschwanden in der Ferne.

Rechts und links neben den Zug schlugen rauschend Bomben ein.

Schwarze Erdfontänen gefüllt mit rot glühendem Feuer schossen in die Höhe.

Glühend heiße, todbringende Splitter pfiffen gefährlich nahe durch die Luft.

Bevor Werner die schützende Deckung erreichen konnte, schleuderte ihn der Luftdruck zu Boden und zerriss ihm fast das Trommelfell. Eine große Ladung Dreck fiel herab, die ihn fast bis zur Hälfte verschüttete.

Markerschütterndes Schreien, der Schmerzensschrei eines Verwundeten.

Panikartig wühlte sich Werner frei. Umschauend sprang er nach kurzem Zögern in langen Sätzen Richtung des fürchterlichen Schreies. Mit weitaufgerissenen Augen und den Ausdruck schieren Entsetzens auf dem Gesicht blickte er auf die Gestalt, die sich vor ihm auf dem Boden vor Schmerzen krümmte. Mit beiden Händen versuchte der am Boden liegende, den hellroten Lebenssaft aufzuhalten, der stoßweise aus der zerrissenen vom blutgetränkte Uniformjacke quoll.

Bild 24: Verkohlte Leichen.

Noch nie hatte Werner in seinem Leben einen Menschen so schreien gehört. Kopfschüttelnd, sich von dem grausigen Anblick lösend hob er den Kopf. Fast stockte ihm der Atem, als sein Blick auf einen Soldaten fiel, der nur wenige Meter weiter entfernt lag. Dieser hatte kein Gesicht mehr. Es war zerfetzt, zerschossen.

Obwohl der Spuk nicht länger als zehn Minuten dauerte, hatte der Bombenangriff fürchterliche Ernte gehalten. Zahlreich lagen die Toten weit verstreut als reglose Häufchen im diffusen Mondlicht. Arme und Beine verdreht, die Gesichter entstellt von furchtbaren Todesqualen. Fleischfetzen, aus denen noch weiße Knochen ragten, lagen in Lachen geronnenen Blutes.

Zerfetztes Fleisch und zerschmetterte Knochen.

Von den russischen Flugzeugen war weit und breit nichts mehr zu sehen.

Werner hatte zum ersten Mal den glühenden Hauch des mörderischen Krieges zu spüren bekommen. Wenn ihm nicht durch die nationalsozialistische Propaganda eingeredet worden wäre, das mit der Einnahme Stalingrads der Krieg sein Ende finden würde, hätte er bereits jetzt an der Richtigkeit des Krieges zu zweifeln begonnen. Auf jeden Fall hatte seine siegessichere Stimmung einen deutlichen Dämpfer erhalten.

Die restliche Zeit der Nacht wurde im haltenden Zuge verbracht. Eingesetzte Luftbeobachter richteten ihre ganze Aufmerksamkeit Richtung Front.

Alles blieb ruhig.

Die ersten Strahlen der aufgehenden Sonne rissen das ganze grauenhafte Ausmaß des nächtlichen Bombenangriffes aus der Dunkelheit.

Bombentrichter an Bombentrichter mit rauchgeschwärzten Rändern.

Einzelstehende Bäume entwurzelt und durch Splitter verstümmelt.

Erdklumpen und eine dicke Staubschicht bedeckten die Sträucher einer nahen Buschgruppe.

Geknickte, abgebrochene Äste und Zweige.

Hin und her eilende Sanitäter, zu erkennen an ihren Rotkreuzbinden, versorgten die letzten Verwundeten.

Traurig war die Arbeit, die eine Gruppe von Soldaten verrichtete. Mit Feldspaten und Schaufeln bewaffnet huben sie für die Gefallenen direkt neben dem Bahndamm Gruben aus. Nach der Beisetzung der Toten sprach der Transportleiter in Ermangelung eines Geistlichen für die toten Kameraden das Vaterunser.

Die letzte Ruhestätte kennzeichnete zum Schluss ein schlichtes Kreuz aus Birkenholz mit den Namen der Gefallenen. Auf den sandgelben Erdhügeln lagen deutsche Stahlhelme geschmückt mit kümmerlichen Sträußen aus Steppenblumen.

Ein deutscher Feldwebel beerdigte hier seinen Bruder, der an seiner Verletzung verblutete.

Als die ersten Anzeichen des neuen Tages über den Himmel geisterten, ging es weiter. Die Sicherungsposten wurden eingezogen und der Zug setzte sich langsam in Bewegung. Drei, vier Nachzügler sprangen auf den immer schneller werdenden Zug noch auf.

Wie durch ein Wunder war der Militärtransport unversehrt geblieben.

Verändert hatte sich die Landschaft, die der Zug durchquerte. Tiefe Täler und weite Ebenen wechselten einander ab.

Quer ging es durch die ausgedörrte Kalmücken Steppe. Nur Sand und Gras.

Im Umkreis von acht Kilometern kein Trinkwasser.

Verreckte Pferde.

Tote Russen, die ihre Gewehre in den verkrampften Händen hielten.

Verlassene Stellungen, zerstörte Panzer und Geschütze.

Abgeschossene Flugzeuge.

Fürchterlich sah ein sowjetischer T-34 aus, auf den Leichen russischer Soldaten lagen, deren Beine, Arme oder Köpfe teilweise herunterhingen. Eine Explosion im Panzer kostete den aufgesessenen Rotarmisten das Leben.

Ein anderer total geschwärzter T-34 schwelte noch. Aus ihm drang der Geruch von verbranntem Fleisch.

Dazwischen schwelende Glut, die der Steppenwind weiter trieb.

Wortfetzen, Lachen und die Töne eines schlecht gespielten Akkordeons verschluckten das Rattern der Räder des Zuges.

Jeder wollte auf seine Art vergessen, was wie eine dunkle Drohung über ihn schwebte. In jeden Waggon fanden sich Landser die Karten spielten oder knobelten. Andere wiederum klönten in der Ecke oder qualmten eine Zigarette nach der anderen.

Metall klirrte auf Metall.

Bremsen begannen zu kreischen.

Der Militärtransport wurde langsamer und kam zum Stehen. Genau um 9.30 Uhr erreichte er sein Ziel 30 km hinter der Front.

Fernes gebrummelt aus Richtung Wolga zeugte davon, dass der Kampf um Stalingrad im vollen Gange war.

In unmittelbarer Nähe des Bahnhofes Kriejenki stand zahlreiche Kriegstechnik. Fahrzeug stand neben Fahrzeug, Geschütz neben Geschütz feinsäuberlich in fünf, sechs Reihen.

Wie es sich herausstellte, war hier erbeutete sowjetische Kampftechnik abgestellt wurden.

Direkt neben dem Bahnhof lagen die Überreste einer abgeschossenen *Rata*.

Gegen 15.30 Uhr heulte ein feindlicher Bomber im Sturzflug heran.

Deutlich erkannte Werner wie eine Bombe nach der anderen aus dem Flugzeugleib herauspurzelte. Kaum hatten sie sich vom Flugzeugrumpf gelöst verwandelten sie sich in fünf kleine blitzende Punkte, die mit zunehmender Fallgeschwindigkeit einen feinen Kondensstreifen hinter sich herziehend der Erde entgegen sausten.

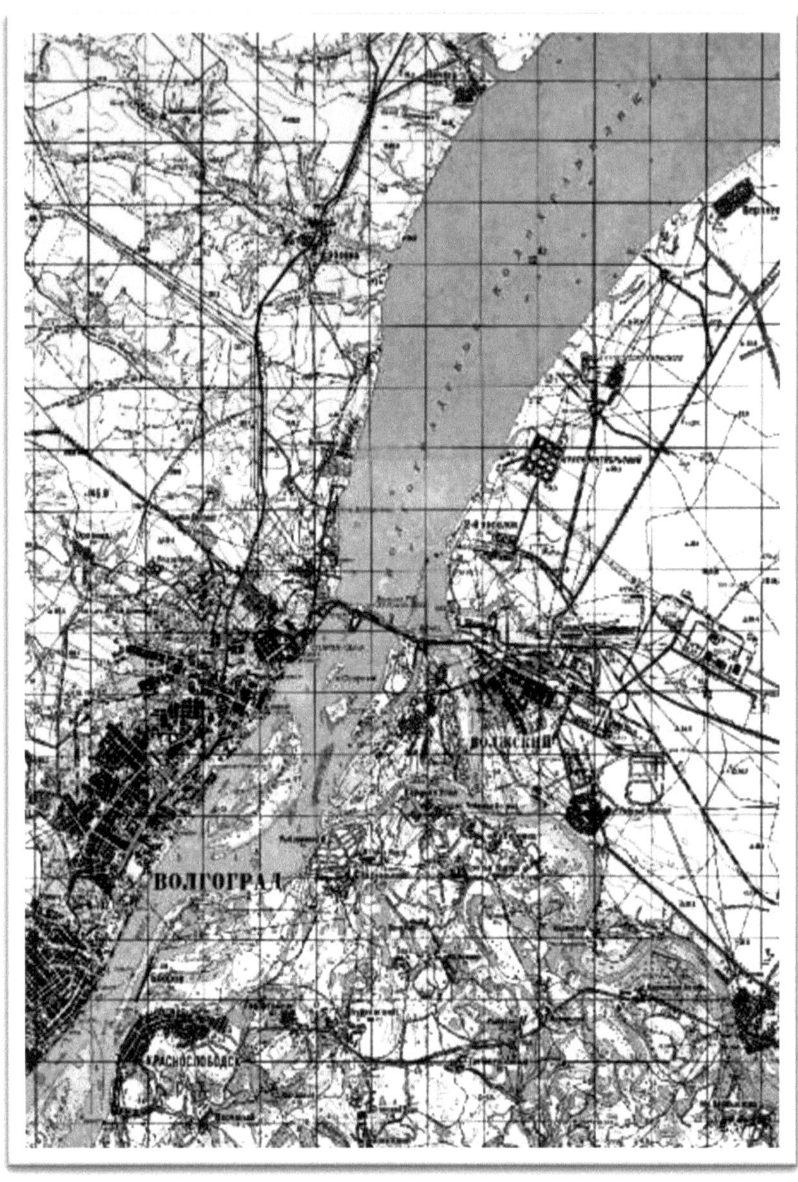

<u>Bild 25</u>: Kartenmaterial der Roten Armee aus dem Jahre 1942 - Stalingrad.

Das Rauschen in der Luft wurde zusehends lauter, ging in pfeifendes Sausen über, das zu einem heißen, wilden Fauchen anschwoll.

Instinktiv sprang Werner in den nahen Granattrichter, nahm den Kopf zwischen die Arme und presste sich dicht an die Erde.

Einschlag auf Einschlag folgte.

Werner krallte sich haltsuchend in die sandige Erde, wurde von den Luftstößen hin und her gerüttelt, lief in Gefahr, hochgerissen und davon gewirbelt zu werden.

In brodelnden Rauchwolken glühten rostrote Flecke auf. Aufwühlendes, zerhacktes und zermalmendes Metall pfiff durch die Luft.

Die aufgewirbelten Qualm- und Staubwolken erstickten Werner fast, der jetzt vorsichtig den Kopf hob und sich umschaute. In einer Entfernung von ungefähr 200 Meter entdeckte er drei neue Krater.

Was war aber aus den beiden anderen Bomben geworden?

Ein greller Blitz durchzuckte die Landschaft.

Die hier explodierende Bombe ließ das als Bahnhofsgebäude genutzte Haus in einem Meer von Feuer, Qualm und Rauch versinken. Gesteinsbrocken, Ziegelsteine und Bombensplitter zischten gefährlich durch die Luft.

Werner hatte seine Nase gleich wieder in den Dreck gesteckt. Splitter zischten über ihn hinweg. Als sich nach fünf Minuten immer noch nichts tat, lugte er vorsichtig über die Deckung und sah, dass die fünfte Bombe ein Fahrzeug getroffen hatte.

Nur noch verbogenes Eisen und verstreute Blechfetzen.

Trotz des Bombenhagels war weder der Militärtransport noch das Beutelager mit der sowjetischen Kampftechnik getroffen wurden.

Verletzten und Tote gab es diesmal auch nicht.

Welch ein Wunder!?

Drei oder viermal überflogen in den nächsten Stunden die roten Bomber den Standort des Militärtransportes: Sie schienen ein anderes Ziel, im Visier zu haben, und schenkten den auf den Gleisen stehenden Waggons keine Aufmerksamkeit.

Die Männer mussten die nächste Nacht noch einmal in den abgestellten Güterwagen des Militärtransportes verbringen. Erst am nächsten Tag sollte die Fahrt zur Einsatzkompanie weiter gehen.

Alles blieb diesmal in der Nacht ruhig.

Der helle Feuerschein am Horizont und das dumpfe Grollen der Granatabschüsse zeugten davon, dass die Schlacht um Stalingrad in seiner Intensität nichts verloren hatte.

Nicht einer der Soldaten konnte ein Auge schließen. Ein jeder von ihnen war im Gedanken, damit beschäftigt was ihm der nächste Tag bringen würde. Immer wieder auf die Uhr schauend wuchsen mit dem langsamen Vorrücken der Uhrzeiger die Spannung, der Kloß im Hals und der Druck im Magen.

5. Wie eine Erlösung kam den Männern um 5.00 Uhr der Weckruf vor. Sofort setzte fieberhaftes Treiben ein, denn die Lkws zur Weiterfahrt standen schon bereit.

Und dann war es so weit, der Befehl zum Aufsitzen kam.

Die Autos wurden angelassen, die Motoren heulten auf und dichte weiße Auspuffgase vernebelten die Luft.

Letzte Kisten polterten auf die Ladeflächen.

Kaum vernehmbares Dröhnen der Artillerie, ganz weit in der Ferne, erinnerte an den Krieg.

Um 8.45 Uhr setzten die Fahrzeuge sich auf das Signal: „Vorwärts!" in Bewegung. Die Wagen rumpelten einen Weg entlang, der rechts und links von Bäumen und Sträuchern besäumt wurde.

Plötzlich versperrte Baumbruch, sicherlich nicht durch einen Sturm entstanden, die Weiterfahrt.

Dem Kolonnenführer blieb nichts anderes übrig als einen anderen Weg einzuschlagen.

Dann lag die endlos erscheinende Steppe vor ihnen. Die weite Landschaft wurde an diesem herrlichen Spätsommertag in Sonne gebadet.

Von Westen her, begleitet von flinken Jägern zogen Bomberstaffeln heran und luden ihre Last über der kaum 15 Kilometer entfernten Stadt ab.

Explosionen.

Rauchpilze stiegen am Horizont empor.

Die Fahrzeuge der Kolonne wirbelten mit ihren Rädern den alles durchdringenden feinen Staub der Kalmücken Steppe auf. Als dunstige Wolke zog er hinter der Truppe her.

Eingehüllt in die lang gezogene Staubfahne ging es gen Osten - Marschziel Stalingrad.

Festgeklammert am Kühler, auf den Kotflügeln der Autos saßen Beobachter. Mit brennenden Augen versuchten sie in dem gelbbraunen Brodem etwas zu erkennen. Dort, wo der Staub am dicksten war, musste der Vordermann sein.

Wabernd hing die Staubwolke in der Luft. Sie triftete nur langsam mit der leicht von links wehenden Brise davon.

Stumpf dösten die Soldaten auf der Ladefläche vor sich hin. Völlig entstellt die Gesichter, die eine dunkelgraue Staubmaske überzog.

Da geschah das Unvermeidliche.

Ein heftiger Stoß ging durch einen der Lkws.

Ruckartig blieb er stehen.

Erschrocken fuhren die Männer in die Höhe.

Knirschen von Blech auf Blech.

Als sich die Staubfahne etwas verzog, tauchte das Malheur aus dem Dunst auf.

Was war geschehen?

Der Lkw war auf einen anderen aufgefahren. Gott sei Dank hatte es nur eine Blechbeule gegeben und die war zu verschmerzen.

Neben dem Fahrzeug stand am Straßenrand ein Schild mit Richtungspfeil: *Nach Stalingrad 9 km.*

Weiter ging die Fahrt.

Plötzlich trat der Fahrer hart auf die Bremse.

„Verflucht was ist denn schon wieder los?!", fluchte der Soldat, der neben Werner auf der Ladefläche saß.

Mit aufkreischenden, blockierenden Rädern schlittert der Wagen halb in den Straßengraben.

„Tieffliegerangriff!"

Ein einzelner Leukoplast Bomber oder auch *Rollbahnhure* genannt griff die Marschkolonne an.

Die Lkws waren noch nicht richtig zum Stehen gekommen, da sprangen die Männer bereits von den Ladeflächen herunter. Wie hakenschlagende Hasen spritzten sie nach allen Seiten über die freie Steppe auseinander. Vergeblich nach einer schützenden Deckung suchend.

Die Luft war plötzlich erfüllt von immer lauter werdendem Rauschen, das in ohrenbetäubendes Jaulen überging. Es schwoll an zu einem schrillen Höllenton, die Luft flatterte und pfiff um die abgeworfene Bombe.

Mit schlagartigem Krachen detonierte der sprengstoffgefüllte Stahlbehälter.

Der Erdboden wankte und bebte wie bei einem schweren Erdbeben. Werner bekam aus dem Augenwinkel heraus gerade noch mit, wie der neben ihm laufende Kamerad zusammenzuckte und zusammenbrach.

Und dort traf ein gezackter Bombensplitter den nächsten in den Rücken. Der Mann überschlug sich, um dann reglos liegen zu bleiben.

Durch einen weitergefahrenen Lkw ging plötzlich ein Ruck. Getroffen durch die nächste Bombe wurde das Fahrzeug hochgerissen und es überschlug sich. Die aufgesessenen Landser segelten durch die Luft und landeten unsanft im Staub des Weges.

Gewimmer!

Schmerzensschreie!

Ein glühender Bombensplitter, scharf wie ein Messer, hatte die Bauchdecke eines Gefreiten aufgerissen. Aus der Bauchhöhle drangen Kot und Gedärme heraus. Und bei einem Unteroffizier hing das rechte Bein nur noch an ein paar Haut- und Sehnenfetzen. Merkwürdigerweise blutete diese furchtbare Verwundung nur wenig.

Grauenhaft war das Bild des Soldaten, den ein Splitter die Schädeldecke aufgerissen hatte. Etwas Weißes leuchtete oben heraus, es war Gehirn. Erst war es weiß, dann fing es an zu bluten. Der Mann fiel nach vorn und blieb reglos im dürren Steppengras liegen.

Der Fahrer eines der folgenden Fahrzeuge konnte gerade noch bremsen, um das Schlimmste für seine aufgesessene Fracht zu verhindern.

Aufwirbelnder Staub und hochsteigende Explosionswolken verdunkelten die strahlende Sonne.

Es schien, als wäre bereits die dunkle Nacht hereingebrochen und die Pforte der Hölle hätte sich geöffnet.

Werner riss den Mund weit auf, um sein Trommelfell zu schützen.

Andere taten es ihm gleich. Sie hielten sich ebenfalls die Ohren zu und hatten den Mund weit geöffnet.

So wie der Spuk begann, war er schon wieder vorbei.

Erstaunt schauten sich die Männer um und sahen sofort die Ursache hierfür. Glitzernde Pünktchen gleich, schossen mit heulendem Motor Messerschmitt-Jäger, mit den typischen elliptischen Flügeln und dem verglasten Rumpfbug, Schleifen ziehend von oben auf das russische Flugzeug herab. Dreimal, viermal blitze es kurz an den Schnauzen der Me's auf.

Kaum hörbares Geknatter der 7,78 mm Bord-MG hing in der Luft.

Das russische Flugzeug, das sein Heil in der Flucht suchte, torkelte wie ein lahmer und müder Schmetterling am Himmel entlang.

Ihren Sturzflug abfangend brausten pfeifend die Messerschmitt hinterher. Die Bordwaffen bellten immer wieder kurz und abgehackt auf.

Der Motor des Russen heulte auf, so, als hätte der Pilot die Kontrolle über seine Maschine verloren. Eine grelle Stichflamme schlug aus dem Triebwerk. Die Tragflächen fingen Feuer. In derselben Sekunde lösten sich aus dem Doppeldecker zwei dunkle Punkte. Wie Spielbälle war die Besatzung aus den Sitzen geschleudert wurden.

Eine dicke schwarze Rauchfahne hinter sich herziehend, verschwand die Maschine wie eine brennende Fackel aus dem Blickfeld.

Gleich darauf eine Explosion, der ein emporsteigender Feuerball folgte.

Da dröhnte es im Rücken der Feldgrauen erneut heran. In einer Höhe von 50 Metern brausten im Tiefflug einmotorige Me-109 und zweimotorige He-111 über ihre Köpfe hinweg. Deutlich in den markanten geschlossenen Vollsichtkanzeln erkennbar die Gesichter der Piloten. Eine zweite, breite auseinandergezogene Flugzeugkette folgte in derselben Höhe, während die Erste bereits die russischen Stellungen in Stalingrad mit ihren 20 mm Maschinenkanonen eindeckten.

Bombenflugzeug auf Bombenflugzeug lud im Horizontalflug seine Bombenlast ab. Aufgereiht wie Perlen an einer Schnur, fielen die Sprengkörper der Erde entgegen, um dann in ununterbrochener Folge zu detonieren.

Aus Dreck und Rauch, durchzuckt von Explosionsblitzen wuchs eine graubraune Wand empor.

Das dumpfe Geräusch der fernen Artillerieabschüsse schien lauter geworden zu sein. Der Ostwind wehte bellendes Maschinengewehrrattern herüber.

Verdammt nahe musste die Front sein.

In der Ferne stieg der dunkle Rauch, in der sich der helle Schein flackerndes Feuer widerspiegelte, immer höher.

Nach der Fahrt von wenigen Kilometern, durch die endlos erscheinende Steppe, tauchte dort, wo es vermeintlich kein Haus und kein Strauch gab, die Silhouette Stalingrads auf. Genau unter der immer größer werdenden Wolke.

Bild 26: Rauchschwaden über Stalingrad (1942).

Um 14.00 Uhr hielt die Marschkolonne und die Männer konnten aus sicherer Entfernung das Inferno, was sich dort abspielte, verfolgen.

Die Stadt erstreckte sich über 40 Kilometer am rechten Ufer der Wolga entlang, eine Stadt mit fünf Hochschulen und drei Theatern.

Ein Industriegebiet mit 900.000 Einwohnern.

In den schwarzen Ruinen, der ersten Häuser des Vorortes zuckten gierige Feuerzungen. Sie flackerten orange, rot und gelb in den Trümmern empor.

Widerlicher, beißender Rauchgeruch wehte herüber.

Nur langsam konnten sich die Männer von dem tobenden Inferno und den grauenhaften Bildern der Verwüstung losreißend.

Und schon ging die Fahrt weiter.

Gegen 16.00 Uhr erreichte die Kolonne den Konzentrierungsraum des 14. Gren. Reg. 71.

Kompanien des Regimentes waren in einer Schlucht untergezogen.

Hier erwartete Werner erst einmal eine betrübliche Nachricht, die die Kameraden Gratz und Oettel betraf. Sie hatten sich bei der militärischen Grundausbildung in Gotha kennengelernt und die beiden hatten eine Woche vor Werner den Marschbefehl an die Front erhalten. Bei ihrem ersten Gefechtseinsatz mit dem Geschütz beendete der Volltreffer einer sowjetischen Fliegerbombe ihr junges Leben.

Werner blieb keine Zeit trübseliger Gedanken nachzuhängen.

Obwohl die 2-cm-Flak-Geschütze, aufmontiert auf robuste Kettenfahrzeuge, sich im Einsatz am Rande des Stadtgebietes befanden, kam der Befehl zum Waffenempfang.

Nach kurzer Dämmerung brach die Dunkelheit herein, für Werner die erste Nacht an der Stalingrader Front. Suchend schaute er sich nach einem Platz zum Schlafen um. Nirgends waren aufgebaute Zelte zu sehen und die alten Hasen hatten die Plätze in der Kampftechnik bereits alle belegt.

Guter Rat war teuer.

Werner blieb letztendlich nichts anderes übrig als das nächste Erdloch zu nutzen. Den Mantel über die Schulter gezogen schaute er fröstelnd in die heraufziehende Nacht, die das Aufblitzen der Granateinschläge und das Licht der Leuchtgranaten erhellte.

Hoch oben zogen wie die dunklen Schatten riesiger Vögel Bombenflugzeuge dahin.

Der Wind pfiff über die Kalmücken Steppe, zerrte an den vereinzelt stehenden Buschgruppen und peitschte hier und da Bäume, von hundert Stürmen schon ganz schief.

Die Fahrzeuge des rückwärtigen Trosses, untergezogen zwischen den hier wachsenden verkümmerten Bäumen, abgedeckt mit dürren Ästen aus nahen Buschgruppen, standen getarnt unter gefleckten Tarnnetzen verborgen.

Bild 27: 2-cm-Flak-Geschütz auf Kettenfahrzeug montiert (1942).

Stunden höchster Spannung und Gefahr vergingen, aber nicht ein sowjetisches Bombenflugzeug schien von den Fahrzeugen unter den Tarnnetzen Notiz zu nehmen.

Wieder und wieder zogen hoch oben die Maschinen dahin. Plötzlich scherten zwei aus und flogen mit der Nase in Richtung der untergezogenen Einheiten. Die glitzernden Punkte vergrößerten sich zusehends, begleitet vom anschwellenden Lärm der

69

Flugzeugmotoren. Es waren russische Jäger, die dröhnend heranrasten.

„Deckung! Volle Deckung!" rief eine befehlsgewohnte Stimme.

Da! Und schon ging es los!

Ein Höllenkonzert begann! Abgehacktes Rat... at... at... erfüllte die Luft. Hier und da hörte man die Kugeln singend in die Verkleidung der Fahrzeuge schlagen.

Kleine Staubfontänen spritzten hoch.

Ohne sich umzusehen, sprangen die, die noch kein Deckungsloch bezogen hatten, Schutz suchend mit schnellen Sprüngen in die nächste Erdmulde, den nächsten Bombentrichter oder unter ein Fahrzeug.

Unendlich dehnten sich die Sekunden.

Werner hörte pfeifend die Kugeln um sich herum einschlagen und wartete auf die, die in seinen Körper fahren sollte.

Sie kam nicht.

Fauchendes Zischen!

Krachen und donnern!

Es zitterte und dröhnte, es heulte durch die Luft, wimmerte und stöhnte.

In unmittelbarere Nähe schlug es eine.

Einmal ..., zweimal ..., dreimal ...!

Feuerblitze!

Man gab keinen Pfifferling mehr für das Leben.

Wütendes Flakfeuer zuckte auf und übertönte das Getöse der Flugzeugmotoren. Heftiges Abwehrfeuer der Maschinenflak und schwerer MGs reite sich ein.

Weiße Bällchen hüpften über den Himmel.

In Werners unmittelbarer Nähe krepierte eine Bombe. Der Luftdruck schien ihn vom Erdboden hochreißen zu wollen, in den er sich verkrallte.

Es war ein Volltreffer, genau in das benachbarte Deckungsloch. Von dem Kameraden, der hier Deckung gesucht hatte, war nur noch ein kleines Bild übrig geblieben, vom Luftdruck mit einem Uniformfetzen weit weggeschleudert, zerknittert, rissig von gesplittertem Glas. Auf dem Bild eine bildhübsche Frau mit einem blonden Knaben auf dem Arm.

Mit dröhnenden Motoren entfernten sich die Maschinen.

Bis zum Morgengrauen wiederholte sich das Angriffsspiel der sowjetischen Bomber noch einige Mal, nur dass sie diesmal keinen Schaden anrichteten.

Mit Anbruch des neuen Tages kroch Werner wie gerädert aus dem Erdloch, in dem er seine erste Nachtruhe an der Stalingraderfront verbracht hatte.

Aber was hieß hier überhaupt Nachtruhe!?

Werner hatte kaum Zeit, in ein Funkauto umzuziehen, als bereits der Stress begann. Die laute Stimme des Hauptfeldwebels ertönte: „Vorwärts Männer, Deckungslöcher ausheben!"

Die 1,80 m langen, 60 cm breiten und 50 cm tiefen Löchern gewährleisteten wenigstens einigermaßen Schutz vor den laufenden Fliegerangriffen der Russen. Notdürftig eingerichtet boten sie die zusätzliche Möglichkeit der Übernachtung. Aus nichts wurde eben etwas gemacht.

Obwohl es schwer war, mit dem schnell Vorrückenden und in Kampfhandlungen verwickelte Truppen Verbindung zu halten, traf ein Panjewagen mit mehreren Kartons Feldpost ein. Die Feldpost, die den Landser auch im entferntesten Winkel fand, brachte langersehnte Nachrichten aus der Heimat.

Auf dem Ruf des Spießes: „Die Feldpost ist da!" eilte alles, was Beine hatte und gerade keine Aufgaben erfüllte zur Postausgabestelle.

Die Feldpost, das einzige Bindeglied von zu Hause zur Front war von allen schon mit Sehnsucht erwartet wurden.

Viel zu langsam für den einzelnen Soldaten schien der Hauptfeldwebel die Pappkartons aufzureißen, in der sich die Post befand.

Wie jubelten die, die einen Brief erhielte. Sie öffneten ihn hastig und verschwanden in den Fahrzeugen oder Deckungslöcher. Beim Lesen kamen den einen und anderen Freudentränen, Tränen der Rührung, aber auch der Sehnsucht. Augen begannen zu glänzen.

Die Feldpostbriefe bildeten für die Moral der Truppe eine Waffe, eine Waffe, die scharf bleiben musste.

Viele Millionen Briefe wurden täglich zwischen Front und Heimat hin und her geschickt.

Durch eine ständige Zensur der Post sollte erreicht werden das nicht nur negative Schreiben über Dreck und Läuse, sondern vorwiegend das wenige Positive mitgeteilt wurde. Die Feldpostbriefe im schweren Ringen sollte Front und Heimat Stärkung bringen.

Die, die keine Post erhielten, verließen den Platz der Postausgabe enttäuscht, ihnen war die Niedergeschlagenheit anzusehen. Aber alle waren mit den Gedanken ob mit oder ohne Post zu Hause bei der Familie, bei den Eltern und Geschwistern.

Für Werner waren zwei Briefe dabei.

Am 14. September stieg ein riesiger Rauchpilz über Stalingrad empor. Verdunkelte die Sonne und ließ den Tag zur Nacht werden.

Über der Stadt wurde es gespenstisch dunkel.

Hellgelber Feuerschein zuckte immer wieder in der immer größer werdenden Wolke auf.

Rußfetzen flogen durch die Luft.

Die Stadt brannte.

Nicht nur die Stadt brannte, sondern das ganze Ufer in seiner ganzen Länge, soweit das Auge reichte.

Schwarz und rot. Andere Farben gab es hier nicht. Schwarz die Stadt und rot der Himmel.

Die Erdölbehälter, in der Nähe der Metallwarenfabrik waren in die Luft geflogen. Brennendes Erdöl floss in die Wolga, in die gewaltige Wasserstraße, die den Norden mit dem Süden der Sowjetunion verband.

Der ganze Fluss stand in Flammen.

Bald sollte allen klar werden, was dies für die deutschen Truppen im Kampf um Stalingrad bedeutete. Der 6. Armee blieb der wichtig benötigte Betriebsstoff verwehrt.

Die 29.I.D. (mot.) griff in der Stalingrader Südstadt an und stieß auf den Getreidesilo vor.

Für Werner war der nächste Tag ausgelastet mit Waffenappell und anschließenden Betriebsdienst.

Als die letzten Strahlen der Sonne am Horizont verschwanden, zogen von Westen graue Wolken auf, die sicherlich eine kleine Regendusche bringen würden.

Sofort setzte mit der hereinbrechenden Dunkelheit hektisches Treiben ein.

Hier und da blinkte gedämpftes Licht auf, das schnell wieder verlosch. Grün, grau, braun gefleckten Zeltbahnen wurden entfaltet und über den Deckungslöchern befestigt.

Gerade noch rechtzeitig.

Blitze zuckten am Himmel auf.

Donnerschlag folgte auf Donnerschlag.

Windböen peitschten verwilderte Büsche und verkrüppelte Bäume.

Erst fielen vereinzelte Tropfen, dann rauschte es herunter, als würde es aus allen Kübeln gießen. Da der Regen bis zum nächsten Morgen anhielt, blieb den Männern nichts weiter übrig als die Nacht in den provisorischen Unterkünften zu verbringen.

Der Mond mit seinem gelblichen Licht versuchte vergeblich die schwarzen, schweren, regennassen Wolken zu durchdringen.

Die Umgebung des Unterbringungsraumes verwandelte sich in eine breiige Masse.

<u>Bild 28</u>: Brennendes Stalingrad (1942).

Wie launisch war die Natur hier. Kräftige Regenschauer wurden abgelöst von strahlendem Sonnenschein, kalte Mondnächte wechselten mit herrlich warmen Herbsttagen. So schien am nächsten Tag kräftig die wärmende Sonne vom azurblauen Himmel und trocknete die durchnässte Erde.

An diesem Tag, um 8.oo Uhr wurde Werner dem Funktrupp des 2. Zuges zugeteilt. Gemeinsam mit dem Gefreiten Graf und Schatz, die ebenfalls zum Funktrupp gehörten, erfolgte der Einbau des Zeltes und der Funkgeräte in den Funkwagen, einen Horch V8. Markant auf dem Dach des geländegängigen Personenkraftwagen 40 die große Antenne.

Bis zum späten Abend hatten die Drei zu tun, bis die befohlene Ausrüstung eingebaut bzw. verladen war.

<u>Bild 29:</u> Funkwagen Kfz. 17 mit klappbarere Dachantenne hatte ein Gewicht von 2,4 t und wurde angetrieben von einem V8 Motor mit 3259 ccm Hubraum und 70 PS Leistung.

Ratternde Salven aus Maschinenpistolen, dazwischen Detonationen von Handgranaten schallten von der nahen Front herüber.

Zischend schossen Leuchtkugeln in die Höhe.

Dumpf grollte es die Front entlang. Eine Feuerwand wuchs aus den russischen Linien empor.

Pfeifen, Dröhnen und Krachen lagen in der Luft.

Feuerspuren der Katjuschas zogen am Himmel entlang. Stalinorgeln wurden sie unter den deutschen Landsern genannt. Die Salvengeschütze waren in der Lage schlagartig 24 bis 54 Granaten abzufeuern.

Werner lief Gänsehaut über den Rücken als er zum ersten Mal das schauerliche Huiii …, Huiii …, Huiii …, Huiii … vernahm.

Nur gut das die Einschläge in weiter Ferne lagen.

Am nächsten Tag musste der Funkwagen zur Reparatur in die Instandsetzungskompanie gefahren werden. Teilweise führte die Fahrt über freies Gelände. Ein lohnendes Ziel, für die immer und immer wieder angreifenden Rotarmisten.

Obwohl in unregelmäßigen Abständen rechts und links Granaten einschlugen und sie unter dem ständigen Infanteriefeuer der Iwans lagen, erfolgte die Überführung ohne jegliche Verluste.

Am 19.9. übernahm die 29.I.D. (mot.) im Stadtgebiet von Stalingrad den Südabschnitt der 94. Div. und machte hiermit weitere Teile der 94. Division zum Angriff frei. Im harten Häuserkampf gewann die 94. I.D. südlich der Zariza bis zum Nachmittag auf schmaler Front das westliche Wolgaufer.

An den nächsten Tagen wurden Einheiten der 29.I.D. (mot.) aus der Gefechtsordnung der deutschen Truppen um Stalingrad herausgezogen. Unter anderen auch die Kompanie zu der Werner gehörte. Der Befehl lautete 50 Kilometer von Stalingrad entfernt einen Ruhestellungsraum zu beziehen, der sich in einer kleinen Schlucht befand. Diese war vielleicht 30 Meter breit und nicht sehr tief, vielleicht zehn Meter.

Ohne Zeit zu verlieren, wurde sofort mit dem Bau der Unterstände begonnen. Es waren Bunker, vielleicht zwanzig Mal zehn

Meter groß, halb in den Hang hineingebuttelt, oben mit Holz abgedeckt und dann mit einer dicken Schicht Erde abgedeckt. Sie hatten keine Fenster. War ein kleiner Kanonenofen, hier schon ein Luxus, vorhanden qualmte dieser aus allen Ritzen. Der Rauch trieb dann die Tränen aus den Augen und einen trockenen Husten aus der Brust.

Kaum war diese Arbeit beendet ging die Buddelei für die Deckungslöcher los, die jeweils für zwei Männer ausgehoben werden mussten. Nachdem die Seitenwände mit Holzstöcken abgesichert und der Boden mit dürrem Steppengras ausgepolstert waren, dienten sie den Soldaten als Schlafstätte. Das Holz dazu wurde in den Ruinen der nahen Häuser zusammengesucht.

Auch wenn der Boden noch so hart war, musste für jedes Fahrzeug, für jedes Geschütz eine Stellung ausgehoben werden.

Und das kostete viel Schweiß.

Der weitere Tagesablauf bestand aus Wache stehen, Waffenreinigen und Betriebsdienst an der Kampftechnik zur Aufrechterhaltung der militärischen Kenntnisse und Fertigkeiten.

Die Instandsetzungseinheiten konnten sich über Mangel an Arbeit nicht beklagen. Gemeinsam mit den Panzerfahrern wurden die Ketten der Kettenzugmittel abgeschmiert, die vom Steppenstaub dicht verkrusteten Filter gereinigt, die Getriebe auseinandergenommen und neu mit Öl gefüllt.

Körper und Geist sollten aufgefrischt werden.

Am 26.9. um 10.00 Uhr erhielt jeder Stalingradkämpfer eine Frontzulage.

Aufgrund der hohen Verluste an Menschen und Material bei den erbitterten Kämpfen um Stalingrad war die 29.I.D. (mot.) aus der Gefechtsordnung herausgezogen wurden, um als Heeresgruppenreserve rund 50 Kilometer hinter der Front aufgefrischt zu werden.

In dieser Zeit löste eine Besichtigung der Truppe nach der anderen ab.

Bild 30: Beim Stellungsbau (1942).

Erst war es der Regimentskommandeur, der sich sogar bis zu der Funkstelle verlief bei der Werner inzwischen eingesetzt worden war. Nach der Durchführung eines Waffenappells erschien der Divisionskommandeur Generaloberst Leyser, um sich von dem Zustand und den Kampfwert der Truppe vor Ort ein Bild zu verschaffen.

Impfung gegen Fleckfieber und Typhus stand auf der Tagesordnung.

Kein Baum, kein Strauch gewährte hier eine zuverlässige Deckung, so geschah dies alles unter der ständigen Waffeneinwirkung russischer Kampfflugzeuge. Es waren nicht nur die U-2 Doppeldecker, sondern auch die weit aus gefährlicheren IL-2, wegen ihrer schweren Panzerung auch *Fliegender Panzer* genannt.

Hin und wieder wurde die Luft mit flatterndem Rauschen erfüllt - Bomben! Die Männer lauschten jedes Mal mit jagenden Pulsen auf das grausige Jaulen.

In unmittelbarer Nähe schlugen die Bomben ein. Detonierten in einem Qualm- und Feuerpilz. Rauchwolken ließen den Tag zur Nacht werden. Die Erde zitterte, bebte und schrie gequält auf unter den fürchterlichen Wunden, die ihr die russischen Bomben rissen.

Die Verluste an Menschen konnten durch die Auffüllung aus der Heimat nicht ausgeglichen werden, auch nicht durch die Einberufung der Jahrgänge 1922 und 1923.

Es fehlten hinten und vorne die *alten* Landser.

Die Neuen waren zwar in der Heimat schnell ausgebildet wurden, besaßen jedoch keine Erfahrung und die Erbarmungslosigkeit des Kriegs gab ihnen nicht die Möglichkeit, langsam Routine zu sammeln. Sie wurden gleich in den harten und grausamen Kampf geworfen.

Was für ein Glück hatte da Walter Dreßler aus Werna, der bei der Feldküche eingesetzt war, er durfte auf Urlaub fahren. Später erfuhr Werner, dass Walter während des Urlaubes in Werna durch einen Unfall ums Leben gekommen war.

So spielte das Schicksal.

Am 6. Oktober übernahm die 29.I.D. (mot.) die Sicherung des Wolgaufers südlich des Roten Platzes / Stalingrad Mitte.

Am nächsten Tag eröffnete die sowjetische Artillerie mit besonderer Heftigkeit das Feuer auf den Stellungsraum. Jetzt machte es sich bezahlt, dass man rechtzeitig mit dem Ausbau der Bunker, Stellungen und Deckungslöcher begonnen hatte.

Jaulend und fauchend rauschte das Verderben heran. Geschosse, heulende Feuerschweife hinter sich herziehen schlugen explodierend ein.

Im Rauch und Qualm der Einschläge verschwanden die Landser in den ausgehobenen Löchern. Deckung wurde in Gräben gesucht. Und der, der es nicht mehr schaffte warf sich auf der freien Fläche nieder und versuchte verzweifelt sich in die Erde zu wühlen.

Mit einem riesigen Satz verschwand Werner gerade noch rechtzeitig im nächsten Deckungsloch.

Ein ohrenbetäubender Knall.

Glühende Granatsplitter und die Reste einer Munitionskiste zischten pfeifend über ihn hinweg.

Das war knapp gewesen.

Explosion auf Explosion folgte.

Werner schien mit der Erde zu verschmelzen.

Unentwegt schoss der Russe mit schweren Geschützen auf den Abschnitt und richteten eine unvorstellbare Verwüstung an.

Gefährlich nahe spritzten die mit glühenden Metallsplittern gemischten Erdfontänen der Einschläge hoch. Das Krachen der explodierenden Granaten war so laut, dass man fast schreien musste, um sich zu verständigen.

Schwarzer Rauch und hochgeschleuderter Staub hingen über dem Abschnitt. Es war wie der Vorgeschmack auf den Weltuntergang.

Hilflos hockten die Männer in halb zerstörten Löchern und Granattrichtern. Die Köpfe eingezogen, hoffte ein jeder, diesen Beschuss heil zu überstehen.

Der Bunker des Zuges wurde durch eine heftige Detonation erschüttert.

Rauch und Staub wirbelten hoch.

Schreie klangen auf.

Sekundenlang wusste keiner mehr, ob es Tag oder Nacht war, ob er sich in einem Bunker oder schon in der Hölle befand.

„Ruhe behalten!", dröhnte die donnernde Stimme des Zugführers durch die rauchgeschwängerte Luft. „Volle Deckung, bis der Segen runter ist!"

Die Männer schmiegten sich eng an die wankende Erde.

Um sie herum krachte es, und alle anderen Geräusche wurden von diesem Inferno verschluckt.

Plötzlich Fürchterliches schreien.

„Was ist los?", tönte es aus dem nahen Deckungsgraben herüber. Vorsichtig sich umschauend tauchte erst der Stahlhelm, dann der ganze Kopf eines Landsers hinter dem Erdaufwurf auf.

Wieder lag lauter werdendes Rauschen in der Luft.

Sofort verschwand der Kopf des Soldaten hinter der Deckung. Er schien wie ein Mäuschen in die Erde kriechen zu wollen.

In unmittelbarer Nähe schlug die heranorgelnde Granate ein. Aufgewirbelter Dreck flog durch die Luft.

Als die Detonation verklungen war und das Rollen und Zittern der Erde verebbte, sprang der Landser aus dem Nachbartrichter auf und erreichte in wenigen Sprüngen die Stelle von der, der Schrei gekommen sein musste.

Aber der, der hier geschrien hatte, war bereits tot.

Aufrecht wie eine Salzsäule, zwischen den Dreckfontänen der Granateinschläge stehend, starrte der Landser mit weit aufgerissenen Augen auf den zerfetzten Körper. Die blutige Uniformjacke schien den Leib des Toten nur noch zusammenzuhalten.

„In Deckung verflucht noch mal! Geh in Deckung!" schrie einer.

Wie aus einem bösen Traum erwachend schüttelte der Soldat fassungslos den Kopf. Das schaurige Wahnbild abschüttelnd sprang er in das nächste Loch.

Immer lauter werdendes heranorgeln einer Granate lag in der Luft und genau an der Stelle, wo der Mann so eben noch gestanden hatte schlug das Geschoss ein.

Noch fast eine Stunde lag das Feuer der Russen auf den deutschen Stellungen.

Fast taub durch die Detonationen und schrilles Klingeln in den Ohren hob Werner sein maskengleich beschmiertes Gesicht und schaute über die Deckung. Erst als das Bimmeln leiser wurde, vernahm er markerschütterndes Geschrei. Rechts von ihm krümmten sich zwei Männer am Boden, von Dutzenden von rasiermesserscharfen Stahlsplittern durchbohrt. Wenige Meter davon entfernt schrie ein Soldat, dem es ein Bein abgerissen hatte: „Erschießt mich!"

In harten Stellungskämpfen befand sich die 29.I.D. (mot.) am 9. Oktober in Stalingrad Stadt im Bereich des Roten Platzes und der Anlegestelle der Wolgafähre.

Ab sofort wurde im Abschnitt des Zuges, der unter ständiger Feindeinwirkung lag, nur noch in der Zeit von 18.00 bis 24.00 Uhr gepudelt.

Selbst der Weg vom Entfaltungsabschnitt der Kompanie zum Unterbringungsraum und zurück, lag unter Beschuss der russischen Waffen. Aus ihren ca. 500 Metern entfernten Stellungen schoss der Iwan auf alles, was sich bewegte.

Besonders gefährlich waren die russischen Scharfschützen. Aus den oberen Stockwerken großer Häuser und von Geländeabschnitten aus, von denen die Stellungen, Grabenabschnitte und Deckungslöcher gut einzusehen waren, nahmen sie alles ins Visier, was sich bewegte. Wehe dem, der seine Deckung vernachlässigte, oder auch nur den Zipfel eines Körperteils sehen ließ, für den gab es kaum Rettung.

Es gab Tage, da genügte die kleinste Unvorsichtigkeit, um ins Gras zu beißen. Es waren die Tage, wo man sich ganz klein machte und auf den Bauch liegend ausharrte. Und an diesen Tagen pinkelte mancher Kamerad, die Zeltbahn über den Kopf gezogen, unter sich.

Erst mit Eintritt der Dunkelheit gelang die Bergung der Verwundeten. Das bedeutete allzu oft, dass ärztliche Hilfe zu spät kam.

Drei, vier Meter von Werner entfernt, lagen im Nachbarloch zwei Landser. Ihrer Aussprache nach zu urteilen musste es ein

Schwabe und ein Thüringer sein. Ganz blutig die rechte Kopfhälfte des Schwaben. Die Kugel eines russischen Scharfschützen hatte seinen Kopf gestreift.

Die russischen Scharfschützen schossen fast immer auf den Kopf.

Der Schwabe lebte noch. Der Thüringer, mit einem runden Gesicht, klein und korpulent, bemühte sich, ihm einen Verband anzulegen.

„Nein! Nein!" schrie plötzlich der Schwabe verzweifelt. Er stieß den Thüringer zurück und sprang aus dem Loch. „Ich will hier nicht verrecken! Ich will hier raus!"

Irrsinn flackerte in den Augen. Der Mann wusste nicht mehr, was er tat, als er hochaufgerichtet über das Gefechtsfeld davonlaufen wollte.

Ohne zu überlegen sprang der Thüringer, trotz seiner korpulenten Gestalt, flink wie ein Wiesel hinter her und bekam den wild um sich schlagenden Schwaben zu fassen. Es half nur ein kurzer Boxhieb auf die Kinnspitze des Tobenden, um ihn zur Ruhe zu bringen. Der Schwabe brach bewusstlos zusammen. Mühsam gelang es dem Thüringer, den Bewusstlosen hinter die nächste Deckung zu schleifen.

Da peitschte erneut der trockene Knall eines russischen Scharfschützengewehres herüber.

Getroffen zuckte der Schwabe zusammen. Sein Körper streckte sich.

Der Thüringer konnte nur noch den Tod feststellen.

Und die Nachtstunden waren auch nicht ganz ungefährlich. Wenn der Russe Nachtbeleuchtung schoss, war es ratsam, sofort in Deckung zu gehen. Kaum hatten die Leuchtkugeln das Gefechtsfeld mit ihrem bleichen Licht aus der Dunkelheit gerissen fegten schon die ersten Geschossgarben knatternder Maschinenpistolen herüber.

Ständig war der Feind aktiv und wenn es nur in Gestalt einer *Nähmaschine* war, die in diesem Moment über den Stellungsraum kurvte und Bomben abwarf. Eine davon schlug in ziemlicher Nähe des Unterstandes ein.

Die Erde wankte unter der berstenden Detonation.

Die Bunkerdecke knirschte und knackte.

Feiner Sand rieselte durch die Decke auf dem selbst gebauten wackligen Tisch.

Staub wirbelte auf.

Die Männer im Unterstand husteten und würgten, um den Staub in der Kehle loszuwerden. Für Sekunden waren sie wie betäubt und die Ohren schmerzten.

„Volltreffer!"

So verging kaum ein Tag, an dem es keine Verluste gab, entweder Gefallen oder Verwundete.

Eines Nachmittags mussten Schwerverwundete aus dem vier Kilometer entfernten Verwundeten Nest geborgen werden. Es befand sich in einem kleinen stickigen Kellerloch. Nur notdürftig verbunden dämmerten hier die Verwundeten im Halbdunklen dahin.

Ein verbogenes Blech bedeckte das große Loch in der Kellerdecke.

Auf den Weg dahin deckte überraschendes Feuer aus Schützenwaffen den Bergungstrupp ein. Von rechts, von links, von oben aus den Ruinen wurde geschossen. Sogar aus den Gullys tauchten russischen Soldaten mit ihren Maschinenpistolen auf.

Die Männer des Bergungstrupps waren unbeabsichtigt in das Infanteriefeuer geraten, das einer deutschen Panzereinheit galt.

Guter Rat war teuer und es wäre jetzt am besten gewesen, wenn die Männer ein Mäuseloch gefunden hätten, um sich darin zu verstecken.

In den Trümmern des nahen mehrstöckigen Gebäudes fanden sie notdürftig Schutz. Hinter Mauerresten hockend, warteten sie auf das Kommende.

Nach einer halben Stunde ließ das nervöse Knattern der Maschinenpistolen, das trockene Knallen der Karabiner und der helle Klang der Pistolenschüsse nach, um schließlich ganz zu verstummen.

Vorsichtig sich umschauend verließen die Männer den Schutz des Gebäudes und liefen geduckt den arg zerfledderten Grabenabschnitt entlang, sprangen über Steinbrocken und Trümmer. Nach kurzer Zeit erreichten sie ungeschoren das Verwundeten Nest.

Den Arm hebend versammelte der Truppführer seine Leute um sich. Gemeinsam hoben sie das Blech von der Öffnung und spähten vorsichtig über den Rand.

Schrecklich der Anblick, der sich ihnen bot.

Im stickigen Kellerloch wälzten sich die Verletzten stöhnend vor Schmerzen von einer Seite auf die andere.

Apathisch saß ein Landser an der Kellerwand. Der linke Arm hing schlaff an der Körperseite herunter. Blut tropfte aus dem schmutzigen Verband.

Bei einem anderen Kameraden hüllte Turban ähnlich, ein blutdurchtränkter Verband den Kopf ein, nur ein Auge freilassend, das fiebrig glänzte.

Eine abgezehrte Gestalt erhob sich schwankend, brach sofort wieder zusammen. Hart schlug der Kopf gegen die Ziegelmauer des Kellerloches.

Irgendwo in der Nähe bellte eine Vierlings Flak.

Und noch einmal!

Jetzt auch von der anderen Seite. Die Leuchtspurgeschosse sprühten in der Gegend herum. Sie kamen aus allen Richtungen und verschwanden ebenso schnell, wie sie auftauchten.

„Die Jungens feuern, dass einen Angst und bange wird. Toller Feuerzauber!" bemerkte Werner.

Fünfzehn Minuten später war auch dieser tolle Feuerzauber vorbei und die Männer konnten daran denken, den Rückweg anzutreten.

Jede Ruine, jeden Mauerrest, jeden Granattrichter und jede verlassene Stellung nutzend ging es in kurzen Sprüngen, teilweise gleitend und kriechend zurück. Dabei immer die Verwundeten im Schlepptau.

Plötzlich begann ein wahrer Höllentanz. Ringsum aus den dunklen Fensterhöhlen, den Ruinen, hinter Mauerresten und aus Granattrichter zuckte Mündungsfeuer aus Schützenwaffen. In das wütende Knattern fiel hämmernd ein MG und dazwischen immer wieder der helle Knall detonierender Handgranaten.

Der Russe gab aber auch keine Minute ruhe.

Den Männern des Bergungstrupps blieb nichts anderes übrig, als die Schwerverwundeten kurzerhand hinter den Resten einer zusammengefallenen Ziegelmauer abzulegen und selber in den Trümmern des nächsten Gebäudes zu verschwinden.

Fauchend fuhr eine russische Granate aufbrüllend in den Boden.

Diesmal dauerte es eine halbe Stunde, bis das Feuer nach ließ und die Männer ihre Deckung verlassen konnten. Jede Deckungsmöglichkeit nutzend krochen sie zur Ziegelmauer, wo die Verwundeten lagen. Mit entsetzten stellten sie fest, dass von den Verwundeten nur noch zerfetzte Leiber übrig geblieben waren.

„Verdammt!" entfuhr es den Truppführer. „Müssen eben ohne ihnen zurück! Nach Erkennungsmarke, Soldbuch und persönlichen Sachen durchsuchen!"

Egal, welcher Befehl ausgeführt wurde oder wie der Auftrag hieß, immer war ein jeder bestrebt nach der Erfüllung oder auch nicht Erfüllung der Aufgabe den Anschluss zu seinem Haufen nicht zu verlieren. Hier war er zu Hause, hier war die Heimat. Wenn's auch Fremde waren, im Moment war es die Heimat.

„Los, jetzt! Bevor der Iwan wieder anfängt!" rief der Truppführer, sprang hinter der Ziegelmauer hervor und verschwand nach zwei, drei schnellen Sätzen in einem Bombentrichter.

Die ihm folgenden Männer rutschten neben ihm in den Trichter.

Die Erde war noch ganz heiß, und fast hätte sie sich die Hände verbrannt.

„Verdammte Scheiße!", fluchte der Unteroffizier wütend. „Hier ist ja noch alles heiß!"

„Der Trichter ist ja noch frisch!" Werner grinste flüchtig.

„Weiß ich auch", kam unwirsch die Antwort. „Wir müssen weiter!"

Raus aus dem Trichter ging es in Sprüngen vorwärts. Drüben die Ruine mussten sie erreichen, dann waren sie in Sicherheit.

Hinlegen, schlangengleich kriechend, aufspringend ging es, kaum noch klare Gedanken fassend, weiter.

Weiter, immer weiter!

Mochten die Russen auch hinter ihnen her schießen!

Weiter, immer weiter!

Mit hämmernden Puls und pfeifenden Lungen arbeiteten sie sich zurück.

Schon nach wenigen Sprüngen setzte das gleichmäßige Tacken eines Maschinengewehres ein, dazwischen Karabinerabschüsse und kurze, rasselnde Salven aus Maschinenpistolen.

Gefährlich nahe zirpten mit tödlichem Gezwitscher die Geschosse knapp über ihre Köpfe hinweg.

Rein in einen Trichter, raus aus einen Trichter, ein paar schnelle Sprünge vorwärts. Gleitend, kriechend und wieder in Sprüngen vorwärts, immer nur vorwärts. So erreichten die Männer die Häuserruine.

Aufatmend sprangen sie in Deckung.

Die Hände bluteten.

Weiter! Nur nicht schlappmachen!

Es grenzte fast schon an ein Wunder, das alle, den nächsten rettendenden vorspringenden Mauerrest erreichten.

Kurze Zeit später kamen sie abgekämpft bei der Kompanie an.

Des Nachts, Werner hielt mit noch zwei Funkern die Nachrichtenverbindung zum rückwärtigen Raum, erfolgte erneut der Angriff der Russen. Sie mussten wohl das Funkgerät angepeilt haben.

Eine Leuchtkugel nach der anderen schoss in die Höhe und tauchte das Gefechtsfeld in diffuses Licht.

Krachen und Bersten.

Handgranaten krepierten.

Im aufzuckenden Feuerschein der Explosionen stürzten die Russen heran, schossen wild um sich und schrien: „Huräää ..., Huräää ..., Huräää ...!"

Gefährliches Zirpen erfüllte die Luft.

Ein Landser wurde in die Stirn getroffen. Er taumelte rückwärts gegen das Halbkettenfahrzeug, auf dem sich das 2-cm-Flak-Geschütz befand. Der Soldat rutschte zu Boden und hinterließ auf der Panzerung des Fahrzeuges eine verschmierte Spur aus Blut und Gehirnmasse. Sein Nachbar traf ein Geschoss in den Rücken und er sank neben seinen Kameraden zu Boden. Von zwei Geschossen in die Brust getroffen sackte ein weiterer Mann zu einem reglosen Bündel zusammen.

Aber auch das 2-cm-Flak-Geschütz lichtete mit gezieltem Feuer die Reihen der angreifenden Russen.

Werner hängte sich die MPi am Tragriemen um den Hals und steckte fünf Stielhandgranaten hinter das Koppel.

Noch 150 Meter waren die Russen entfernt.

Das gezielte Feuer aus den deutschen MGs42 wurde von Minute zu Minute dichter und dichter. Riss eine Lücke nach der anderen in die ausgeschwärmten Russen.

Noch 100 Meter ...

Das Feuer eines weiteren 2-cm-Flak-Geschützes griff in den Kampf ein. Reihenweise sanken die Angreifer tot oder verwundet zu Boden. Aber immer neue Rotarmisten arbeiteten sich über ihre bereits gefallenen oder verwundeten Kameraden hinweg auf die deutsche Stellung zu.

Noch 50 Meter ...

„Diesmal kriegen sie uns am Arsch", flüsterte Werner vor sich hin.

Da kam der Befehl: „Handgranaten fertigmachen zum Wurf ...!"

Mit fliegenden Fingern entfernte Werner von den Stielhandgranaten die Verschlusskappen und legte sie vor sich hin. Während dessen jagte der Funker neben ihm einen Schuss nach den anderen in die Reihen der angreifenden Russen.

Bild 32: 2-cm- Vierling auf 10 to Kettefahrzeug nicht nur für die Luftabwehr, auch im Einsatz beim Erdkampf (1943).

Das Vorfeld war bereits übersät von Leichen und vor Schmerz brüllenden Verwundeten.

Noch 30 Meter ...

„Handgranaten Wurf ...!"

Zwischen den Angreifern weiße Wolken.

Mit dumpfem Knall detonierten die Handgranaten.

Die von den herumfliegenden Splittern getroffenen Angreifer überschlugen sich und blieben blutüberströmt liegen.

Der Angriff der Russen geriet ins Stocken. Hier und dort begann sich bereits der Iwan zurückzuziehen.

Überall Tote und Verwundete.

Zwei Kameraden hatte es durch Kopfschüsse erwischt und einen anderen am Oberschenkel.

Die stark blutende Wunde wurde von einem Sanitäter versorgt.

Weiter entfernt, in der Nähe eines Deckungsloches lagen drei Bündel. Unbestimmt in ihren Konturen, die zerfetzten Körper drei Landser.

Noch immer kleckerte vereinzeltes Karabinerfeuer.

Da und dort war noch der Feuerstoß eines MG zu hören, doch der Angriff war endgültig abgeschlagen.

Nur die Granaten der russischen Artillerie zogen über die Köpfe hinweg und krepierten weit hinter den Stellungen.

„Diesmal hab ich wirklich gedacht, dass sie uns fertigmachen", stellte der Zugführer fest, während er mit zitternden Fingern hastig eine Zigarette rauchte.

„War wirklich nah dran", antwortete Werner, der neben ihm am Kettenzugmittel lehnte, und versuchte eine Zigarette zu drehen. Nach mehreren vergeblichen Bemühungen gab er auf. Die Hände zitterten vor Aufregung so sehr, dass ihm der Tabak immer wieder vom Papier fiel.

„Da!" Der Zugführer hielt ihm seine hin. „Ist noch ‚ne Aktive vom letzten Päckchen aus der Heimat. Steck dir den Stängel zwischen die Lippen, ich glaube, wir haben ihn ehrlich verdient."

Noch während Werner nach der Zigarette langte, hob beim Russen ein infernalisches Heulen an. Sekunden später krepierten reihenweise die Einschläge von Raketengeschossen rings um die Stellungen. In ununterbrochener Folge zogen sie ihre feurige Spur in den Himmel und ließen wenig später den Boden aufbrechen.

Immer neue Wunden schlugen die Granaten der blutgetränkten Erde.

Verbissen krallten sich die Männer in ihren Löchern fest.

Immer kleiner wurde die Zahl der todesmutigen Verteidiger.

Das Wimmern der Sterbenden und das Stöhnen der Verwundeten gingen im Bersten der Granaten unter.

Die Luft war erfüllt vom Gestank der Pulverdämpfe.

„War ja klar, dass der Iwan die Abfuhr nicht auf sich sitzen lässt." Werner horchte auf das Donnern der Explosionen. Unablässig zitterte der Boden unter seinen Füßen.

Der Kompaniechef sah sich gezwungen den Funkverkehr einzustellen, den der ständige notwendige Stellungswechsel konnte, nur unter großen Verlusten erfolgen.

Am 10. Oktober war es besonders schlimm mit den Russen. Vormittags wurde noch Betriebsdienst in der Kompanie durchgeführt und es sah ganz danach aus, dass es ein ruhiger Tag werden würde.

Nicht nur Werner, sondern alle seine Kameraden sollten sich getäuscht haben.

In den Nachmittagsstunden erhielt das 14. Gren. Reg. 71 die Aufgabe in der Dunkelheit ein im Gefecht liegendes Regiment abzulösen. Um 18.00 Uhr setzten sich die Fahrzeuge in Bewegung und lösten bei zunehmender Dunkelheit das Regiment das in einer Schlucht bei Jowanowska lag ab.

Der Russe veranstaltete einen wahren Feuerzauber. Rechts und links pfiffen die Gewehrkugeln über die sich entfaltenden Einheiten hinweg.

Es gab zahlreich Verwundete und Tote.

Werner bekam einen Schlag gegen den Stahlhelm, dass ihm fast der Kopf zur Seite gerissen wurde. Im Oberarm biss sich etwas heiß und schmerzhaft fest. Die Uniformjacke wurde am rechten Arme blutig rot. Wie sich herausstellte, war es nur ein Streifschuss.

Anderen erging es dagegen viel übler.

Getroffen unter dem Kinn riss es einen Soldaten den Kopf weg. Warmer kupfriger Geruch von Blut hing in der Luft und ein weit ekelhafter Gestank von entleerten Eingeweiden war wahrzunehmen.

Auf dem vorderen Fahrzeug traf es einen mitten ins Gesicht und riss ein Loch in den Hinterkopf. Er kippte vom Fahrzeug und lag zuckend und windend im Staub der Steppe, während das Leben langsam aus ihm herausfloss und die dunkelrote Lache immer größer wurde.

600 Meter vom Russen entfernt wurde Stellung bezogen.

„Die Funkstelle wird nicht aufgebaut. Wir ziehen doch nicht das Feuer der Russe auf uns!" befahl der Kompaniechef.

Nur gelegentlich peitschten jetzt noch Karabinerschüsse oder Maschinengewehrsalven herüber. Sie galten den Männern, die die günstige Gelegenheit nutzten, um eine bessere Stellung bzw. Deckung zu beziehen.

Stille!

Plötzlich, unheimliche Stille!

Mit einmal zerriss das Brummen von Motoren, eisernes Dröhnen und das Klirren von Panzerketten die Stille der Nacht.

Die Silhouetten von zwei, drei, vier Panzern zeichneten sich in der Dunkelheit ab. Grelle Feuerzungen zuckten aus den Kampfwagenkanonen auf. Splitter-Spreng-Granaten jaulten heran und schlugen rechts und links neben den Stellungen der 2-cm-Flak-Geschütze ein.

Eine weitere Salve winselte heran.

Wie ein weitwundes Tier zuckte ein 2-cm-Flak-Geschütz beim Volltreffer durch eine Granate zusammen. Berstend und krachend flog es in die Luft. Feuerfetzen und krepierende Munition zischten durch die rauchgeschwängerte Luft.

Von der Bedienung blieben nur noch zerfetzte Leiber übrig.

Bevor die Panzerabwehrwaffen des Regimentes eingreifen konnten, erlitt ein weiteres 2-cm-Flak-Geschütz das gleiche Schicksal. Die erste Granate sauste noch haarscharf vorbei, doch die Zweite, die unmittelbar hinterherkam, war ein Volltreffer. Sie detonierte im Kühler des Kettenzugmittels, zerriss den Motor und verwundete die hinter der Windschutzscheibe sitzenden Soldaten schwer.

Das getroffene Fahrzeug schlitterte quer über die Straße und blieb brennend im Straßengraben liegen.

Im hohen Bogen flog die Bedienung des Geschützes durch die Luft. Einige beherzte zerrten zwei Verwundete aus dem Kettenfahrzeug.

Gerade noch rechtzeitig.

Bild 33: Mit den Kettenfahrzeug durch die Straßen von Stalingrad (1942).

Die auf dem brennenden Kettenzugmittel verlasteten 2-cm-Granaten detonierten mit ohrenbetäubenden Geknatter.

Jetzt erst trafen die ersten Granaten der deutschen Pak-38 den russischen Spitzenpanzer.

Berstend, krachend brach er auseinander.

Ein weiterer Panzer ging in Flammen auf. Die Besatzung versuchte, sich zu retten, aber der erste Mann war kaum aus der Turmluke, da barst der T-34 in einer grell-roten Lohe auseinander.

Die schwelenden Wracks sahen wie gespenstisches Feuerwerk aus.

Bei einem dritten Panzer flog der Turm in die Luft und ein schwarzer Rauchpilz wallte in die Höhe.

Der letzte der stählernen Giganten setzte zurück. Die blauen Auspuffgase leckten unter dem Heck, der Motor brüllte.

Da traf auch ihn eine Granate.

Bild 34: Zerstörter Panzer (1942).

Aus dem Heck brach eine Flamme hervor, der eine dicke Fontäne aus Öl Qualm folgte. Mit kreischendem Stöhnen krepierte die Munition im Kampfraum des Panzers. Ekelerregender süßlicher Geruch vermischte sich mit dem Dunst brennenden Öles.

Unter dem konzentrierten Feuer der schweren MGs zogen sich jetzt langsam die wie wild um sich schießenden Russen zurück.

Glück für Werner. Vorsichtig arbeitete er sich und die anderen Überlebenden zurück. Immer darauf bedacht nur den Feind nicht aufmerksam zu machen. Von den vier 2-cm-Flak-Geschützen waren nur noch zwei einsatzbereit.

Ausgerechnet am 14. Oktober zu Werners 19. Geburtstag griffen die russischen Flugzeuge die Stellungen 14. Gren. Reg. 71 an. In dröhnenden Schwärmen rasten Bomber und Jagdflugzeuge heran und jagten mit unwiderstehlicher Wucht die dünnen Staffeln der Deutschen zurück.

Hier und da kam es zum Luftkampf, dessen Ausgang in Kurven, Korkenziehern und Trudeln ungewiss blieb. Brennend sank das erste Flugzeug mit gebrochenen Tragflächen wie Blei in die Tiefe. Ein Zweites fiel, seitlich über die Flügel rutschend zu Boden. Ein Drittes verbiss sich im Todeskampf in seinen Gegner, ihn ins Verderben reißend.

In den Kampf mischte sich das Tuckern von MG-Garben. Das dumpfe Wummern der Artillerie ergänzte die Symphonie des Todes.

Während Werner sicheren Schutz im Graben fand, zerfetzte einige Dutzend Meter entfernt, Geschosse menschliche Körper.

Schwefelgelber Dunst legte sich wie Nebel über das Kampffeld.

Massenhaft die Verluste.

Verwundete und Tote.

Stöhnen und Röcheln.

„Sanitäter ...! Sanitäter ...! Hilfe ...! Sanitäter ...!"schallte es über das Gefechtsfeld. Die Rufe der Verwundeten „Sani ...! Hilfe ...!"wurden beinahe so sehr zum Teil des Geschehens wie die Explosionen und Geräusche abprallender Geschosse.

Links, etwa 30 Meter von Werner wälzte sich schreiend eine Gestalt auf der Erde und schlug mit Armen und Beinen um sich.

Plötzlich, wie abgeschnitten stille.

Es war eine Stille, die schon wehtat.

Der Kampf hatte sich bis zum Einbruch der Dämmerung hingezogen.

Bei dem deutschen Großangriff der am 14. Oktober auf Stalingrad mit fünf Inf. Div. und zwei Pz. Div. geführt

Die folgende Nacht brachte nicht die erhoffte Gefechtspause. Erneut brausten feindliche Flugzeuge des Typs IL-2 in eng geschlossener Formation heran. An den Tragflächen und Leitwerken prangte der rote Stern.

Und ehe Werner dem Befehl: „Russen im Anflug! Köpfe in den Dreck!" befolgen konnte, luden sie schon wieder ihren Segen ab.

Es brach die Hölle los. Feuer und Schwefel regnete es vom Himmel. Den pfeifenden Geräuschen der Splitterbomben folgten feuerspeiende Berge.

Vor Werner spritzte ein Einschlag hoch. Obwohl er sich blitzschnell niederwarf, riss ihn die Druckwelle den Stahlhelm vom Kopf. Nur gut das Er den Stahlhelmriemen nicht geschlossen hatte.

Außerhalb der schützenden Deckungen lagen hier und dort zerfetzte Körper in grotesker Haltung, ihre Haare hell gepudert von dem aufgewirbelten Staub.

In getroffenen, qualmenden Fahrzeugen saßen bis zur Unkenntlichkeit verkohlte Gestalten.

Überall erklang wieder der Ruf: „Sanitäter! Sanitäter!"

Aber auch diese Nacht ging vorüber.

Der nächste Tag ließ sich eigentlich recht gut an. Vormittags Geländeausbildung und nachmittags Stellungsbau in unmittelbarer Nähe der Russen. Bis Mitternacht wurde geschanzt.

Komischerweise ließ der Russe die deutschen Soldaten an diesem Tage in Ruhe.

Nur vereinzelt fielen Schüsse, hier und dort flackerte Maschinengewehrfeuer auf, das nach kurzer Zeit verstummte.

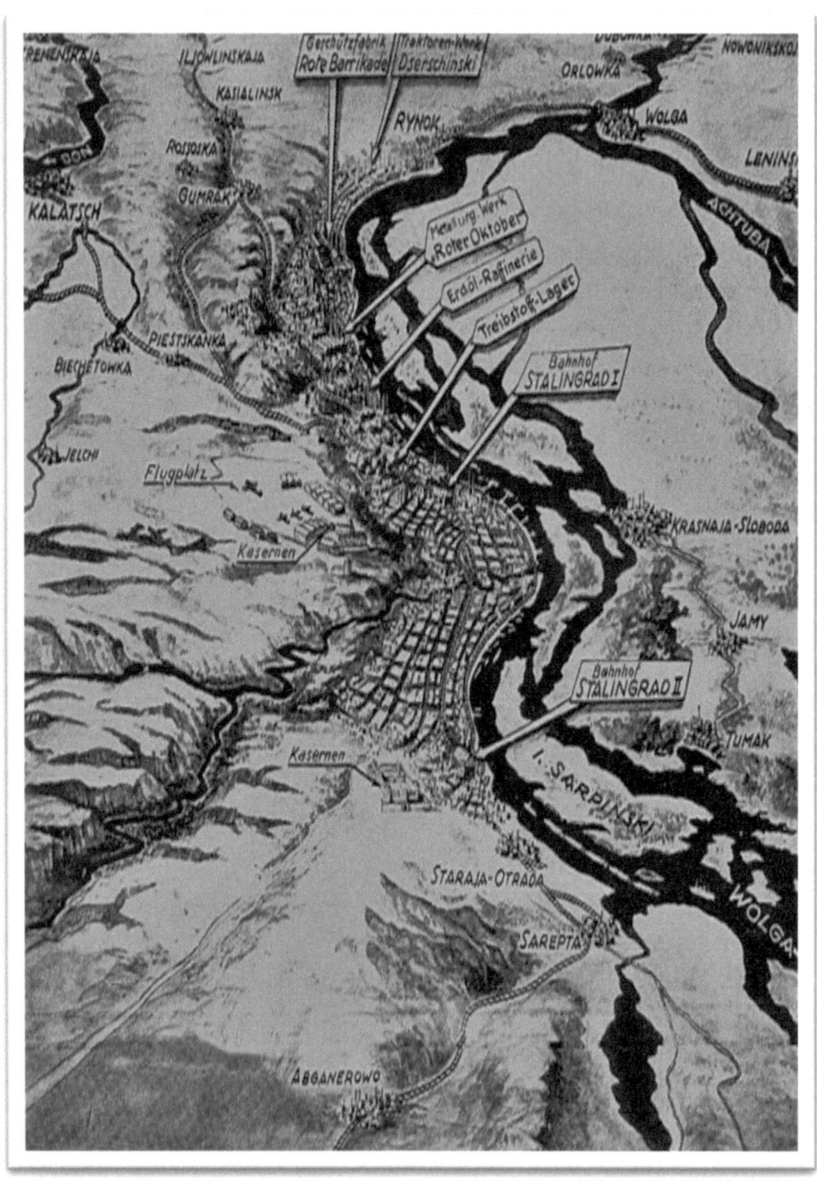

<u>Bild 35:</u> Übersichtskarte von Stalingrad (29. Oktober 1942).

Dafür sollte es aber am nächsten Tag, den 16. Oktober heiß hergehen.

6. Bereits im Morgengrauen riss das dumpfe Ploppen der Granatwerferabschüsse die deutschen Landser aus ihrem unruhigen Schlaf. Es klang, als ob etwas mit lautem Flattern aus der Luft zu Boden stoße. Wie Fallbeile stürzten die Werfergeschosse mit grellem, anschwellendem Zischen fast senkrecht herab, und da waren auch schon die schmetternden Einschläge. Hochgeschleuderte Gesteinsbrocken und singende Stahlsplitter prasselten hernieder.

Diese Biester, die steil von oben kamen, schlugen auch dort noch ein, wo eine Granate niemals hinfinden konnte, in die Tiefe der ausgehobenen Gräben und in die Stellungen, wo man die Fahrzeuge und Munition verborgen hatte.

Deutsche Maschinengewehre ratterten los und streuten das Gelände vor sich ab.

Aber auch die russischen Maschinengewehre blieben nicht ruhig.

Seitlich von Werner fetzte eine Garbe in den Boden.

Hinwerfend, aufspringend eine schützende Deckung suchend, dabei aus der Hüfte feuernd bewegte er sich vorwärts. Werner schlug einen Haken, stolperte, rollte sich ab.

Neben ihn eine Reihe kleiner aufspritzender Erdfontänen.

Kaum wieder auf den Beinen flog er mit einem Hechtsprung in die nächste schützende Deckung. Neben Werner ging einer der Kameraden in Stellung, ein Weiterer sprang zur Seite und geriet in die Garbe des russischen Maschinengewehrs. Ächzend fiel der Getroffene auf die Knie, vergeblich versuchte er, mit der Hand den Blutstrom zu stoppen, der aus seiner zerfetzten Kehle quoll.

Schuchart hatte ebenfalls kein Glück, einen spitzen Schrei ausstoßen fiel er durch ein Infanteriegeschoss schwer am Kopf verwundet lautlos vorn über.

Ohne auf die Granateinschläge, die umherpfeifenden Geschosse zu achten, kroch Werner zu der gekrümmt am Boden liegenden Gestalt hin. Ein kurzer Griff an die Halsschlagader genügte, um festzustellen, Schuchart lebte noch.

Rot sickerte es aus der Kopfwunde.

Werner lud sich den Verwundeten auf den Rücken, denn es war keine Zeit, jetzt einen Notverband anzulegen. Schwerfällig, gebückt und schwankend unter der schweren Last stolperte er zurück.

Immer schwerer wurde die Gestalt.

Nur gut, dass ihm ein Kamerad zur Hilfe eilte. Er ergriff Schucharts Beine und sie eilten gemeinsam auf dem kürzesten Weg zum Verwundeten Sammelpunkt.

Leider verstarb der Verwundete auf dem Weg zum Lazarett.

Der nächste Tag war ganz ausgefüllt mit Bunkerbau für den Leutnant. Bei jedem Granateinschlag in unmittelbarer Nähe rieselten durch die schmalen Ritzen zwischen den starken Balken der Bunkerdecke dünne Fäden Sandes.

Die nächsten Tage sollten für Werner Tage des Grauens werden. Der Einsatz in den Ruinen Stalingrads überbot in seiner Grausamkeit und Unmenschlichkeit alles bisher erlebte.

Sturmgeschütze unterstützten den Angriff.

8,8-cm-Flakgeschütze beschossen Widerstandsnester und Beobachtungsstellen. Fast in jedem Gebäude stand ein oder mehrere russische Geschütze. Um diese zum Schweigen zu bringen, musste jedes Haus durch Volltreffer vernichtet werden. Es wurde um jedes Stockwerk und jeden Keller gekämpft. Handgranaten flogen durch die dunklen Fensteröffnungen und detonierten im Inneren.

Leichen sowjetischer Soldaten und Heckenschützen segelten durch die Luft.

Die Begriffe *Front* und *Stellungen* wurden zu übertriebenen Begriffen. In der zerstörten Stadt verlief die Front von Haus zu Haus.

Regimenter wurden zu Stoßtrupps.

Ein falscher Schritt in diesem *Rattenkrieg* konnte tödlich sein.

Es galt nur noch der Einzelkämpfer.

Immer und immer wieder schlugen Granaten in die Ruinenwüste der Stadt ein. Häuser stürzten ein und ein Hagel von zerborstenen Steinen und verbogenem Metall prasselte auf das, was man gerade noch als Straße bezeichnen konnte. Dichte, grauschwarze Wolken aus Rauch, pulverisierten Beton und Staub waberten himmelwärts, von innen gespenstisch beleuchtet von rotflackernden Flammen.

Vorsichtig schlichen die Männer durch ein im Dunkel liegendes Viertel wo an vereinzelten Stellen rot und orange flackerndes Feuer in den schwarzen Himmel loderte. Zerfallene Wohnblocks standen in Flammen und tauchten die umliegenden Gebäuderuinen in gespenstische flackernde Helligkeit.

Bild 36: Angreifender Trupp beim erbitterten Kampf um jedes Haus.

Und immer wieder mussten Stacheldrahthindernisse, hastig errichtete Straßensperren und Stahligel aus zusammenge-schweißten Eisenbahnschienen umgangen werden.

Ein Eckhaus, vom Gegner besetzt, wurde zu einem ernstlichen Hindernis. Aus den wie dunkle Höhlen wirkenden Fenstern, aus Kellerlöchern und vom Dachboden herunter zuckte plötzlich das Mündungsfeuer russischer Maschinenpistolen, dazwischen das Rattern der Maxim-MGs.

Geschosse schlugen direkt über Werners Kopf in das Mauerwerk und ließen scharfgezackte Gesteinssplitter durch die Luft fliegen.

Einer der scharfen Splitter ritzte eine dünne, rote Linie in den Rücken seiner Hand.

Querschläger fegten mit teuflischem Singen durch die Gegend. Diese heimtückischen Abpraller konnten fürchterliche Wunden reißen.

Bild 37: Erbitterter Straßenkampf.

Flach auf dem Boden liegend, den Schaft der MPi gegen die Schulter gepresst erwiderte er das Feuer. Feuerstoß auf Feuerstoß aus der Waffe jagend.

Um ein besseres Schussfeld zu bekommen, rollte sich Werner aus der Deckung.

Und schon schwirrte ein Geschoss dicht über seinen Kopf hinweg.

„Verdammt!"

Werner rollte schnell zwei, drei Meter weiter, robbte nach rechts und blieb dann abrupt liegen.

Geschosse schlugen ein paar Handbreit neben den Kopf in den Boden und ließen kleine Splitter aus Mauerziegeln aufspritzen, die eine Seite des Gesichtes streiften.

Den Schmerz ignorierend fluchte Werner vor sich hin: „Das kann nur einer dieser verdammten Scharfschützen sein. Möchte wissen, wo der steckt?"

Bild 38: Die Stellung wurde gehalten.

<u>Bild 39</u>: Tiefflieger im Angriff (1942).

Bild 40: 2-cm-Flak-Geschütz im Einsatz (1942).

Bild 41: Brennendes Stalingrad (1943).

In den Feuerkampf griff ein 2-cm-Flak-Geschütz ein. An dem Geschütz befand sich nur noch der Geschützführer und Munitionskanonier. Alle anderen Bedienungsleute hatten auf Geheiß des Geschützführers Deckung seitlich, in den Ruinen bezogen, und beteiligten sich mit ihren Karabinern an der Niederkämpfung des Feindes.

Der Geschützführer schoss Dauerfeuer und streute die ganze Hausfront ab. Der erste Rahmen war leergeschossen, eine zweites Magazin wurde eingehängt, ein drittes.

Sich gegenseitig Feuerschutz gebend arbeiteten sich die Männer jetzt in kurzen abwechselnden Sprüngen auf die Ruine zu.

Ein Pfeifen in der Luft.

Werner warf sich nach hinten zu Boden, rollte sich zusammen und begrub den Kopf unter seinen Armen.

Eine ohrenbetäubende Explosion in unmittelbarer Nähe, und dort, wo sich das 2-cm-Flak-Geschütz soeben befand, war nur noch ein rauchender Trichter.

Trümmer, Metallteile und zerfetzte menschliche Körperteile wirbelten durch die Luft.

Die Druckwelle zerrte an Werners Uniform und ließ ihn ein Stück über den Boden schlittern. An einem Mauervorsprung blieb er reglos liegen. Weißglühende Splitter zischten über ihn hinweg, schlugen gezackte Löcher in die Ruinen und zerschmetterten ein in der Nähe stehendes Kettenzugmittel.

Den neben Werner in Stellung liegenden Kameraden traf ein gezielter Kopfschuss mitten in die Stirn. Der Kopf fiel nach vorn. Es sah aus, als wenn er sich zum Schlafen legen würde.

Einem anderen wurde die Schädeldecke durch einen Treffer abgerissen.

Langsam zogen sich die Männer, immer und immer wieder eingedeckt vom Feuer der russischen Scharfschützen zurück. Zwischen Gebäuderuinen lagen die Toten einzeln und in kleinen Gruppen.

Freund und Feind im Tod vereint.

Der Rauch legte sich beißend auf Werners Augen.

Für einen Moment Deckung suchend, wurde hinter den Fensterhöhlen einer Ruine Stellung bezogen. Im selben Augenblick schlug in dem Raum eine Ratschbombe ein, die wie eine Fastnachtsrakete erst in die eine Ecke sprang und dann in der anderen Ecke explodierte. Und da stand ein Feldwebel, den es zerriss. Ein Bein flog bis an die herabhängende Dachrinne, wo es hängen blieb.

Ein schreckliches Bild.

Und weiter ging es zurück.

Bild 42: Freund und Feind im Tod vereint (1942).

Überall Tote, aufgequollen und zerfetzt, schwarz im Gesicht, einzelne herumliegende Arme und Beine, zerbeulte und gesplitterte Stahlhelme.

Unheimlich und unmenschlich.

Da lagen Russen, da lagen Deutsche, da lagen die Kadaver von Pferden, zerstörte Geschütze und Panzer.

In der hereinbrechenden Dunkelheit stolperte Werner über etwas und hätte fast aufgeschrien, als er hinabsah.

Vor ihm lag reglos ein menschlicher Körper. Am Stahlhelm als deutscher Landser zu erkennen. Beim genaueren Hinsehen murmelte Werner vor sich hin: „Den kenn ich doch. Der gehört doch zu unserer Kompanie."

Werner beugte sich über den Reglosen und schüttelte ihn an der Schulter. Dieser schlug die Augen auf und flüsterte: „Lass mich liegen ich kann nicht mehr."

„Du spinnst wohl. Vorwärts. Du schaffst es schon. Es ist nicht mehr weit."

Obwohl sein Gegenüber zu sprechen versuchte, erhielt Werner keine Antwort, nur ein Schütteln mit dem Kopf.

„Auf! Schnell! Wir müssen den Graben hinter der Straße erreichen!"

„Geh ..., he ..., oh ... ne mich", kam es mühsam über die Lippen des Verwundeten.

Ungeduldig schnitt Werner ihm das Wort ab: „Das geht nicht! Ich lasse dich nicht alleine zurück hier!"

Mit Werners Unterstützung erhob sich der am Boden Liegende. Er hatte seine Schulter unter den Arm des Verwundeten gestoßen und machte sich mit ihm auf, ihn halb zerrend, halb tragend. Mühsam ging es vorwärts, aber sie erreichten schließlich doch den Unterstand im rückwärtigen Raum.

Hinter ihnen, über Stalingrad schwebten die Qualmwolken riesiger Brände.

Die Augen der Männer waren vor Erschöpfung durch die harten Gefechte gerötet, und sie hatten mehr Kameraden zu betrauern, als sie sich hätten je vorstellen können.

Diese völlig neue Situation war beunruhigend.

7. Am Morgen des 18. Oktober öffnete der Himmel all seine Schleusen und es prasselte der Regen nur so herab. Nur gut, dass die aufgebauten Zelte dicht hielten, so saßen die Männer im Trockenen.

Obwohl an diesem Tage kein direkter Einsatz in den Straßen von Stalingrad erfolgte, verlor Werner seine besten Freunde. Das Kleeblatt wie sie sich nannten, wurde auseinandergerissen, Werners fabelhafte Kameraden wurden zu anderen Einheiten versetzt und er wurde einem 2-cm-Flak-Geschütz zugeteilt. Neben den Fahrer, Geschützführer und Richtschützen gehörten noch drei Mann zur Bedienung.

Bild 43: Das Kleeblatt von Stalingrad (1942).

Mit zwei weiteren Geschützen ging es am nächsten Tag in die Nähe des Traktorenwerkes *Roter Oktober*. Eine Wildnis aus Schutt und Trümmern herrschte hier. Plötzlich schlug den Halbkettenfahrzeugen heftiges Abwehrfeuer aus 85 mm Kanonen entgegen.

Panzertürme hatten die Russen in die Werksmauern eingebaut.

Die Kämpfe spielten sich inmitten eines Gewirrs zerfetzter Maschinen, umgekippter Förderbänder und verbogener Gegenstände ab.

Kreischend, rumpelnd und mit dröhnenden Schlägen die Kanone abfeuernd, durchfuhren zwei T-34 die weite Fabrikhalle, walzten Geräte metallverarbeitende Maschinen und Werkbänke in den Beton.

Höllisches Geheul erfüllte die Luft, verstärkt durch das Donnern der gegnerischen Artillerie, dem schrillen Ton der Raketenwerfer und dem Rattern der Maschinenpistolen.

Die Hitze der Stadt in Flammen machte die Männer zusätzlich zu schaffen.

Hier und dort gingen Minen hoch und schleuderten Menschen als blutende Fleischbündel durch die Luft.

Es war ein unheimlicher, mörderischer Kampf.

List gegen List und Tücke gegen Tücke.

Es wurde aufeinander geschossen und gestochen.

Auf der Erde, unter der Erde, in den Kanalisationssystemen nahm das große Sterben seinen Lauf. In den rattenverseuchten Löchern und Kanalrohren starben Tausende von Soldaten beider Seiten.

Selbst zur Mittagszeit wirkte das Licht fremd und gespenstisch durch die ständigen Staubschleier in der Luft.

In den Gefechtslärm mischte sich ein neuer Ton. Erst leise summend, dann lauter, tiefer brummend und drohend.

Schnell wurden die, durch ihre Knickflügel und wie Raubtierbeine noch vorne gestreckten Fahrgestelle so markante *Vögel*, wie die Ju-87 größer und größer. Das Heulen der Motorensirenen gellte weithin. Im selben Moment schossen dort, wo die Bomben einschlugen, turmhohe Erdfontänen in die Höhe.

Der Boden unter den Füßen der Soldaten bebte.

Zweihundertfünfzig - und fünfhundert - Kilo - Bomben zerhämmertem russische Bunker und erkannte Artilleriestellungen der Sowjets.

Zu diesem Zeitpunkt bestand noch die Möglichkeit nach einem dreitägigen Einsatz in den Ruinen von Stalingrad zwei Tage relative Ruhe für die kämpfende Truppe einzulegen.

Fast täglich wurde aus dem fernen Donnergrollen der russischen Artillerie eine herannahende Hölle, die Dreck, Feuer und Eisen spukte. Neben dem starken Beschuss durch die Stalinorgeln und Granatwerfern verlangten die bei Gebäudetreffern von oben herab regnenden Metallsplitter und Mauerbrocken zahlreiche Verluste an Mensch und Material.

Am 19. Oktober hieß es: „Es geht zum heiß umkämpften Mamai Hügel".

Die Höhe 102 war zu diesem Zeitpunkt von russischen Truppen besetzt.

Der erbitterte Kampf um das Herzstück Stalingrads fand seine Fortsetzung. Alle erdenklichen Waffen griffen im steten Zusammenwirken an.

Es knallte, pfiff und kreischte in allen Tonarten.

Unter donnerndem Krachen stieg eine Explosionswolke nach dem andern empor, wuchsen zu gelbgrauen Pilzen, die allmählich wieder in sich zusammenbrachen.

Nur träge verzog sich der Rauch und Qualm.

Das feindliche Abwehrfeuer wurde heftiger und steigerte sich noch.

Die tödlichen Bahnen glühender Leuchtspurgarben schnitten sich kreuz und quer.

Zwei *Stalinorgeln*, die in einer Mulde kurz vor den deutschen Stellungen standen, eröffneten das Feuer in direkten Beschuss. Mit furchtbarem Dröhnen und Rauschen zischten die Geschosse über die Köpfe hinweg.

Bild 44: Mit den Kettenfahrzeug durch die Straßen von Stalingrad (1942).

Bild 45: Flammenwerfer im Einsatz.

<u>Bild 46</u>: Brennende Häuser.

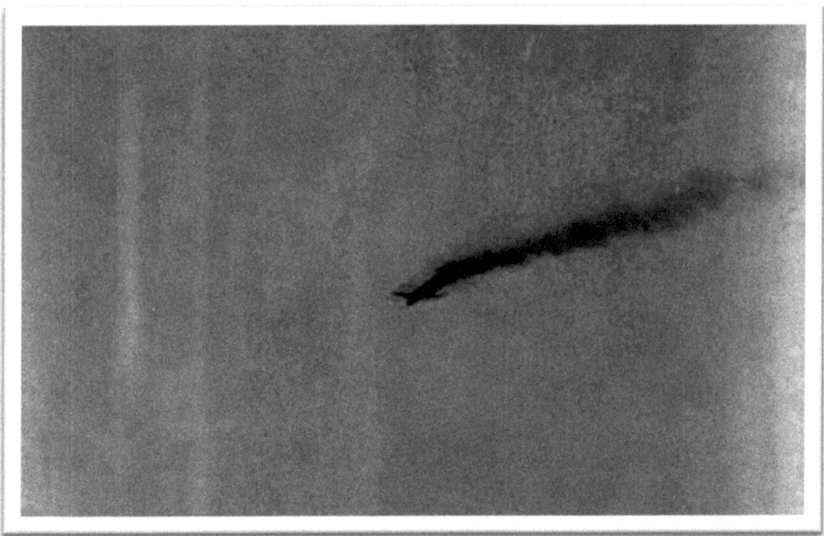

<u>Bild 47</u>: Deutsches Flugzeug wurde abgeschossen.

<u>Bild 48</u>: Überreste zerstörter Häuser.

<u>Bild 49</u>: Stalingrad liegt in Schutt und Asche.

Wieder einmal musste die 2-cm-Flak den Weg freischießen. Mit ihrem Feuer hielten sie tödliche Ernte unter den Russen und vernichteten aus kürzester Entfernung russische Geschütze mit ihren Bedienungen.

Verbissen kämpfend bahnten sich die Deutschen mit Handgranaten und MPi-Feuer ihren Weg.

Geballte Ladungen in Tunnelschächte geschleudert, brachten diese zum Einsturz und verlegten so dem Russen unter der Erde den Weg.

Beim Blick zum Himmel sah Werner deutsche Flugzeuge den Angriff unterstützend.

Ein beruhigendes Gefühl.

Erbittert wogte der Kampf um das Herzstück Stalingrads hin und her. Nach zähem Ringen gelang es endlich in die russischen Stellungen einzudringen.

Wildes Handgemenge begann.

Befehle, Zurufe, Schreie und Röcheln der Sterbenden.

„Wenn das so weitergeht", fluchte neben Werner ein Kamerad mit pulvergeschwärzten Gesicht und zerrissener Uniform, „dann finden wir uns bald in der Hölle wieder."

Werner zog blitzartig den Kopf ein und warf sich flach hin. Ein Hagel von Geschossen peitschte über ihn hinweg.

Auf der ansteigenden Fläche stiebten kleine Staubfontänen in die Höhe.

Schmerzensschrei!

Deutsche Flugzeuge den Angriff mit dem Feuer aus ihren Bordwaffen unterstützten, rauschten in diesem Moment über die Kämpfenden hinweg.

Endlich gelang es den Angehörigen der Kompanie, unter ihnen Werner, in die Stellungen auf dem Mamajew-Hügel einzudringen und den Iwan im erbitterten Nahkampfgefecht zu überwältigen. Ohne auch nur eine Sekunde zu verlieren, wurde im ausgebauten Grabensystem der Höhe zur Verteidigung übergegangen. Ein wichtiger strategischer Punkt Stalingrads befand sich in der Hand der deutschen Truppen.

Nur für wie lange?

Werner schaute von der Höhe in das Tal hinab. Dort unten, keine fünf Kilometer entfernt, floss die Wolga, und dicht davor, von der Zariza in zwei Hälften geteilt, lag Stalingrad.

Die Stadt war in Rauch und Flammen gehüllt.

„Das haben wir geschafft!" stellte der Geschützführer der ‚Zwozentimeter' seufzend fest.

„Was wird wohl jetzt kommen?", murmelte Werner, dabei seinen Blick über die zahlreichen dunklen Flecken, den Toten schweifend lassend. Es waren russische und deutsche Soldaten, die in einem sinnlosen Kampf ihr Leben ließen.

„Abwarten!", brummte der Geschützführer.

In erbittert geführten Gefechten, um die Vorherrschaft, wechselte der Hügel mehrmals seinen Besitzer, dabei gab es auf beiden Seiten zahlreiche Tote. Umgepflügt durch die glühenden Metallsplitter der zahlreichen Bomben und Granaten schien der Hügel nur noch aus Eisen zu bestehen.

Vom Mamajew - Kurgan bot sich der Überblick über die ganze Stadt, einschließlich des Hafens und der großen Industrieanlagen im Norden: Das auf Panzerplatten und Artilleriegeschosse spezialisierte Elektrostahlwerk *Roter Oktober*, die Geschützfabrik *Barrikade* und das Traktorenwerk, in dem Panzer produziert wurden. Von tiefen Balkas durchschnitten, erstreckte sich das Gewirr von Häusern, Straßen und Plätzen über 60 Kilometer lang.

Im Hintergrund das breite Band der Wolga.

Im Süden ragte die bewaldete Golodny - Insel aus dem Strom. Am gegenseitigen Ufer konnte man das Dorf Krasnaja Sloboda erkennen, von dem aus hauptsächlich die in der Stadt kämpfenden sowjetischen Truppen versorgt wurden. Es war verständlich das ein erbitterter Kampf von beiden Seiten um diese Höhe geführt wurde.

<u>Bild 50</u>: Nach dem Ende des Kampfes am 27. September 1942 war der blutgetränkte Boden hier auf den Hügel voller Krater und Schrappnelle. Pro Quadratzentimeter fand man zwischen 500 und 1250 Metallsplitter (Aufnahme 2006).

<u>Bild 51</u>: Die früher steilen Hänge waren durch Monate intensiven Beschusses und Luftbombenbardements flach geworden (Aufnahme 2006).

Traurigen Ruhm sollte dieser strategisch wichtige Höhenzug erreichen. Bis in den Januar hinein tobte hier eine bisher in ihren Ausmaßen nie gekannte Materialschlacht. Keine Seite konnte ihn für einen längeren Zeitraum halten.

Mit allen zur Verfügung stehenden Waffensystemen wie Panzer, Artillerie und dem Stuka-Einsatz der Luftwaffe wurde erbittert um die höchste Erhebung Stalingrads gekämpft.

Die Front rückte hin und her. Selbst der Hauptbahnhof wechselte an einem Tag viermal den Besitzer.

Das große Töten nahm seinen Lauf.

Angriff auf Angriff, von allen Seiten.

Berstende Granaten, feuernde Panzer, ratternde Maschinengewehre, furchtbares Heulen der Stalinorgeln, detonierende Bomben und das alles Auge in Auge.

Neben die in Stellung gegangen 2-cm-Flak-Geschütze schlugen Granaten ein, Fontänen von Dreck und schwarzen Rauch in die Luft jagend.

Ringsum klafften riesige Trichter in der Erde.

Umgestürzte Geschütze, zerborstenes Material.

Tote, wohin das Auge blickte. Teilweise bis zur Unkenntlichkeit zerfetzte Körper offenbarten die ganze Grausamkeit des Krieges.

Für einen Moment hielt Werner den Atem an. Das schmerzerfüllte Schreien, das über das Gefechtsfeld hallte, ließ ihn erbleichen. Er hatte sich immer noch nicht daran gewöhnen können.

Und was er dann erblickte, ließ ihn erschauern.

Auf dem Boden wand sich ein Mann und krümmte sich vor Schmerzen. Glühende Splitter, scharf wie Rasiermesser, hatten ihm die Bauchdecke aufgerissen. Er versuchte vergeblich, die heraushängenden Gedärme in die Bauchhöhle zurückzudrängen.

Aber dies war nicht der einzige Verletzte.

Wild gestikulierend torkelten Soldaten wie Betrunkene durch die Rauchwolken, dem gezielten Feuer der russischen Scharfschützen ausgesetzt.

Dort schob sich eine Gestalt wie ein Wurm über die rauchgeschwärzte Erde. Ein scharfgezackter, glühend heißer Granatsplitter hatte ihm den Unterschenkel unterhalb des Knies abgetrennt. Seltsam zur Seite verdreht lag es nur noch an ein paar Haut- und Sehnenfetzen hängend neben dem Verletzten.

Für die Verwundeten gab es keine Hilfe.

Der Russe griff unaufhörlich an und belegte die Stellungen der 2-cm-Flak-Geschütze mit ständigem Feuer. Wie von einer Riesenfaust herumgerissen traf es eines der Geschütze. Es bäumte sich auf, stand ein Weilchen wie ein eiserner Baum und fiel als formloser Haufen rücklings nieder, die Bedienung unter sich begraben.

Das Feuer aus den Läufen der anderen der 2-cm-Flaks hielt eine tödliche Ernte. Die Kugeln pfiffen in langen Garben in die Reihen der angreifenden Russen.

Wie betäubt waren die Ohren der Männer von dem unablässigen Getacker der Maschinenwaffen, den geknattert der Maschinenpistolen und den peitschenden Karabinerschüssen. Dazwischen immer wieder Granateinschläge, Bombendetonationen und die Explosionen der Handgranaten.

„Laufwechsel!", schrie der Geschützführer.

„Erst mal können vor lauter Lachen!", erwiderte der Richtschütze und nahm den Finger vom Abzugshebel. „Wir haben keinen Reservelauf mehr!"

„Verflucht!", brüllte der Geschützführer wild und schlug ärgerlich gegen das Schutzschild. „Mann schieß! Schieß und wenn uns der Lauf um die Ohren fliegt!"

Gezieltes Feuer riss eine Lücke nach der anderen in die Linien der heranstürmenden Russen.

Arme hochreißend stürzten die Getroffenen zu Boden.

Über die Toten und Verwundeten hinweg stürmte die zweite Angriffswelle heran, mit aufgepflanzten Bajonetten, entsicherte Handgranaten oder blanken Spaten in der freien Hand.

Herumschwingend sandte die 2-cm-Flak zu deren Bedienung Werner gehörte ihre Feuerstrahlen in die Masse der Angreifer und gab den nach Deckung suchenden Kameraden Feuerschutz.

Schuss auf Schuss verließ den Lauf.

Trotzdem näherten sich die Russen den deutschen Stellungen.

Kaum 80 Meter waren sie noch entfernt, da gab der Zugführer den Befehl: „Handgranaten fertigmachen zum Wurf“!

Näher und näher kamen die geduckt laufenden Gestalten, feuernd aus Maschinenpistolen und Karabinern, die sie im Hüftanschlag hielten.

Man konnte bereits das weiß in ihren Augen erkennen, als deutsche Stielhandgranaten durch die Luft wirbelten.

Aufsteigende weiße Wölkchen in den Reihen der Angreifer.

Krachen.

Die explodierenden Handgranaten stoppten den Angriff der russischen Soldaten. Die von den herumfliegenden Splittern Getroffenen überschlugen sich und blieben blutüberströmt liegen. Dazwischen stählerne Kolosse, aus denen riesige Flammenzungen schossen und schwarzen Rauchfransen, wie Trauerfahnen über das Gefechtsfeld wehten.

Ekelerregender süßlicher Geruch vermischte sich mit dem Dunst brennenden Öls und den beißenden Pulverdampf.

Werners Gesicht war ganz aschfahl geworden, als er sah, um welchen Preis dieser trügerische Sieg errungen wurde. In seinem Blickfeld lagen die qualmenden Trümmer eines abgeschossenen T-34. Aus der Luke hing ein Körper, den Kopf nach unten, die Füße festgeklemmt und die Beine brannten bis zu den Knien. In dem Körper war noch Leben.

Werner glaubte, ein Stöhnen zu hören.

Vor den Stellungen stapelten sich die gefallenen Russen. Der Sensenmann hatte reiche Ernte gehalten, ohne dabei Freund und Feind zu unterscheiden.

In der Zeit vom 19. Oktober bis 18. November erfolgte der Einsatz der 29.I.D. (mot.) zur Sicherung der deutschen Gefechtsordnung südlich Stalingrads.

Und schon kam die nächste Aufgabe.

Der Zug erhielt den Befehl bis zum Wolgaufer vorzurücken und dort die Sicherung der Gefechtsordnung zu übernehmen.

Den Weg zur Wolga versperrten nicht nur eilig errichtete Betonbunker, sondern auch bewegungsunfähig geschossene schwere Panzer, die immer noch feuern konnten.

Straßenkreuzungen mussten vermieden werden. Die russische Artillerie hatte sich darauf eingeschossen.

Der Weg führte durch Trümmer, Schutt und Scherben.

Oft ging es nur Meter um Meter vorwärts, unter den ständigen Hagel der Geschosssalven aus den Widerstandsnestern in den Ruinen der umliegenden Häuser.

Am gefährlichsten waren auch hier die russischen Scharfschützen, die in ihren Stellungen heimtückisch, hinter leeren Fensterhöhlen lauerten.

Mit rasselnden Ketten rasten die 2-cm-Flak-Geschütze durch eine senkrechte Lößschlucht, die direkt zur Wolga führte.

Rechts und links aus Quergängen und Höhlen belegte dichtes Feuer aus Schützenwaffen die dahin preschenden Fahrzeuge. Peitschend pfiffen die Kugeln des dichten MG- und MPi - Feuer nicht nur gefährlich nahe über die Köpfe aufgesessenen Besatzungen, sie rissen auch manchen deutschen Landser von den Beinen.

Dann war es geschafft und das Steilufer der Wolga erreicht. Links des Hohlweges zogen die Geschütze sofort in tiefe Panzerdeckungslöcher unter, Russen waren vorher drin gewesen.

Die ausgebauten Stellungen reichten bis zum Steilhang, wo es runter zur Wolga ging. Das vorderste Loch, getarnt durch einen dichten Strauch, eignete sich ausgezeichnet als Beobachtungsstelle.

Bild 52: Blick von der Wolga auf das brennende Stalingrad.

Bild 53: Granatwerfereinschläge am Wolgaufer (1942).

In russischer Hand befand sich hier nur noch ein schmaler Streifen. In diesem rund 1.000 Meter langen Streifen des Steilufers der Wolga am nördlichen Stadtrand lag ein russischer Bunker neben dem anderen.

Der Streifen wurde bis zum Ende der Kämpfe um Stalingrad von den russischen Verteidigern gehalten.

In den hier fuchsbauartig angelegten Unterständen befanden sich während der gesamten Zeit der Schlacht um Stalingrad das Oberkommando der 62. sowjetischen Armee, Lazarette und Munitionsdepots.

Die Lößschluchten des Wolga-Ufers bildeten ideale Sammelplätze für die nachts über den breiten Fluss gebrachten Soldaten- und Kriegsmaterialtransporte.

Die mächtige wasserreiche Wolga war stets das Sinnbild Russlands.

In Volksliedern besungen und von Legenden umwoben, ist sie von der ganzen Geschichte des russischen Volkes nicht zu trennen.

Der weitere Einsatz der 2-cm-Flak-Geschütze erfolgte jeweils dort, wo sie am dringendsten benötigt wurden und jetzt waren sie hier gefragt.

Die Feuerbereitschaft war hergestellt.

Von einer der verlassenen russischen Panzerstellungen heraus beobachtete Werner, auf dem Fahrzeug sitzend, das Geschehen auf der träge dahinfließenden Wolga.

Direkt am Flussufer, unterhalb der Panzerstellung führte ein zerstörter Holzsteg in den Fluss hinein. Der gewaltige Strom war hier über zwei Kilometer breit und glich fast einem See.

Diesig war es.

Werner musste die Augen schon sehr anstrengen, um wenigstens die Umrisse des jenseitigen Ufers schwach erkennen zu können, das sich bis zur Endlichkeit zu erstrecken schien. Rechts inmitten des gewaltigen Stromes erblickte er eine bewaldete Insel und Sandbänke. Das Südende der Insel entzog sich seinen Blicken.

Jetzt, am Tage, war kein Schiff, kein Boot auf dem Wasser.

Zwei deutsche Jagdflugzeuge, die über dem Strom Luftüberwachung flogen, hatten nichts zu tun. Umso mehr die Sturzkampfbomber, die steil auf das Ostufer und die Insel herabstießen. Ihr Ziel waren gegnerische Granatwerfer und Truppenansammlungen. Immer wieder stürzten sich die stählernen Vögel mit ihren heulenden Sirenen auf die Stellungen der Sowjets. Warfen auf sie ihre Bombenlast, feuerten aus den Bordkanonen.

Staunend schaute Werner auf die gewaltigen Dimensionen der Flusslandschaft. Nach den Weiten der Steppe nun die Breite dieses Stromes.

Bild 54: Blick auf das gegenüberliegende Wolgaufer von Stalingrad aus (2006).

Chaos am Westufer. Brennende Gebäude und an das Ufer geworfene zerstörte Schiffe.

Untermalt wurde dies alles durch zornig bellendes Rattern der Maschinengewehre, das darauf folgende Bellen der Artillerie und das mörderische Jaulen der Katjuschas.

In unmittelbarer Nähe der Stellung des 2-cm-Flak-Geschützes wüteten Brände in den Ruinen. Der beißende Rauch stach in die Augen und trocknete die Kehlen aus.

Werner konnte förmlich die glühende Hitze der ausgebrochenen Brände fühlen.

Plötzlich prallten funkenschlagend Geschosse gegen den Schutzschild der 2-cm-Flak. Ein Geschoss ratschte durch Werners Uniform. Die erhitzte Luft im Sog des Projektils brannte eine sengende Feuerspur in die Haut auf seinen Rippen.

Granaten schlugen in unmittelbarer Nähe, in die Ruine eines Hauses ein. Mauerbrocken, zerbrochene Ziegelsteine und andere Explosionstrümmer flogen durch die Gegend, grell beleuchtet durch den brüllenden Feuerschlund. Riesige Brocken Mauerwerk und andere schwere Trümmer krachten in die umliegenden Gebäudereste, stürzten mit mörderischer Wucht neben der 2-cm-Flak nieder, schlugen tiefe Krater in die Straße und ließ hier und dort erneut Feuer aufflackern. Ein Hagel von kleinen zum Teil glühenden Trümmern prasselte auf die Besatzung des Geschützes nieder.

Das unheimliche Jaulen einer Katjuscharakete wurde lauter und lauter und schlug 20 Meter neben der zweiten 2-cm-Flak ein.

Ein Strauß glühender Metallteilchen schoss durch die Luft, begleitet durch eine krachende Explosion. Die glühend heiße Luft raste über das Geschütz hinweg und zerfetzte die Körper der Besatzung in tausend Stücke.

Ein Ebenbild der Hölle.

Als die Dunkelheit hereinbrach, ließen riesige Flammen die Gerippe der großen Gebäude am Ufer wie Silhouetten erscheinen, die groteske Schatten warfen.

Funken stieben durch die Nacht.

Feuergefechte in und um Wohnblocks. Sprenggranaten auf Sprenggranaten donnerten in die Häuser.

Balken, Ziegel, Gesteinsbrocken und menschliche Leiber wirbelten umher.

Erbittert wurde der Kampf um jeden Straßenzug fortgesetzt. Meter um Meter wurde um jeden Dachboden, jedes Stockwerk, jeden Mauerrest gekämpft. Manchmal war das Erdgeschoss schon von den Deutschen besetz, während im Keller und im ersten Stock noch Rotarmisten ihre Stellung hielten.

Maschinenpistolen und Handgranaten und nicht Panzer und Artillerie entschieden im Moment den Ausgang des Gefechtes.

Im Nahkampf von Mann gegen Mann wurde die Schlacht zum gemetzelt.

Ein dünner Knall ließ Werner zusammenzucken, und als er sich umsah, erblickte er, wie sein Nachbar vom Kettenzugmittel kippte. Ein in den Trümmern lauernder russischer Scharfschütze hatte den Mann mitten in die Stirn getroffen.

Sicherlich einer der Russen der sich eingegraben hatte und überrollen ließ. Jetzt in der Nacht wurde er aktiv.

Kämpfe von unvorstellbarer Erbarmungslosigkeit fanden statt; vor allem in der Nacht, im stockfinsteren Schluchtengewirr, aus dem der Schrei der Verwundeten und Sterbenden herausschallte.

Ein Kampf wie aus einem anderen Jahrhundert wurde zwischen den brennenden und qualmenden Ruinen der Stadt geführt.

Blutige Nahkämpfe, die an Grausamkeit nichts zu überbieten hatten, entspannten sich zwischen den Angreifern und Verteidigern. Handgranaten detonierten, MPi ratschten, Pistolen und Karabiner knallten.

Beide Seiten schenkten sich nichts in diesen blutigen Ringen.

Mit der blanken Waffe in der Hand prallten sie aufeinander. Spaten ziehen und so schlagen, dass der Hals des Gegners getroffen wurde. Das Brüllen der Sterbenden und Verwundeten mischten sich mit dem der aufeinander Einschlagenden und Schießenden.

Es blieb nicht einmal Zeit die eigenen Toten zu begraben. Schnell wurde die Erkennungsmarke abgebrochen und, so weit vorhanden, die persönlichen Sachen eingesammelt.

Stalingrad war nur noch eine Stadt des Grauens und des Schreckens.

Eine Stadt in Schutt und Asche.

Endlich kam der Befehl zum Rückzug.

Auf dem Rückweg durch das Trümmermeer machte Werner den Geschützführer mit den Worten: „Vorsicht, dort eine Straßensperre!" auf einen seltsamen Stapel aufmerksam.

„Wo?"

„Na, dort!"

Beim Näherkommen entpuppte sich der Haufen, der wie aufgestapelte Bahnschwellen aussah als übereinandergeschichtete Leichen. Deutsche Landser, Rotarmisten und russische Zivilbevölkerung lagen hier friedlich nebeneinander.

Ein bestialischer Gestank von Tod und Fäulnis hing in der Luft.

Konnte das Inferno der Vernichtung und des Todes in dieser Schlacht noch überboten werden?

Während die 6. Armee und in ihrem Bestande die 29.I.D. (mot.) in Stalingrad in schweren Kämpfen mit den sowjetischen Divisionen lag verkündete Hitler am 8. November im Münchner Bürgerkeller vor den „Alten Kämpfern": Ich wollte zur Wolga kommen, und zwar an einer bestimmten Stelle, an einer bestimmten Stadt. Zufälligerweise trägt sie den Namen Stalins. Aber denken Sie nur nicht, dass ich aus diesem Grund dorthin marschiert bin, sie könnte auch genau anders heißen -, sondern weil dort ein ganz wichtiger Punkt ist ... den wollte ich nehmen und wissen Sie wir sind bescheiden, wir haben ihn nämlich! Es sind nur noch ein paar ganz kleine Plätzchen da. Nun sagen die anderen:

Warum kämpfen Sie denn nicht schneller? - Weil ich dort kein zweites Verdun haben will. Die Zeit spielt dabei keine Rolle. Es kommt kein Schiff mehr die Wolga hoch und das ist das Entscheidende.

Wenige Tage später setzte überraschend die Kälte an der Stalingrader Front ein. Sie kam deswegen so überraschend für die Männer, weil sie am Tage davor noch mit freien Oberkörper Schanzarbeiten durchführten mit dem Ziel, sich auf den zu erwartenden strengen russischen Winter vorzubereiten.

Schneidender Wind blies über die Steppe zwischen Wolga und Don. Die einzeln stehenden Bäume und Buschgruppen boten, der über die weite Ebene jagende Windsbraut kaum nennenswerte Hindernisse.

Bild 55: Winterstellung in der Kalmücken Steppe (1942).

Der eisige Ostwind drang unbarmherzig durch die Sommeruniformen, den Soldaten bis auf die Haut.

Der alte Verbündete der Sowjets der General Winter überzog mit riesigen Schritten das Land.

Bisher völlig verschlammte Straßen waren plötzlich knüppelhart gefroren. Mit Picke und Spaten musste befreit werden, was eingefroren war.

Wie Hunde froren die Soldaten.

Bereits jetzt begann sich die katastrophale Versorgung mit der notwendigen Winterausrüstung zu rächen. Die schlecht ausgerüsteten Landser kämpften in eisiger Kälte an vorderster Front und es zeichneten sich die ersten Erfrierungen ab. Körperliche und seelische Schäden würden der Preis für den dank des Vaterlands sein, den sie aber nie erhalten sollten.

Bild 56: Der Bunker gewährleistet nicht nur Schutz vor dem Feind, sondern auch vor der Kälte (1942).

Wer an diesem Tage nicht unbedingt ins Freie musste, der sah zu, dass er im warmen Unterstand, im schützenden Zelt oder auch im abgedeckten Deckungsloch blieb.

Erst fielen nur vereinzelte Schneeflocken, dann wurde der Schneefall dichter und dichter. Aus der Steppe wehte die Windsbraut heran und übergoss das Land mit eisiger Kälte und erstickenden Schneemassen. Fast waagerecht wehte der zum Sturm angewachsene Wind die Schneeflocken über die endlose erscheinende Weite. Wie ein Leichentuch deckte die weiße Pracht die tiefen Wunden, die von der Artillerie und Flugzeugen in den Boden gerissen wurden, zu.

Zart weiß legte sich die Decke auf das blutdurchtränkte Schlachtfeld und zog den Bäumen und Sträuchern ein weißes Kleid an. Alle Straßen und Pfade wurden ausgelöscht, als sollten sich die Menschen neue Wege, durch die weiße Welt bahnen.

Das Thermometer sank auf minus zehn Grad.

Der russische Winter hatte mit Schnee und Kälte gleich seine beste Visitenkarte abgeben.

Die vorhandene, wenig taugliche Winterkleidung wurde an die kämpfende Truppe ausgegeben. Sie reichte kaum für jeden fünften Kämpfer, die im Schützengraben und Erdbunker der Nordfront hausten, ohne Öfen, ohne Heizmaterial, inmitten der verschneiten Steppe, über die der beißende Nordost ungehemmt dahin fegte.

Ununterbrochen heulender Schneesturm trieb Werner, der als Wachposten seine Runde drehte in den Windschatten eines Fahrzeuges.

Hier hatte bereits der zweite Posten Schutz gesucht.

Am östlichen Horizont meldete ein leichter Schimmer das Nahen des neuen Tages. Frostklar war die Luft. Schmerzhaft biss die Kälte in die ungeschützten Gesichter.

Die am Firmament stehenden Sterne begannen zu verblassen.

„Scheint ein schöner Tag zu werden, meinst du nicht auch?"

„Sieht so aus." Gähnend beantwortete Werner die Frage.

„Hasse das verdammte Wache schieben bis obenhin! Haut sich die Nacht um die Ohren. Noch dazu mit dieser verflixten Knarre da!" Mit einer Bewegung des ganzen Körpers lupft er den verrutschten Karabiner *98 K* in die richtige Lage zurück. Ohne auf Werners abwinkende Geste zu achten, redete er weiter auf diesen ein.

„Lachhaft so etwas!"

Es war ein Wetter, bei dem man keinen Hund vor die Tür jagte, aber der deutsche Landser hatte hier im russischen Lande auch unter den unwirtlichsten Bedingungen seinen Mann zu stehen.

„Ob die Ablösung überhaupt nicht mehr kommen will?"

„Verdammt kalt ist es hier draußen!" erwiderte Werner mürrisch und übermüdet.

Werner hing seine MPi von einer Schulter auf die andere. Den Kopf, zwischen dem hochgeschlagenen Mantelkragen eingezogen, die Hände tief in den Manteltaschen vergraben wollte er gerade seine Runde fortsetzen, als der Zugführer auf ihn zu trat und befahl: „Los, Ewald ans Geschütz, wir müssen sofort zum Einsatz nach Stalingrad!"

„Das hat noch gefehlt!"

Und hinein ging es nach Stalingrad, Richtung Fabrik *Roter Oktober*. Die Ketten der Zugmaschinen wirbelten die fünf bis acht Zentimeter dicke Schneefläche auf.

Immer und immer wieder wurden die Fahrzeuge aus den Ruinen heraus unter Beschuss genommen. Hier hinter den Mauerresten der ausgebombten Häuser lagen Rotarmisten in Stellung und versuchten mit allen Mittel das Vordringen der Fahrzeuge zu verhindern.

Mit der Zeit hatten sich die Landser an diesen Zustand gewöhnt. Das Krachen ließ sie nicht mehr so sehr zusammenzucken, die Männer wussten, wie sie sich in dieser Situation zu verhalten hatten.

Durch eine gegnerische Pak getroffen kam das Führungsfahrzeug von der Straße ab und brannte lichterloh. Für die Besatzung gab es kaum noch eine Rettung.

Nicht nur das.

Ein Knall.

Der Mann neben Werner fiel vom Fahrzeug. Der Stahlhelm flog durch die Luft, menschliches Gehirn war zu sehen. Die Stirn des Toten war richtiggehend gespalten. Rechts und links Gehirn und Wasser. Kein Blut.

Die Zielscheibe, ein deutscher Soldat hatte der russische Scharfschütze, der in den Ruinen lauerte, getroffen.

Aber dies sollte noch nicht alles gewesen sein. Plötzlich eine furchtbare Explosion. Vom Kettenfahrzeug der vor Werner fahrenden 2-cm-Flak fetzte das hintere Teil in Stücke.

Das Fahrzeug brannte.

Handgranaten flogen hinter Mauerresten und aus den dunklen Fensteröffnungen der Ruinen herüber.

Da schleppten sich welche blutend zwei, drei Meter vom Fahrzeug weg, brachen zusammen und blieben reglos liegen.

Die noch kampffähigen Soldaten schossen wild in die Steinwüste hinein.

Werners 2-cm-Flak-Geschütz blieb kurz stehen. Hämmernd begann die Maschinenwaffe ihre Leuchtspurgeschosse in die Häuserruinen zu jagen. Die kleinen Leuchtspurgranaten mit Aufschlagzünder fegten in die Deckungen der russischen Scharfschützen, fuhren in die Dachböden, auf denen der Feind saß, und zerhackte die Ziegelwände der feuerspeienden Häuser.

Häuser, die noch nicht brannten, fingen Feuer.

Das Halbkettenfahrzeug ruckte an und nahm wieder Fahrt auf.

Im Zickzackkurs ging es vorwärts.

Die Nerven der Bedienung waren zum Zerreißen gespannt. Jede Sekunde konnte der Treffer einer Granate ihr Ende herbeiführen.

Drei, vier ausgebrannte Panzer standen auf und neben der Straße.

Im verbissenen Kampf wurde versucht, den Widerstand der Russen zu brechen. Infanterie- und Panzereinheiten drangen unter den Schutz massiven Artilleriefeuers an einer 500 Meter breiten Front ans Wolgaufer vor. Das Feuer der Artillerie lag auf guten und weniger gut getarnten Stellungen der Sowjets. Der größte Teil der Fabrik *Roter Oktober*, große, riesige Hallen, zwei Schornsteine, alles schon zerstört von Flugzeugen und Artillerie wurde mit vielen Verlusten auf beiden Seiten besetzt.

Deutlich zeigte sich wieder einmal die widerliche Fratze des Kriegs - Geschützfeuer, Bomben und sterbende Menschen. Für die Überlebenden gab es dabei nur eine Devise und die hieß: Gehorche und kämpfe, um dem schrecklichen Inferno zu entrinnen. Gefangen in den Ablauf der Ereignisse waren sie nicht mehr in der Lage sie zu beeinflussen, sondern nur auf sie zu reagieren.

Am selben Tage setzte auf der Wolga Eisgang ein, sodass die Evakuierung der sowjetischen Verwundeten kaum noch möglich war.

Als sowjetische Flugzeuge Lebensmittel und Munition abwarfen, landeten diese meistens auf der deutschen Seite oder im Fluss. Dennoch gaben die russischen Verteidiger den Kampf nicht auf, obwohl in zwei Teile gespalten und durch heftigen Granatbeschuss regelrecht festgenagelt.

Wie ein blutroter Ball hing die Sonne am Himmel, die mit ihrem Schein die dunklen Wolken, die über Stalingrad hingen, nicht zu durchdringen vermochte.

Es war ruhig.

Zu ruhig.

Verdächtig ruhig.

Tiefdunkel und kalt lag die Nacht da.

Dreckverkrustet und müde zogen sich die noch lebenden Männer der Kompanie zurück, als die Sonne am Morgen des 19. November glutrot am bewölkten Himmel aufging.

Blutig rot war der Widerschein der Wolken über der weißen Schneefläche.

Obwohl die Männer müde und abgekämpft waren, gab es keine Ruhe.

Bild 57: 2-cm-Flak in Stellung - Einsatz im Erdkampf (1942).

Für Werner hieß es Postenschieben mit einem Kameraden. Sie standen oben am Rand einer Balka, wo sie hin und her patrouillieren mussten.

Es schneite leicht, die Flocken tanzten durch die Luft und auf der weiten Steppe lag ganz fein der Schnee.

Der mit Werner auf Wache patrouillierte sprach: „Das sieht wie ein Leichentuch aus."

„Ist das nicht etwas makaber, was du da sagst?"

Und es sollte ein Leichentuch werden, ein Leichentuch für eine ganze Armee. Nur ahnten die Männer es zu diesem Zeitpunkt noch nichts davon.

Dumpfes Grollen lief die Front entlang. Es schien aus dem Erdinneren zu kommen.

„Was kann das sein?" wandte sich Werner an seinen Nachbarn.

„Keine Ahnung", sagte dieser und zuckte mit der Schulter.

Dunkle Dunstmassen überzogen mit einmal das Gelände.

In deren oberen Wolkenschichten zuckte es wie Wetterleuchten auf.

Die Erde zitterte.

Artilleriefeuer war Werners erster Gedanke.

Da tat sich auch schon die Hölle auf.

Losbrechendes Pfeifen und heulen.

Mit einem einzigen Donnern, das den Himmel zu zerreißen schien, schlug die erste Salve ein.

Krachende Granateneinschläge, rauchende Trichter, in brandgeratene Kampftechnik.

In unaufhörlicher Folge rauschen Hunderte von Granaten heran, detonierten krachend, heulten, barsten. Das Orgeln, Dröhnen, Wummern, Stampfen, Kreischen und Detonieren riss nicht mehr ab.

Trommelfeuer!

Diesmal schienen die Russen alles einzusetzen, auch die Feuerspuren der Abschüsse ihrer gefürchteten Salvengeschütze zogen am Himmel ihre Bahn.

Eine Feuerwand wuchs aus den deutschen Stellungen empor und verdeckte den ganzen Horizont. In dieser Wand fielen Balken, Bretter, Schienen in die Höhe, hochgewirbelte Trümmer, die eine Sekunde vorher noch Unterstände oder Erdbunker gewesen waren.

Ein ununterbrochenes Donnern und Krachen erfüllte die Luft, und die pausenlosen Einschläge der Granaten erschütterten die Erde. Immer und immer wieder hämmerten die stählernen Todesboten zwischen die Stellungen.

Vor dieser Feuerwand stieben die Kameraden auseinander.

Werner sprang in das nächste Deckungsloch.

Und wieder einmal machte sich der pioniermäßige Ausbau des Unterkunftsraumes und der Stellungen bezahlt.

Schwefel-, Phosphor- und Brandgeruch zogen über die Erde. Der Gestank wälzte sich in giftigen Schwaden über den Boden hinweg und blieb in den Granat- und Bombentrichtern hängen.

Überall rauchende Trümmer, Hitze durch die überall lodernden Brände, dazu bestialischer Gestank von Tod und Fäulnis und dazwischen der irrsinnige Lärm von Donnern der Geschütze und den Röhren der Flugzeuge.

Ständige Detonationen, in die sich die Schreie der Verwundeten mischten, die keinem menschlichen Laut mehr ähnelten.

Ströme von Blut.

Grausames Sterben.

Inferno der Vernichtung und des Todes.

Stumm sackte in diesem Moment ein Landser in die Knie und kippte vornüber zwischen umherliegenden Mauerziegeln. An seinem Hals klaffte eine faustgroße Wunde, aus der das Blut stoßweise herausquoll und den Boden tränkte.

Mehrere Meter entfernt regungslose Körper. Eine explodierende Granate hatte ihnen das Leben genommen.

Glühende Metallsplitter durch die Gegend spritzend schlug die nächste Granate ein. Körperteile zerfetzter Kameraden schossen nach allen Seiten durch die Luft.

Ihr Todesschrei klang immer noch in Werners Ohren.

Dort schleppte sich ein verwundeter Soldat mit stark blutender Wunde am Oberschenkel hinter einem Mauerrest in Deckung.

Überall Leichen und die Trümmer der zerstörten Fahrzeuge und Kampftechnik. Nur noch Haufen verbogenen Bleches und qualmender Schrott.

Die metertief gefrorene Erde schien zu beben, als hätten sich Vulkanschlünde unter ihnen aufgetan.

Werner hatte in der Stellung eines 2-cm-Flak-Geschützes Deckung gefunden, sodass der gesamte Feuerzauber über ihn hinweg rauschte.

Der Feuerschein der Einschlagblitze in der Schneewüste wirkte noch schauriger als sonst.

Die Luft war kaum noch zu atmen. Schnitt sie vorher schon durch die Kälte wie Feuer in die erhitzten Lungen, so kam jetzt noch der beißende Gestank des Pulverqualms hinzu.

Das höllische Tosen brachte die Erde zum Beben.

Unmöglich in diesen tobenden russischen Feuerorkan die Übersicht zu behalten, wo es überall einschlug.

Unmöglich, auch nur ein Bild zu bekommen, welche Verluste das forderte.

Nach dem Trommelfeuer beherrschte die Männer nur noch ein Gedanke: weg von hier. Nach Westen. Nie wieder Trommelfeuer.

Kurze Sprünge, Deckung, abwarten und dann bis zum nächsten Loch.

Der Großangriff der Russen nördlich Stalingrads, vorbereitet durch den Feuerüberfall von 3.000 Kanonen auf einer Breite von 24 km, ließ in diesem Moment nicht mehr länger auf sich warten.

Wie abgeschnitten hörte das Feuer auf.

In der eintretenden unheimlichen Stille dröhnten die Ohren, nach den fürchterlichen Detonationseinschlägen der russischen Artillerie.

Beim linken Nachbarn ratterten nervös die Feuerstöße eines MG-34 los. Es bekam Antwort von einem langsamer tackernden Maxim.

Die Richtkanoniere in ihren Sitzen der 2-cm-Flak-Geschütze beobachteten durch die Zieleinrichtung angestrengt, dass vor ihnen liegende Gelände.

Da, was war das?

Lauter werdendes Brummen und Quietschen von Gleisketten kündigten das Herannahen von Panzern an. Gleich darauf ging das Dröhnen der Motoren in gleichmäßiges Blubbern des Leerlaufes über.

Trügerische Ruhe.

Plötzlich das Aufbrüllen schwerer Motoren und das gefürchtete und gehasste Klirren von Panzerketten drang herüber.

„Panzer!" Der Schrei gellte durch die Stellung.

Breit gefächert, sauber gestaffelt, rasselten die Stahlkolosse durch den Schnee heran, hinter ihnen in zwei Wellen, ganze Scharen von Russen.

Der Iwan griff auf breiter Front an.

Da zuckten aus den Kanonen der rotbesternten schmutzgrauen Stahlgiganten die ersten Mündungsblitze auf. Irgendwo auf dem hartgefrorenen Boden prallten die Granaten ab und verschwanden als Querschläger dumpf orgelnd in der Weite der Steppe.

Sie hatten zu früh das Feuer eröffnet.

Dazwischen erklang das Hurra-Gebrüll der angreifenden Russen, die sich zusätzlich Mut verschaffen wollten.

Irgendwo eröffnete eine Kanone im direkten Richten das Feuer auf die angreifenden russischen Panzer. Eine Zweite, eine Dritte und eine Vierte fielen in das Feuer ein.

Ein leichter Panzer wurde getroffen und fing sofort Feuer. Der Panzer spie plötzlich Feuer und Rauch, der Turm flog wie ein Hut davon, den der Wind jemanden vom Kopf gerissen hatte.

Weitere russische Panzer wurden wie von riesigen Fäusten herumgewirbelt.

Der Boden zitterte und dröhnte.

Kugeln peitschten in langen Garben über Werners Deckungsloch hinweg.

„Schießen ..., Schießen ...!"feuerte der Geschützführer den Richtkanonier des 2-cm-Flak-Geschützes an, neben dem Werner in Deckung lag.

Die Russen sprangen jetzt schneller durch den Schnee und schrien ihr „Urräh! Urräh!"

Ein stählerner Koloss zuckte wie ein brennendes Wesen. Dann brach aus seinem Heck eine Flamme hervor, der eine dicke Fontäne aus Qualm folgte. Im Kampfraum krepierte Munition mit kreischenden stöhnen. Ekelerregender süßlicher Geruch vermischte sich mit dem Dunst brennenden Öls.

Blutige Leichenteile deutscher Landser lagen verstreut an den Stellen des Gefechtsfeldes umher, wo die russischen Panzer sie überrollt und auf der Stelle gedreht hatten.

Blutgetränkt der Schnee.

Buchstäblich im letzten Augenblick begann die 2-cm-Flak zu tackern. Auf kürzester Entfernung jagten die Leuchtspurgeschosse zwischen die Reihen der angreifenden Russen und hielten tödliche Ernte.

Von Minute zu Minute steigerte sich der Waffenlärm. Jetzt schoss noch eine weiteres 2-cm-Flak-Geschütz Dauerfeuer. Sie schossen, bis die Läufe heiß wurden.

Rohrwechsel wurde unter erschwerten Bedingungen durchgeführt.

Aus allen Knopflöchern feuerte der Iwan. Es blitzte und krachte, pfiff und heulte. Das reinste Höllenkonzert war im Gange.

Mehrfach patschte es neben Werner in das Halbkettenfahrzeug. Am Schutzschild des Geschützes klirrte es metallisch.

In den Gefechtslärm mischte sich der schmetternde Abschussknall 8,8-cm-Kanonen.

Mit Donnergetöse löste sich der Turm von der Wanne eines gegnerischen Kolosses, dem Schreckgespenst für jeden deutschen Landser.

Feurige Lohe schlug aus dem Kasten.

Ein weiterer Panzer kippte zur Seite, stieß eine Menge Rauch aus, bevor die Munition in seinem Inneren explodierte und das Ungetüm damit buchstäblich in Fetzen riss.

Dem nächsten Panzer schmetterte es den Turm weg.

Die 2-cm-Flak-Geschütze hämmerten ihre stählerne Todesboten zwischen die bereits stark gelichteten Reihen der Angreifer, die bereits gefährlich nahe gekommen waren.

„Urräh!" Geschrei.

Und wieder wurde ein Panzer durch den Treffer einer 8,8-cm-Granate zur Seite geschleudert und blieb mit zerfetztem Laufwerk liegen. Doch der Turm drehte sich noch.

Was jetzt von den russischen Panzern noch übrig war, nebelte sich ein und verschwand rückwärtsfahrend.

Das feindliche Feuer ließ merklich nach.

Das vor den Stellungen liegende Schlachtfeld war so grausam anzusehen, dass sich die Feder sträubte, das Bild wiederzugeben.

Halb blind vom beißenden Qualm, der über das Gefechtsfeld schwebte, torkelte Werner aus der Stellung heraus und stellte sich die Frage: Wann würde der geballte Vernichtungsschlag der Russen gegen die stark angeschlagenen deutschen Truppen kommen?

Auf Befehl zogen sich die Reste der Kompanie in den Stellungsraum zurück.

Das erlebte Grauen spiegelte sich in den Gesichtern der Männer wieder.

<u>Bild 58</u>: Sturm der russischen Truppen wird gestoppt.

<u>Bild 59</u>: Welle auf Welle russischer Infanterie, begleite von Panzern, stürmen gegen die deutschen Linien, an.

Bild 60: Das unheimliche Jaulen der Katjuscha Raketen, auch Stalinorgel genannt, überlagert den Gefechtslärm.

Bild 61: Erbitterter Kampf, Mann gegen Mann, um jeden Fußbreit Boden.

Bild 62: Im verbissenen Abwehrkampf ...

Bild 63: ... gegen angreifende russische Panzer.

<u>Bild 64</u>: Dröhnendes Motorengebrumm, klirrende Panzerketten und zuckende Feuerblumen aus Mündungen der Panzerkanonen.

<u>Bild 65</u>: Mühsam geht es vorwärts im tiefen Schnee.

Abgekämpft, verdreckt und übermüdet lagen sie in ihren Löchern und warteten auf den nächsten Angriff.

Am 19.11. um 5.00 Uhr begann die sowjetische Großoffensive aus den Brückenköpfen von Kletskaja und Serafimowitsch an Don.

Sofort wurden die schnellen Divisionen alarmiert.

Am Morgen des 20. November wurde die 29.I.D. (mot.) von Generaloberst Hermann Hoth gegen die 57. Sowjetarmee angesetzt, die südlich von Stalingrad über die Wolga gegangen war, um den zweiten, südlichen Zangenarm zu bilden, der die 6. Armee in Stalingrad einkesseln sollte.

Es entbrannte das Duell zwischen den Panzern. Die Panzer III und IV schossen in kurzer Zeit über zwei Dutzend russische Panzer in Brand, die als lodernde Fackeln auf der verschneiten Ebene standen.

Die sowjetischen T 34, KW I und II wichen weit nach Süden aus. Als die Panzer der 29.I.D. (mot.), diesem Gegner folgen um den Angriff bis zur Wolga durchzuziehen, wurde die Division gestoppt.

Der Befehl der 4. Panzerarmee an die 29.I.D. (mot.) lautete:

„Nicht weiter angreifen! In der erreichten Gegend hinhaltenden Widerstand und Verteidigung zum Schutz der Südflanke der in Stalingrad kämpfenden Armee übernehmen. Division wird dem IV. Armeekorps der 6. Armee unterstellt."

Bis zum Abend des 19. November stießen die Sowjets mit Panzern und Kavallerie etwa 30 Kilometer tief ins Hinterland vor.

Die Rumänen wurden von starken Panzerverbänden attackiert, die ohne ernstlichen Widerstand zu finden, alles niederwalzten, was sich ihnen in den Weg stellte. Die noch Lebenden flohen verzweifelt nach Süden und nach Osten.

Die sowjetische Offensive hatte die Front der 3. rumänischen Armee am Don aufgerissen.

Die 3. rumänische Armee schien nicht mehr zu existieren.

Am folgenden Tag geschah das Gleiche mit dem VI. rumänischen A.K. südlich Stalingrads.

Die sowjetische Heeresführung hatte zwei Angriffe gleichzeitig gestartet. Einen vom Norden und einen vom Süden. Als sich die Speerspitzen nach drei Tagen trafen, schnappte die Falle zu.

Die Zerstörung Stalingrads durch die deutsche Artillerie und deutsche Bomber hatte bei den russischen Soldaten eine Welle der Wut und des Zorns entfacht, wie die deutschen Soldaten sie noch nie gekannt hatten. Jetzt verteidigten die Russen nicht mehr ihre Stadt Zentimeter und um Zentimeter, sondern sie eroberten sie Zentimeter für Zentimeter zurück.

8. In der Nacht vom 20. zum 21. November sank das Thermometer auf minus 20 Grad. Die tagsüber getaute Schneedecke erstarrte in Eis. Nur mit Mühe kamen die Fahrzeuge auf den vereisten Straßen voran.

Über Funk erfuhr Werner, dass hinter ihnen die Russen durchgebrochen waren. Dadurch wurden die 6. Armee, die 14. Panzerdivision und die 4. rumänische Armee von den russischen Armeen eingeschlossen.

Gefangen in der Todesfalle alle die, die siegesgewiss nach Stalingrad zogen und sich nach der Einnahme der Stadt schon auf Urlaub in der Heimat wähnten, aber auch die, die dachten das mit der Einnahme Stalingrads die Nachschubwege über die Wolga für die Sowjets blockiert seien und auch die, die hofften das dann der Krieg so gut wie zu Ende sei.

Zum gleichen Zeitpunkt traf der Befehl ein: „Züge zum Einsatz!“

Beim Beziehen der Stellungen versperrten immer öfter umgestürzte Autos oder Pferdewagen die Fahrbahn. Häufig lagen Kisten aller Art und Größe mitten auf der Straße. Die Kettenfahrzeuge waren gezwungen nach links oder rechts auszuweichen.

Auch Gewehre, Stahlhelme, ja vereinzelte Geschütze mit gebrochenen Rädern kennzeichneten den Weg.

„Das sieht ganz nach Flucht aus", wandte sich Werner an den
Geschützführer.

Fahrzeuge strebten ihnen entgegen und wo sich auch nur die
kleinste Lücke bot, versuchten sie sich dazwischen zu schieben.
So war es kaum möglich, die Kolonne zusammenzuhalten. Mit
Verspätung erreichten die 2-cm-Flak-Geschütze den Entfaltungsabschnitt und griffen sofort in das Kampfgeschehen ein.

Leuchtspurgeschosse eines Maxim - MGs zitterten dem Spit-
zenfahrzeug entgegen und prasselten gegen das Schutzschild des
2-cm-Flak-Geschützes. Sofort zogen die beiden hintereinander
fahrende Halbkettenfahrzeuge links und rechts an den Straßenrand. Richteten die 2-cm-Läufe in Richtung des MG. Fast gleichzeitig hämmerten die „Zwozentimeter" los. Rotglühende Punkte
flogen der russischen Stellung entgegen. Die Einschläge der
Sprenggranaten tanzten zwischen der sowjetischen Stellung und
hielt so die MG-Bedienung nieder.

Unter dem Feuerschutz der noch immer hämmernden 2-cm-
Flak-Geschütze entfalteten sich die Züge, die sich einen harten

Kampf mit den Russen lieferten. Aus dem Angriffskrieg war ein Verteidigungskrieg geworden.

Es wurde immer kälter.

Überall lagen Tote, eigene Kameraden und Russen. Den Kopf zerschmettert, die Beine ab, einer hatte einen Treffer im Bauch, ihm hingen die Gedärme heraus.

Pfeifend schlug eine Granate in das rechte Halbkettenfahrzeug ein. Durch die Wucht der Detonation wurde es ein wenig angehoben und krachte dann wieder auf den Boden zurück. Unmittelbar darauf schlug eine zweite Granate in das Fahrzeug und setzte es in Brand.

Weiter rückwärts wurde der Kübelwagen getroffen, sofort stand er lichterloh in Flammen.

Nur unter großen Verlusten konnte der Entfaltungsabschnitt gehalten werden.

Hinter den Einheiten der 29.I.D. (mot.) ein Bild des Schreckens. Von Angst vor sowjetischen Panzern gepeitscht jagten rumänische Lkw, Befehlswagen, Pkw, Kräder, Reiter und pferdebespannte Fahrzeuge nach Westen, prallten aufeinander, fuhren sich fest, stürzten um, versperrten den Weg für die sich im Einsatz befindlichen deutschen Truppen.

Dazwischen stießen, drückten, schoben und wälzten sich ein Strom vom Schrecken gehetzter Soldaten.

Waffenlos, unrasiert, abgerissen.

Wer stolperte und zu Boden fiel, kam nicht wieder auf die Beine. Er wurde zertreten, überfahren, plattgewalzt.

Auf der Jagd um das nackte Leben blieb alles zurück, was das Rennen behinderte. Waffen und Ausrüstungsgegenstände wurden weggeworfen. Vollbeladene Munitionswagen, Feldküchen und Trossfahrzeuge blieben stehen, konnte man doch auf dem Rücken der ausgespannten Pferde rascher vorwärtskommen.

Alle glichen sich in ihrer Panik und Kopflosigkeit, die in Richtung Nishne - Tschirskaja flohen.

Bei den Einheiten der 29.I.D. (mot.) drohte der Treibstoff für die Fahrzeuge zur Neige zu gehen und die Männer der Kompanie waren gezwungen einzelne Geschütze von den Kettenfahrzeugen abzubauen und als festen Feuerpunkt in der Gefechtsordnung einzubauen.

Unsichtbar griff der Feind immer wieder aus Bunker, Kellern und Ruinen heraus an und fügte der Truppe schwere Verluste zu. Man konnte es bald nicht fassen, wo der Bursche das Material herbekam, verlor er doch täglich 100 und mehr Panzer.

„Die bolschewistischen Hunde sind nicht unterzukriegen, sind auch noch zäh wie das Fleisch eines alten, klapprigen Gauls", schimpfte lautstark neben Werner einer.

„Lumpenbande!", erwiderte ein anderer.

Beim erneuten Rückzug wurden an die Geschütze Sprengladungen angebracht und in die Luft gejagt. Munition gab es sowieso nicht mehr für diese Geschütze.

Die sowjetischen Offensivzangen trafen am 22. November bei Kalasch zusammen. Damit waren die 6. Armee, das IV. A.K. der 4. Pz. Armee, die 20 rumänische Inf.Div. und die 1. rumän. Kav.Div. (5 Korps mit 14 Inf. Divisionen, 3 mot. Divisionen, 3 Pz. Divisionen und 2 rumänischen Divisionen = ca. 250.000 Mann, ca. 100 Panzer, 1.800 Geschütze und über 10.000 Kfz.) im Raum zwischen Don und Wolga bei Stalingrad eingeschlossen. Am gleichen Abend befahl Hitler noch: „Die 6. Armee igelt sich ein und wartet Entsatz von außen ab!"

Der erbitterte Kampf und das erlebte Grauen hatten Werners Gesicht gezeichnet. Kaum im Stellungsraum angekommen wurde er einem der noch einsatzbereiten 2-cm-Flak-Geschütze zugeteilt.

Erschöpft ließ sich Werner neben dem Fahrzeug nieder. Er verspürte Durst trank aus der Feldflasche aber nur so viel, dass noch ein kleiner Rest zurückblieb. Man konnte ja nicht wissen.

„He! Werner! Komm her!" rief der Geschützführer. „Wir haben noch was zum Essen! Oder willst du nichts?"

„Welch eine Frage!"

„Dann komm her!"

Gemeinsam aßen sie aus einer Fleischbüchse und fluchten über die verdammten Konserven, deren Beschriftung verschiedene Gerichte versprach, deren Geschmack aber immer gleich war.

Erneut ließ sich Werner neben dem Geschütz nieder und war im Nu eingeschlafen. Es wusste nicht, ob er Stunden oder nur Minuten geschlafen hatte, als ihn der fürchterliche Knall einer einschlagenden Granate aus dem unruhigen Schlaf riss. Zu seinem eigenen Erstaunen war er sofort auf den Beinen.

Und wieder griff der Russe auf breiter Front an. Es blieb kaum noch Zeit mit dem Geschütz die ausgebaute Verteidigungsstellung zu beziehen.

Aufsitzen, Motor anlassen, Gang einlegen waren eins und schon klirrten die Ketten des Zugmittels über den hartgefrorenen Boden.

Rechts und links Granateinschläge.

Hochspritzender Dreck und glühende Metallsplitter überschütteten das Fahrzeug.

Unbeirrt bezog die 2-cm-Flak die Verteidigungsstellung. Im rasenden Tempo erfolgte die Herstellung der Feuerbereitschaft.

Maschinengewehrgarben pfiffen herüber, schlugen mit hellem Ping, Ping, Ping gegen das Schutzschild.

Pssiuuuhh-psssiuuhh pfiff es über die Köpfe hinweg.

Der Fahrer tastete seinen Schädel ab: „Verdammt ...". Die Hand kehrte blutverschmiert zurück. Er hatte Glück, es war nur ein Streifschuss.

Viel zu langsam schien die Zeit zu vergehen, bis die Feuerbereitschaft hergestellt war, dabei hatten sie die Normzeit weit unterboten.

So konnte man sich täuschen.

Feuerstoß auf Feuerstoß jagte jetzt den Angreifer entgegen und mähte sie von den Beinen.

Wurfgranaten gingen in unmittelbarer Nähe nieder und überschütteten die Männer mit einem Hagel aus gefrorenem Dreck, Schnee und Eissplitter.

Keine 50 Meter vor den Geschützen tobte der erbitterte Kampf. Mit Handgranaten und Gewehrkolben, Spaten und Messern kämpfte dort Mann gegen Mann.

Dazwischen Explosionen.

Rauchpilze schossen steil in die Luft.

Schmerzensschreie der Verwundeten, die keinem menschlichen Laut mehr ähnelten.

Ströme von Blut.

Grausames Sterben.

Das immer stärker werdende gezielte Feuer der 2-cm-Flak-Geschütze riss eine Lücke nach der anderen in die Reihen der angreifenden Russen. Die dunklen Gestalten stürmten in kurzen Sprüngen vorwärts, duckten sich ab, zögerten sekundenlang, um dann weiter zu rennen.

Ununterbrochen zuckte Mündungsfeuer aus den russischen Panzerkanonen. Es orgelte herüber und krachte dann in irgendeinen Trümmerhaufen, dass den Männern nur so Mauerreste und die Ohren flogen.

Vor der 2-cm-Flak schoss eine Fontäne gen Himmel. Gesteinsbrocken trommelten auf den Stahlhelm und den Rücken von Werner. Vorsichtig schob er den Kopf über den Rand der Deckung.

Immer näher kamen die Panzer.

Pfeifend zog eine Panzergranate über die Köpfe der Landser und schlug hinter ihnen ein.

Ganz nahe dröhnten schon die vielen Hundert Pferdestärken der Panzermotoren.

Explodierende Handgranaten brachten den Angriff der Russen endlich zum Stehen. Die von den herumfliegenden Splittern

getroffenen Rotarmisten überschlugen sich und blieben blutüberströmt liegen.

Der Boden bebte von dem Gewicht der angreifenden T-34.

In einem Deckungsloch rieselte feiner Sand auf die hier geduckt hockenden Gestalten.

Panzer zogen links und rechts vorbei.

Eine furchtbare Detonation folgte und noch eine. Im grellen
Aufblitzen sah Werner, wie der Turm eines der Panzer davonflog.

Die 8,8 cm Flak, die in den Erdkampf eingegriffen hatte ver-
langte von den Russen blutigen Zoll.

Hoch schlugen Flammen aus brennenden Panzern, die mitten
in der Gefechtsordnung liegen geblieben waren.

Der hartnäckige Widerstand der Deutschen zeigte den ersten
Erfolg. Langsam zogen sich die noch intakten sowjetischen Panzer zurück.

Wieder einmal war ein Angriff der Russen zurückgeschlagen
wurden und ein jeder stellte sich die Frage: Für wie lange?

Bis zum Äußersten erschöpft waren die Männer. Es grenzte
fast schon an ein Wunder, dass sich Werner unter denjenigen
befand, die ihrer Vernichtung entgangen waren.

Viele der Kameraden lagen tot auf dem Schlachtfeld.

Stöhnend wankten die Überlebenden zurück. Blutend, zerschlagen, ausgepumpt bis zum Letzten.

Wie ein Karussell begann sich plötzlich die Umwelt vor
Werners Augen zu drehen. Mit zitternden Beinen, an einem vor-
springenden Mauerstück Halt suchend, wollte Werner den
Schwächeanfall überwinden. Immer schneller wurden die bunten
Kreise, die vor seinen Augen hin und her tanzten. Langsam sack-
te der übermüdete Körper zusammen.

Schlafend, in sitzender Stellung an die Mauer gelehnt wurde
er von seinen Kameraden gefunden.

Am nächsten Morgen sammelten die übrig gebliebenen Angehörigen der Kompanie die zahlreichen Toten ein. Den Überlebenden stand eine traurige Aufgabe bevor.

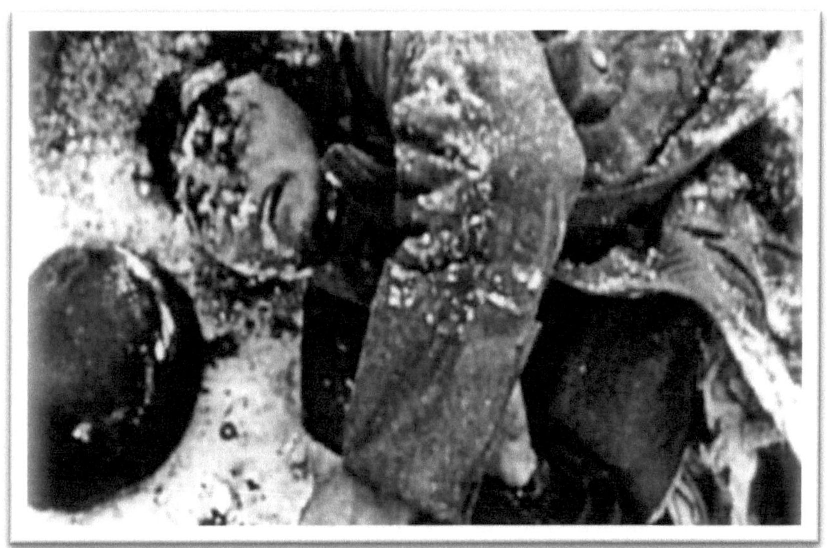

<u>Bild 66</u>: Überall liegen Tote, eigene Kameraden und Russen.

<u>Bild 67:</u> Freund und Feind im Tod vereint.

153

Mühsam wurden Löcher, die tief genug waren, in das hart gefrorene Erdreich gegraben. Da kamen die Toten rein, abgekippt, meist halbnackt ohne Hose und Jacke. Dann kam die Erde drauf und es wurde ein bisschen drauf herumgetrampelt.

Was war der Mensch schon im Krieg?

Nichts.

Ein gar nichts.

Die Munition reichte kaum noch zum Abschlagen eines weiteren russischen Angriffs und wann der dringend benötigte Nachschub eintreffen würde schien in den Sternen geschrieben zu stehen.

Und die Sterne sollten diesmal für die Kompanie günstig stehen.

Am nächsten Tag dröhnte Motorenlärm über der Stellung.

„Leuchtsignal abfeuern!", befahl sofort der Zugführer. Er wusste von der Versorgung der Einheit aus der Luft.

Zwei Flugzeuge näherten sich und zogen tief über die Ebene. Aus dem Rumpf der Maschinen fielen Pakete auf Pakete.

Fallschirme öffneten sich. Gutverschnürte Lasten schwebten zur Erde.

Die von den JU-52 abgeworfenen Versorgungsbomben enthielten neben der so lang ersehnten Munition auch Lebensmittel.

Wie lärmende Vögel entfernten sich die Maschinen.

Es wurde immer kälter. Das Thermometer zeigte manchmal bis zu 30 Grad minus und mehr an, aber der Durchschnitt lag bei 20 bis 25 Grad unter null, und das reichte schon. Der Boden fror so stark, dass die Schritte bald so klangen, als gehe man über Metall.

Am 22./23. November erreichte Generaloberst Paulus im Kessel folgender Hitlerbefehl:
Die 6. Armee ist vorübergehend von russischen Truppen eingeschlossen. Ich beabsichtige die Armee im Raum Stalingrad - Nord zusammenzufassen. Die 6. Armee darf überzeugt sein, dass ich alles tun werde, um Sie entspre-

chend zu versorgen und rechtzeitig zu entsetzen. Ich kenne die tapfere 6. Armee und Ihren Oberbefehlshaber und weiß, dass Sie Ihre Pflicht tun wird.

Zu diesem Zeitpunkt zogen sich im Kessel 22 Division mit rund 250.000 Mann zurück. Für die 15 Inf.Div., drei mot. Einheiten, eine Panzerdivision und 149 selbstständige Truppenteile ging es immer weiter zurück, mit dem Russen im Rücken. Es ging nicht nach Westen, sondern nach Osten, Richtung Stalingrad.

Der Russe drückte so stark nach, dass die Kompanie die Stellungen bis an die Bahnlinie zurückzog. Übermüdet sanken die Männer in einen unruhigen Halbschlaf, wälzten sich von wirren Träumen und Bildern gequält hin und her.

Was war das - Schüsse - Traum oder Wirklichkeit?

Kämpften sie schon im Halbschlaf gegen die unaufhörlich angreifenden Russen?

Wieder - undeutlich verschwommene Abschüsse - und dann ganz nah aufbrüllende krachende Detonationen.

Das war kein wirrer Traum mehr - das war der Feind.

„Alaaaaarm!"

Roter Feuerschein leuchtete durch die aufstiebenden Gesteinsbrocken und Staubwolke.

Die Russen rücken langsam näher. Ungeheuer schwoll der Lärm an. Das Feuer des Feindes war wenig gezielt, aber was machte das schon, dafür überschüttete er die deutschen Stellungen mit Tonnen von Granaten.

Die riesigen schwarzgrauen Abschussbahnen der Stakkatos der Salvengeschütze stiegen in den Winterhimmel. Zwischendurch das Ploppen schwere Granatwerfer, das Rasante zischende Ratsch-bum der gefürchteten 7,62 cm Kanonen der Russen.

Die Sonne war nicht mehr zu sehen.

Immer neue Rauchpilze schossen zum Himmel.

Viele Tonnen schwer waren die Fontänen, die zur Erde zurückstürzten. Wie von einem gewaltigen Erdbeben geschüttelt, stöhnte diese auf.

Geschosse peitschten über die Deckung hinweg.

Noch tiefer duckte sich Werner in das Erdloch.

Dann war wieder Ruhe.

Vorsichtig hob Werner den Kopf über den Rand des Kraters, der ihm vor dem plötzlichen Tod bewahrt hatte. Ganz benommen, einen Hustenanfall unterdrückend, mit verdreckter Uniform, stand er auf, jederzeit bereit, sofort wieder in Deckung zu gehen.

Noch dreimal versuchte der Iwan in dieser Nacht durchzubrechen, wurde aber jedes Mal unter großen Verlusten abgeschlagen.

Die Gruppe zu der Werner gehörte war Deckung suchend in einen Granattrichter gesprungen, so fünf Meter im Durchmesser und zwei Meter tief. Ganz klein machten sich die Männer als rechts und links Panzer mit dem roten Stern am Turm vorbeifuhren.

Da, was war das?

Einer der Panzer blieb plötzlich stehen, drehte auf der Stelle und fuhr mit rasselnden Ketten auf das Loch zu, mit der Absicht die Männer lebendig in der Erde zu vergraben. Langsam schob sich der Panzer über den Rand des Loches. Ein Viertel von ihm hing bereits über den Granattrichter, da schien er es sich anders zu überlegen. Er stoppte, oben öffnete sich die Luke und ein Soldat in schwarzer Montur tauchte in der Öffnung auf.

Sofort krochen die Männer im Loch unter die stählerne Wanne, denn sie ahnten, was kommen sollte.

Da flogen auch schon eins, zwei, drei Handgranaten auf den Rand der Erdmulde. Detonierend zischten die Splitter gefährlich nahe über die Männer hinweg.

Der Panzer wackelte gefährlich auf der Kante und drohte in das Loch zu rutschen. Langsam setzte er zurück, drehte mit der Kette und fuhr am Rand, auf dem aufgeworfenen Sand entlang.

Ein Teil der Wand brach, rutschte ein.

Der Panzer kippte fast in das Loch. Halb schräg hing er im Granattrichter fest. Die Ketten drehten durch.

Das war die Rettung. Der Panzer konnte nicht mehr schießen, geschweige noch die Männer unter sich begraben.

In der Luke, die immer noch offen war, tauchte erneut ein Panzersoldat auf, er wollte sehen, was passiert war.

In diesem Moment sprang Werners Nebenmann auf den Panzer, hieb den Panzersoldaten die Faust auf den Kopf und warf eine abgezogene Handgranate in die geöffnete Luke.

Mit der explodierenden Granate schoss eine Stichflamme aus der Öffnung. Der Fahrer versuchte, aus der vorderen Luke noch auszusteigen, blieb aber mit dem Körper hängen, den Kopf nach unten, die Füße festgeklemmt. Sofort fingen die Beine bis zu den Knien Feuer. Erst kam nur ein Stöhnen über die Lippen, dann fürchterliche Schreie.

Es mussten entsetzliche Schmerzen sein.

Die im Kampfraum explodierenden Granaten setzten seinem Leben ein Ende. Mit einem donnernden Schlag krepierte die Munition und sprühte wie ein gleißendes Feuerwerk nach allen Seiten. Das hochlodernde Feuer des explodierten Panzers beleuchtete eine gespenstische Szene.

Ein Chaos der Vernichtung.

Brandgeruch lag in der Luft, ein schwacher Hauch, der an den Rauch von Herbstfeuern über abgeernteten Feldern erinnerte und doch Tod und Verderben bedeutete.

Die Russen griffen wieder und immer wieder an.

Im Moment nahm das feindliche Feuer aus Maschinenpistolen und leichten Maschinengewehren an Intensität zu. Wie Glühwürmchen flogen die Geschosse dicht über den in Deckung liegenden Soldaten hinweg, dabei hatten sie das gefährliche Summen von Hornissen.

Zum wievielten Mal brüllte der Zugführer nun schon: „Die Russen kommen!"

Keiner wusste es zu sagen.

Direkt hinter Werner ratterte plötzlich, ohrenbetäubend, eine 2-cm-Flak los.

Die Geschosse pfiffen an ihm vorbei und mähten die angreifenden Russen von den Beinen.

Das Feuer lag gut. Die angreifenden sowjetischen Soldaten taumelten, warfen die Hände hoch, sanken nieder, stürzten nach vorn und überschlugen sich.

Getroffene wälzten sich schreiend im Schnee.

„Handgranaten fertig - Wurf!" Drei, vier, fünf Stielhandgranaten kreiseln durch die Luft, dann losbrechende Detonationen.

Die Angreifer suhlten sich im eigenen Blut.

Über die Toten und die Verwundeten hinweg stürmte die zweite Angriffswelle mit aufgepflanzten Bajonetten, Handgranaten oder Feldspaten in der freien Hand.

Die Feuergarben der 2-cm-Flak rissen immer wieder Lücken in die Reihen der angreifenden Russen. Allmählich lichteten sich die Linien.

Einzelne Russen gelang es, das Feuer zu unterlaufen, sie blieben kurz stehen und warfen im großen Bogen Handgranaten in Richtung der Stellungen des Zuges. Kurz davor schlugen sie auf und detonierten krachend.

Erschrocken zog Werner den Kopf ein.

Geschossgarben der 2-cm-Flak griffen erneut nach den Angreifern und spielten ihr tödliches Lied.

Der Angriffsschwung der russischen Infanterie erlahmte.

War das die Wende?

Stellte der Russe den Angriff ein?

Wohl kaum.

Es würden weitere folgen und so lange gegen die deutschen Stellungen gehen, bis es den Russen gelang, irgendwann einen Einbruch zu erzielen.

Die russischen Offensivzangen hatten sich bei Kalatsch hinter der 6. Armee geschlossen.

Irgendwie gewöhnte man sich an diesen Zustand. Das Krachen ließ einen nicht mehr so sehr erschrecken. Man hatte ja das Notwendige zu seiner Sicherheit getan, ließ sich im Unterstand ruhig den Sand über den Kopf regnen oder verkroch sich im ausgebauten Splittergraben.

Am 23./24. November bat Gen. Oberst Paulus Hitler um Handlungsfreiheit. Die Kernsätze seines Appells lauteten:

„Die Schließung des Kessels im Südwesten und Westen ist nicht geglückt. Bevorstehende Feindeinbrüche zeichnen sich hier ab. Munition und Betriebsstoffe gehen zu Ende. Zahlreiche Batterien und Panzerabwehrwaffen haben sich verschossen. Die Armee geht in kürzester Zeit der Vernichtung entgegen, wenn nicht unter Zusammenfassung aller Kräfte der von Süden und Westen angreifende Feind vernichtend geschlagen wird. Hierzu ist die Herausnahme aller Divisionen aus Stalingrad und starker Kräfte aus der Nordfront erforderlich. Unabwendbare Folge muss dann der Durchbruch nach Südwesten sein, die Ost- und Nordfront ist bei derartiger Schwächung nicht mehr zu halten." Hitler befahl darauf am 24.11.1942 das Halten des Raumes von Stalingrad und versprach der 6. Armee Entsatz, nachdem Göring täglich 300 t Nachschubgüter auf dem Luftweg für den Kessel zugesagt hatte.*

An was Werner sich nicht gewöhnen konnte, war die Tatsache das in den Ruinen von Stalingrad Zivilisten hausten. Wenn er es nicht mit eigenen Augen gesehen hätte, würde er es nicht glauben. An einem halb zerstörten Bahnwärterhäuschen saßen Zivilisten, alte Leute.

Sie waren arm dran.

g.Kdos. Chefsache!
Funkspruch an OK
nachr.: an Heeresgruppe B

Mein Führer!

Seit Eingang Ihres Funkspruches vom 22. November abends hat sich die Entwicklung der Dinge überstürzt.

Die Schließung des Kessels ist im Westen und Südwesten nicht geglückt. Bevorstehende Feindeinbrüche zeichnen sich hier ab.

Munition und Betriebsstoff gehen zu Ende. Zahlreiche Batterien und Panzerabwehrwaffen haben sich verschossen. Eine rechtzeitige, ausreichende Versorgung ist ausgeschlossen.

Die Armee geht in kürzester Zeit der Vernichtung entgegen, wenn nicht unter Zusammenfassen aller Kräfte der von Süden und Westen angreifende Feind vernichtend geschlagen wird.

Hierzu ist sofortige Herausnahme aller Divisionen aus Stalingrad und starker Kräfte aus der Nordfront erforderlich. Unabwendbare Folge muß dann Durchbruch nach Südwesten sein, da Ost- und Nordfront bei derartiger Schwäche nicht mehr zu halten.

Uns geht dann zwar zahlreiches Material verloren, es wird aber die Mehrzahl wertvoller Kämpfer und wenigstens ein Teil des Materials erhalten.

Die Verantwortlichkeit für diese schwerwiegende Meldung behalte ich in vollem Umfange, wenn ich melde, daß die Kommandierenden Generale Heitz, Strecker, Hube und Jaenecke die gleiche Beurteilung der Lage haben.

Bitte auf Grund der Lage nochmals um Handlungsfreiheit!
Heil mein Führer!

gez. Paulus

23. November, 21.30 Uhr

Durchgabe an OKH:
23. November, 23.45 Uhr

F.d.R.d.A.
Leutnant

Bild 68: Funkspruch General Paulus an Hitler zwecks Handlungsfreiheit aufgrund der entstandenen Lage in Stalingrad (1942).

Halb verhungert, jammernd und in ihren Lumpen frierend saßen sie dort und kochten über einem kleinen Feuer in einem Topf Pferdefüße.

Zwischen Schutt und Asche, in Erdlöchern mitten zwischen stehen gebliebenen Ruinen der Häuser sollten auch noch Stalingrader hausen.

Obwohl die Leute den Krieg hier aus nächster Nähe zu spüren bekamen, verließen sie ihre Häuser nicht.

Ein Höhlendasein führte die Stalingrader Bevölkerung, die nicht mehr fliehen konnte, in den Balkas.

Die Russen waren schon ein stures Volk.

Regelmäßig gegen 22.00 Uhr erschien der rote *Flieger vom Dienst*, die *Nähmaschine*. Aus geringer Höhe warf der Pilot des kleinen Doppeldeckers auf erkannte Ziele Bomben über Bord.

Da krachte es schon wieder.

Gefährlich nahe spritzten die Erdfontänen der Einschläge hoch.

In den folgenden Tagen griff der Gegner wiederholt mit schwächeren Kräften an. Zweifelsohne wollte er die Front abtasten. Dies hielt jedoch nicht lange an. Die sowjetischen Aufklärungskräfte wurden allmählich stärker, die Kämpfe härter und verlustreicher.

Immer öfter griffen russische Panzer an.

Alle Kräfte mussten jedes Mal aufgeboten werden, um sie zu stoppen oder zu vernichten.

Immer öfter war der Panzernahbekämpfer gefragt.

Erneut zog die Nacht herauf.

Werner kaute an einem Stück harten Kommissbrot. Zu dritt hatten sie sich den Rest aus dem Verpflegungspäckchen geteilt. Als Getränk mussten sie mit dem Wasser aus aufgetautem Schnee vorlieb nehmen.

Ende November gab das XXXXVIII. Panzer-Korps, zuletzt am rechten Flügel der 6. Armee in der Stadt eingesetzt,

*zwei seiner Divisionen an das LI. Armee-Korps ab. Seine
dritte Division, die 29.I.D. (mot.) wurde Reserve der Heeresgruppe B.*

Die Verpflegungsstärke betrug zu diesem Zeitpunkt nur noch
270.000 Mann. Doch auch für diese Zahl reichten die eingeflo-
genen Versorgungsgüter bei Weitem nicht aus.

Immer schlechter wurde die Verpflegung.

Tagesrationen schrumpften auf 75 Gramm Kommissbrot, 12
Gramm Fett und soweit der Vorrat reichte, 200 Gramm Fleisch
von rumänischen Pferden aus dem eigenen Tross. Warmes Essen
gab es selten und wenn dann war es eine dünne Wassersuppe
und ein kleines Stück Brot.

Am nächsten Tag zog ein Flugzeug, ganz niedrig über die Stellungen hinweg. Deutlich waren die Flammen an den Auspuffen
der Motoren zu erkennen, drei matt leuchtende Kreise waren es.
Es war ein dreimotoriges Transportflugzeug der deutschen Luftwaffe, die Ju-52. Nach kurzer Zeit tauchte die Ju wieder auf und
kam langsam näher. Da lösten sich aus dem Rumpf der Maschine
nicht nur Versorgungsbomben, sondern auch Kisten, die langsam an Fallschirmen zur Erde herab schwebten.

Ein Teil kam bei den Russen runter, ein Teil bei den eigenen
Truppen.

Die Russen fingen an auf das Flugzeug zu schießen.

Feuerstöße blitzten auf, Lichtschnüre platzten.

Es war Leuchtspurmunition, da konnte man genau sehen, wie
die Maschine getroffen wurde. Aus dem rechten Motor, der
plötzlich ganz laut wurde, schossen Stichflammen. Eine Rauchfahne hinter sich herziehend verlor die Ju-52 an Höhe und dann
schlug sie auf der Erde auf.

Ein roter Feuerball schoss über der Absturzstelle in die Höhe.

Keiner kam lebend aus der Maschine raus.

Abgelenkt durch den Absturz des Flugzeuges vernahm Werner, höchstens hundert Meter entfernt ein Poltern.

Eine Kiste schlug auf, die durch den Fallschirm, an der sie hing, zugedeckt wurde.

Durch dürres Gebüsch sich schlängelnd, einen flachen Abhang runter kriechend näherte Werner sich der Abwurfstelle.

Aber ein Russe war schneller und schnappte ihm die Kiste vor der Nase weg.

Der größte Teil der Versorgungsgüter war jedoch zwischen die deutschen Stellungen gefallen. Die Männer, die sie in Empfang nahmen, lachten und schlugen sich gegenseitig auf die Schultern.

Die Versorgungsbomben und Kisten waren nicht nur mit Munition für die Maschinenpistolen, Gewehre und Pistolen, Handgranaten und Sprengmittel gefüllt, sondern auch mit Knäckebrot, Fleischkonserven, Schokolade, Vitamin-C-Tabletten, Büchsen mit Butter, Tuben mit Käse und Zigaretten.

Werner erhielt einen der Kartons. Als er ihn aufriss, kamen Brot, so säuerliches Afrikabrot in Silberfolie, Dosen Schoka-Kola und Konservendosen zum Vorschein.

Mit dem Bajonett öffnete er eine der Dosen. Die aufgeschnittene Konservendose in der Hand haltend bog er den Deckel auf. Im Nu hatte er die Büchse gelehrt, dabei bemüht auch den letzten Fleischrest auszulecken. Weit streckte er die Zunge heraus und taste mit ihr in die Winkel, argwöhnisch bedacht sich nicht zu schneiten.

Am 28. November fegte ein Schneesturm über die Weite der Steppe und verfing sich in den Ruinen der Stadt. Fast waagerecht trieb der eisige Sturm die wirbelnden Schneeflocken vor sich her. Scharf schnitt der Wind in die Gesichter und zwickte an den Füßen.

Weit, ewig weit verschneit hüllte sich das Land in tiefes Weiß.

Überall Verwehungen.

Wieder machte sich die unzureichende Ausrüstung der Truppe für den Winter bemerkbar. Winterschuhe und Mützen fehlten. Wenn es Winterschuhe gab, dann schadeten sie mehr, als sie halfen. Die Sohle aus Leder und das Obermaterial aus Filz waren gerade nicht die rechte Lösung. Wenn Schuh und Fuß nass wurden und nass blieben, dann wachte man am nächsten Tag mit erfrorenen Füßen auf. Der ganze Schuh hätte aus Filz sein müssen, wie bei den Russen die Filzstiefel. Den Filz konnte man über Nacht trocknen.

Wegen den Filzstiefeln und ihren Pelzmützen wurde wahrscheinlich mancher Russe erschossen.

In der Nacht zum 1. Advent griffen die Russen erneut an. Rote Leuchtkugeln stiegen empor und tauchten das Gefechtsfeld in diffuses Licht.

Bild 69: Bereit zur Abwehr des russischen Angriffs (1942).

Als der Angriff losging, dachte Werner, dass die Erde untergehen würde. Es war nur noch ein donnerndes Krachen und zuckende Feuerblitze, als wenn der Himmel die ganze Erde umpflügen wollte.

Mit jedem Einschlag der Granaten vibrierte und bebte der Erdboden.

Schreien tödlich getroffener Menschen.

Glühende Splitter fegten flach und scharf über die Deckungslöcher hinweg.

Plötzlich unheimliche Stille, nur das Dröhnen der Granateinschläge und das Kreischen der Stalinorgeln hallten in den Ohren nach.

Die Vorstufe zu neuen Grauen war beendet.

Obwohl noch nichts zu sehen war, wusste ein jeder, was jetzt folgen würde.

Rauch und Qualm der Granateinschläge ließen die Dunkelheit noch undurchdringlicher erscheinen.

Aufschwellendes Motorengebrumm und immer lauter werdendes Klirren von Panzerketten drangen mit einmal aus der Finsternis herüber. Dann zuckten Feuerblumen aus Mündung der Panzerkanonen auf.

Singendes Zwitschern der Stahlkerngeschosse.

Bellend Geschossgarben.

Die Mündungsfeuer der Schützenwaffen ließen erkennen, dass die Russen schon gefährlich nahe waren.

Mit blaffendem Geräusch verließ eine Leuchtkugel den Lauf und stieg in die Höhe. Im nächsten Moment ergoss sie ihr bleiches Licht über das Schneefeld des Gefechtsabschnittes, das mit zahlreichen schwarzen Flecken übersät war.

In diesem Augenblick griffen die Russen mit Urräh-Gebrüll an.

Das hämmernde helle Stakkato der letzten 2-cm-Flak schlug ihnen entgegen.

Abschüsse von Panzerabwehrkanonen reihten sich ein.

Ein Dreitonnen-Schützenpanzer wurde getroffen.

Der aufzuckende Feuerschein beleuchtete die Reihen der angreifenden Russen.

Die hintere Ausgangstür des Panzers öffnete sich und wie Fackeln brennende Gestalten sprangen aus dem Fahrzeug.

Deutlich zeichneten sich die Russen vor dem hellen Feuerschein des brennenden Panzers ab. In kurzen Sprüngen gingen die dunkel wirkenden Gestalten vor, duckten sich und zögerten sekundenlang, um dann wieder weiterzurennen.

„Urrää! Urrää!" - Höllenspektakel begleitete sie.

Granate auf Granate heulte den angreifenden Russen entgegen.

In das Urrää-Gebrüll der Russen mischte sich jetzt das Geschrei der Verwundeten und Sterbenden.

Ein weiterer Russenpanzer ging in Flammen auf.

Der Gefechtslärm steigerte sich.

Rattern, Donnern und Schreien erfüllte die Nacht.

Bei einer Distanz von 80 Metern, einer mörderischen Entfernung, eröffneten deutsche MGs das Feuer.

Die erste Welle der Russen stoppte. Zahlreiche Angreifer rannten in den Soldatentod. Ebenso erging es der Zweiten, und auch die dritte Welle kam nicht durch. Vor den deutschen Stellungen stapelten sich Leichen sowjetischer Soldaten und bildeten einen Schutzwall.

Leuchtkugeln stiegen immer wieder in den Nachthimmel und vergossen ihr milchiges Licht über die Kämpfenden, den Verwundeten und Sterbenden.

Die vierte Welle der angreifenden Russen ließ sich nicht mehr aufhalte. Selbst der Einsatz der Handgranaten brachte nicht den erwünschten Erfolg. In Gegenteil zwei Handgranaten der Russen fielen in das Loch, in dem Werner mit noch vier Mann Deckung gesucht hatte.

Sie explodierte mit dumpfem Knall.

Gefährlich zwitschern umherfliegende Splitter.

Mitten ins Gesicht wurde ein Landser getroffen. Blutüberströmt brach er zusammen. Zwei weitere wurden durch die Splitter verwundet, sie rissen überall Löcher in das Fleisch ihrer Körper.

Nicht nur das, jetzt versuchte auch noch ein russischer Panzer in den Abschnitt einzudringen.

„Ruhig bleiben!" Werner hatte, den, neben ihm im Schnee kauernden Landser am Arm gepackt. „Alles, was du zu tun hast, ist, mir die Iwans vom Leib zu halten. Mit dem Panzer werde ich fertig!"

Ungläubig schaute der Soldat Werner an.

Während die Luft ringsum von Kampflärm erfüllt war, band Werner in aller Eile mit einem Lederriemen vier Stielhandgranaten zu einer geballten Ladung zusammen.

Während dessen rollte der Stahlkasten weiter auf die beiden zu. Der Turm des Panzers drehte sich nach links und wieder nach rechts. Offenbar suchte der Kommandant nach einem lohnenden Ziel.

Der Panzer wirkte wie eine stählerne, schmutziggraue Lawine, die sie jeden Moment zu überrollen drohte.

Werner spürte, wie ihm der kalte Schweiß unangenehm unter der Achsel hervorlief.

Noch zwanzig Meter.

Noch fünfzehn ...

Werner schnellte hoch, machte zwei Sprünge und ließ sich in den Schnee fallen. Der Mund war strohtrocken, und die Angst schnürte ihm förmlich die Kehle zu.

Vor ihm dröhnte der Koloss durch den Schnee. Auf quietschenden Gleisketten schob er sich immer näher.

Werner sah, wie der Panzer hielt.

Ein trockener Knall und eine Feuerlanze schossen aus der Kanone. Der Panzer wippte kurz in seinem Fahrgestell, dann ruckte er wieder an.

Jaulend schlug die Granate hinter der Gefechtsordnung in den hartgefrorenen Boden.

Im selben Moment schnellte Werner hoch. In kurzen Sprüngen näherte er sich dem Heck des Tanks. Zwei, drei Schritte lief er hinter dem Ungetüm her, dann hatte er eine geflochtene Stahltrosse ergriffen, die an dessen Heck lose herunterpendelte. Werners Sinne nahmen den Geruch von heißem Öl und Stahl war. Der Koloss vibrierte, und die Geräuschkulisse ringsum drang jetzt nur noch als Nebensächlichkeit in sein Bewusstsein.

Er schwang sich auf das Heck des Panzers. Sekunden nach Atem ringend richtete Werner sich auf, zog sich an einem Griff auf den Turm und fasste nach der Luke. In der Rechten hielt er krampfhaft die geballte Ladung. Werner griff nach dem eisernen Deckel zum Einstieg und wuchtete ihn mit einem kurzen Ruck hoch. Die Ladung in das Innere des Panzers werfend, den Deckel zuknallend und vom Panzer springend war eins. Unsanft landete er im Schnee, überschlug sich und blieb ein Moment reglos liegen.

Unwillkürlich hielt Werner den Atem an.

Der T-34 fuhr noch einige Meter, dann hielt er ruckartig. Aus dem Turm sprang eine Stichflamme in den Himmel. Der Detonationsdonner wurde von dem ringsum herrschenden Lärm beinahe verschluckt.

Außer, dem von ihm geknackten Panzer blieben noch weiter kampfunfähig stehen.

Trotz dieses scheinbaren Erfolges ließ der Druck der Russen nicht nach und es blieb nur noch der geordnete Rückzug übrig. Aus dem geordneten Rückzug wurde jedoch ein fluchtartiger, bei dem die Verwundeten zurückgelassen werden mussten und den Russen in die Hände fielen.

Der heraufziehende Morgen zeigte das ganze Ausmaß des Grauens dieser Nacht. Da lagen Russen, da lagen Deutsche, zerstörte Geschütze, Panzer aus denen dicke Qualmwolken emporstiegen, schrottreife Fahrzeuge.

Es sah wüst und schrecklich aus.

Es war schneidend kalt geworden, die Männer lagen Tag und Nacht draußen. Es war unmöglich, in die hart gefrorene Erde einzudringen, um zum Schutz Löcher in die Erde zu graben. Die Ecken der Feldspaten wellten sich wie Eselsohren, aber nur wenige Zentimeter tiefe waren das kümmerliche Ergebnis.

Wieder und immer wieder griffen die Russen, am Tage und in der Nacht, die deutschen Stellungen an. Sie drückten ständig nach.

Bei den deutschen Verteidigern fehlte es immer mehr an Munition und die Verpflegung ging ebenfalls zur Neige.

Irgendwie musste es der Russe mitbekommen haben, denn immer öfter begannen im Abschnitt die gegnerischen Maschinengewehre zu rattern und die Karabiner zu bellen.

Stoßtrupp Unternehmungen folgten.

Zischend stiegen nachts in regelmäßigen Abständen die Leuchtkugeln empor, um wenigstens vor Überraschungsangriffe des Iwans gefeit zu sein.

Schemenhaft wogte der Iwan jedes Mal heran.

Und dann immer wieder das „Urräh!" - Gebrüll.

Solange die Munition der Zweizentimeter noch reichte, wurden die Russen durch ihr hektisches Hämmern empfangen. Die Leuchtspurgarben ließen die Angreifer im vernichtenden Feuerhagel reihenweise zusammenbrechen. Jedoch mussten die Geschützbedienungen immer öfter zu den Handfeuerwaffen greifen, denn Geschütze ohne Munition nützten nichts mehr.

Die Angriffswellen der Russen waren bisher immer wieder im deutschen Feuer zusammengebrochen. Und jedes Mal hielt der Tod seine fürchterliche Ernte und das nicht nur bei den Angreifern, die jedoch einen höheren Blutzoll entrichten mussten.

Mancher deutsche Landser blieb stumm in seinem Eis- oder Schneeloch liegen.

Am 11. Dezember kehrte Werner zum Tross zurück und wurde sofort zur Vierling versetzt, deren Gefechtseinsatz in Karpowka gegen Luftangriffe der russischen Flugzeuge erfolgten sollte.

Gnadenlos heulte der schneidende Wind von Nordwesten über die Steppe heran und türmte den Schnee auf.

Kaum war der Stellungsraum erreicht sauste der Geschützführer wie von einer Natter gebissen davon. Was der Uffz. schrie, verschluckte schlagartiger Höllenlärm.

Werner begriff in Sekundenschnelle, was los war.

Vor ihnen, in den Ruinen und dahinter, schien ein feuerspeiender Berg zu stehen. Schwere Granaten und Unmassen von Raketengeschossen wühlten den Boden auf. Die Erde geriet in Bewegung, Trichter waren plötzlich dort, wo so eben noch ein MG-Stand gewesen war. Dicke Erdbrocken wuchteten über Schützenlöcher, ganze Schneisen wurden in die schon zertrümmerten Hausfronten gerissen. Und unter den Trümmern wurden Männer begraben, die bis zum letzten Atemzug gehofft hatten, diesem Höllenschlund zu entrinnen.

In der Luft rauschte und brüllte der Orkan der Vernichtung.

Der Feuerschlag der Russen brach genauso überraschend ab, wie er begann. Vorsichtig tauchten hinter den Deckungen, aus den Löchern und Granattrichter die Köpfe der Landser auf und sahen sich besorgt um.

Neben Werner kauerte ein Unteroffizier zusammengesunken am Schneewall. Seine Arme hingen schlaff nach unten. Werner kroch zu ihm hin und sah ihm ins Gesicht. Als er aus einer tiefen Schnittwunde an der linken Schläfe des Kameraden einen Blutfaden rinnen sah, wusste er alles.

Hier hatte ein Granatsplitter sein tödliches Werk vollendet.

Werner spähte nach vorn, in die Ruinenfelder hinein und schrie: „Da sind sie!" Schon zog er den Abzug seiner Waffe durch.

Aus der MPi jagte ein langer Feuerstoß nach den anderen, dem Feind entgegen.

Die Russen griffen an.

Jetzt erst kam vom Zugführer der Befehl „Feuer!"

Erst ratterte ein MG-34 los, dann fielen weitere in die tödliche Melodie ein, die begleitet wurde durch das trockene Knallen der Karabiner und das Knattern der Maschinenpistolen.

Es wurde auf alles geschossen, was sich bewegte.

„Urrä! Urrä! Urrä!"

Näher und näher kam das Gebrüll der Angreifer.

Schrecklich hausten die pausenlos feuernden MGs unter den Angreifern. Immer mehr weiße Gestalten blieben reglos auf der Schneedecke liegen.

Plötzlich wurde der Abschnitt in dem Werner Stellung bezogen hatte von einem Handgranatenhagel überschüttet, sodass er nichts tun konnte, als in volle Deckung zu gehen und abzuwarten, bis der Stahlregen verebbt war.

Und schon brachen die Russen in die Stellungen ein.

Nur gut das in diesem Moment Hilfe aus dem Nachbarabschnitt herbei eilte.

Mit Gebrüll und Geschrei begann ein erbarmungsloses Handgemenge. Mit Feldspaten, Gewehrkolben, blanken Bajonetten und der bloßen Faust wurde aufeinander eingeschlagen.

Befehle!

Zurufe!

Schließlich gelang es, den Gegner zu überwältigen, der sich, mit den stark angeschlagenen Restkräften zurückzog.

Röcheln Sterbender.

Schwerverwundete Landser wurden unter tote Russen hervorgezogen. Dort, wo geholfen werden konnte, wurde geholfen, anderen erhielten erst Hilfe auf dem Hauptverbandsplatz, aber es gab auch, welche bei denen jede Hilfe zu spät kam und davon gab es viele.

Ein schwerverwundeter Unteroffizier, den man unter einem toten Russen hervorzog, hielt mit der linken Hand seinen rechten Arm. Als Werner hinsah, bemerkte er, dass der Arm nur noch an einem winzigen Hautfetzen hing.

Bevor Werner sich von dem Schreck erholte, ergriff bereits ein Kamerad die Initiative. Er sprang hinzu, riss den Unterarm mit einem Ruck ab und legte dann einen Schnellverband an. Der Unteroffizier bewusstlos geworden, bekam nicht mehr mit, dass zwei Kameraden, ihn, wenige Minuten später zurücktrugen, zum Hauptverbandsplatz.

Jetzt ging auch noch der Treibstoff zur Neige. So wurden nachts, in vorderster Stellung die Geschütze von den Kettenfahrzeugen abgebaut und als Feuerpunkte eingegraben.

Nach getaner Arbeit ging es mit den Fahrzeugen zum Unterbringungsraum der Kompanie zurück.

Drei sowjetische Jagdflugzeuge sausten im Tiefflug heran und schossen mit den Bordkanonen auf alles, was sich bewegte.

Getroffen durch mehrere Feuergarben, blieben wie weitwunde Tiere mehrerer Kettenzugmittel stehen. Begleitet vom Knattern der explodierenden Restmunition schossen aus den Fahrzeugen Feuersäulen empor. Durch die Druckwelle der Explosion segelten die Körper der Bedienungsmannschaften wie alte Stofffetzen durch die rauchgeschwängerte Luft.

„Deckung!“

Männer sprangen in nahe gelegene Granattrichter, versteckten sich in den Ruinen der zerbombten Häuser, reckten die Hälse und schielten nach den Flugzeugen.

Erneut brausten die Jaks heran, dicht über die Fahrzeuge hinweg. Ein Kübelwagen wurde zersiebt, und der Fahrer hing getroffen, halb aus der Tür, als die Stichflamme über ihn zusammenschlug.

Tote lagen auf der Straße, zwischen den Häuserruinen und hingen aus der zerstörten Kampftechnik.

Verbogene Eisen- und Blechgerippe, durchlöchert, aufgerissen.

Ein Knäuel und Schrotthaufen.

Truppenfahrzeuge braunrot, ausgebrannt, mit noch qualmenden Gummireifen.

Noch zweimal griffen die Jaks an, schwärmten wie Hornissen um die Fahrzeuge und belegten sie mit dem Feuer aus ihren Maschinenwaffen.

Geschosssplitter sichelten durch die Gegend.

Immer mehr Fahrzeuge gingen in Flammen auf. Die Zahl der Toten stieg sprunghaft und die Sanitäter hatten alle Hände voll zu tun, die Verwundeten zu versorgen.

Die Munition war so gut wie verschossen. Jetzt konnte bald nur noch mit Schneebällen oder Steinen geschmissen werden.

Am 12. Dezember begann der Entsatzvorstoß mit einer Angriffsgruppe der 4. Panzerarmee (Gen. Oberst Hoth) mit dem LVII. Pz.Korps (6. und 23. Pz.Div., ab 17.12. auch 17. Pz.Div.) aus dem Raum von Kotelnikowo in Richtung Nordost mit dem Ziel, die Verbindung zur 6. Armee in Stalingrad wiederherzustellen.

Eines Tages hieß es: „Wir schlagen uns durch, wir werden entsetzt. Eine Armee kommt und holt uns raus."

Der Befehl: „Alles herrichten, alles verbrennen, nur das Tragbare lassen, wir brechen aus" schien die Parole zu bestätigen. Sogar der Zeitpunkt zum Ausbruch war schon festgelegt. Alles wurde genau eingeteilt, die Marschordnung festgelegt. Nur wussten die Einheiten noch nicht, in welche Richtung es gehen sollte. Die letzten Benzinreserven wurden zusammengekratzt, um wenigstens die Fahrzeuge zu betanken, mit denen der Ausbruch erfolgen sollte.

Es gab keine Straßen.

Querfeld ein sollte es gehen.

Immer lauter werdender Gefechtslärm am Horizont zeugte vom Entsatzvorstoß der 4. Panzerarmee. Der Himmel war hell erleuchtet. Das Donnern der Geschütze und der helle Knall der Panzerkanonen der Tiger 4 Panzer der angreifenden Truppen Hoths ließen den Männern die Hände reiben.

„Der Hoth, der kommt. Der hat genug Panzer", äußerte sich optimistisch ein Kamerad Werners.

Es war ein schauriges Bild, als überall in weiter Ferne und in näherer Umgebung Feuer aufflammten.

Die Angriffsgruppe der 4. Pz. Armee gelang es am 21. Dezember nach Zurückdrücken der 51. sowjetischen Armee (Gen.Maj. Trufanow) bis auf 48 km an Stalingrad heranzukommen. An der Mischkowa blieb der Angriff gegen heftigen Widerstand der verstärkten 51. sowj. Armee und der neu herangeführten 2. Gardearmee (Gen.Lt. Malinowski) stecken.

Als die Truppe mit einem Fuß schon unterwegs, aus ihren Unterkünften raus war, hieß es: „Ne, wir machen das nicht, das ist so weit."

Dieser Befehl war tragisch, weil der Russe sofort in die schon aufgegeben Stellungen einrückte und viele der deutschen Landser draußen im Schnee lagen.

Überall Schneeverwehungen. Eins bis zwei Meter hoch und es fehlten die notwendigen Wintersachen.

Der Gefechtslärm am Horizont wurde immer leiser.

Und dann hörte man nichts mehr.

Von hocherfreut schlug die Stimmung in zu Tode betrübt um.

Keiner wusste mehr, was los war und so wurde am gleichen Abend auf Langwelle heimlich ein Feindsender gehört. Die haben erzählt, wie es wirklich um die deutschen Soldaten im Kessel stehen sollte.

„Das kann ich nicht glauben!", äußerte sich Werner.

Nur durch Offizier 3 Ausfertigungen
Geheime Kommandosache 3. Ausfertigung
Chefsache 19. 12., 14.35
Geh. Kdos. Chefsache
Nur durch Offizier

An Chef des Generalstabes des Heeres
zur sofortigen Vorlage beim Führer

Die Lage bei Heeresgruppe Don hat sich im Zusammenhang mit der Entwicklung bei Heeresgruppe B und dem sich hieraus ergebenden Abschneiden weiterer Kräftezufuhr so entwickelt, daß mit einem Entsatz der 6. Armee in absehbarer Zeit nicht zu rechnen ist.

Da sowohl aus Kräfte- wie aus Witterungsgründen die Versorgung auf dem Luftwege und damit die Erhaltung der Armee im Festungsgebiet, wie die vier Wochen der Einschließung erwiesen haben, nicht möglich, 57. Pz.-Korps allein die Landverbindung zur 6. Armee offensichtlich nicht herstellen, geschweige denn dauernd aufrechterhalten kann, halte ich nunmehr das Durchbrechen der Armee nach Südwesten für die letzte Möglichkeit, wenigstens die Masse der Soldaten und der noch beweglichen Teile der Armee zu erhalten.

Der Durchbruch, dessen erstes Ziel die Herstellung einer Verbindung mit dem 57. Panzer-Korps etwa am Jerik Myschkowa sein wird, kann nur in der im Kampf erzwungenen, allmählichen Verschiebung der Armee nach Südwesten bestehen, in der Form, daß entsprechend der Erweiterung nach Südwesten im Norden das Festungsgebiet abschnittsweise aufgegeben wird.

Im Laufe dieser Operation ist unbedingt Sicherstellung der Luftversorgung durch ausreichende Jagd- und Kampfkräfte erforderlich.

Da sich schon jetzt ein Feinddruck gegen Nordflügel der 4. rum. Armee abzeichnet, müssen ferner unter allen Umständen schnell Kräfte aus der Kaukasusfront herangeführt werden, um Durchführung der Aufgabe des 57. Pz.-Korps durch Deckung seiner tiefen rechten Flanke sicherzustellen.

Bei weiterer Verzögerung ist abzusehen, daß sich 57. Pz.-Korps an oder nördlich der Myschkowa festlaufen oder durch Angriffe in seiner rechten Flanke gebunden werden wird und damit das Zusammenwirken des Angriffs von innen und außen fortfällt. 6. Armee benötigt bis zum Antreten ohnehin einige Tage für Umgruppierung und Betriebsstoffauffüllung.

Verpflegung im Kessel noch bis 22. Dezember vorhanden. Bereits starke Entkräftung der Soldaten (seit 14 Tagen nur 200 g Brot). Masse der Pferde nach Angabe der Armee bereits an Entkräftung ausgefallen bzw. verzehrt.

Der Oberbefehlshaber der Heeresgruppe Don

gez. v. Manstein
Generalfeldmarschall

gez. Schulz
Ia Nr. 0368/42 geh. Kdos. Chefsache

Bild 70: Schreiben Generalfeldmarschall v. Manstein an den Führer über die Lage im Kessel von Stalingrad vom 19.12.1942.

Ein älterer Funker, der die Sache realistisch einschätzte, sagte: „Hört mal Jungs, wir sind in einer ganz miesen Lage, das ist ein ganz mieses Ding."

„Was willst du eigentlich, du bist ein Schwarzseher, wir kommen natürlich hier wieder raus. Die holen uns hier raus, über kurz oder lang!"

Der ältere Funker sollte mit seiner Meinung recht behalten, und es sollte noch schlimmer kommen.

Für 200.000 deutsche Soldaten hatte bereits die Schicksalsstunde geschlagen.

Über Funk kam in der Nacht vom 20. zum 21.12. der Befehl einen Abwurfplatz zu kennzeichnen. Unnötig zu sagen, dass die Nachricht in Minutenschnelle auch den letzten Mann erreichte.

Zum Anbringen des schwarzen Markierungskreuzes wurden in den Feldküchen die letzten Stäubchen Ruß aus den Schornsteinen gekratzt.

Am östlichen Himmel meldete ein leuchtender Schimmer das Nahen des neuen Tages.

Langsam begannen die am Firmament stehenden Sterne zu verblassen.

Frostklar war die Luft.

Nichts geschah.

Kein deutsches Flugzeug tauchte am Horizont auf.

Inzwischen war es hell geworden. Mit blassem kraftlosen winterlichen Schein stieg die Sonne aus ihrer nächtlichen Versenkung.

Majestätisch stand der Sonnenball über dem Horizont.

Schnee schien in der Luft zu hängen.

Und noch immer geschah nichts.

So groß die Freude und die fieberhafte Erwartung gewesen war, so groß war jetzt die Enttäuschung.

Einer überbot den anderen in Begründungen für den eigenen Pessimismus.

„Seit mal still! ... Hört ihr das nicht!? ... Das sind Geräusche von Flugzeugmotoren!" rief plötzlich einer.

Größer und größer wurde der glitzernde Punkt, der am Horizont auftauchte.

Lauter und lauter anschwellendes Motorengeräusch.

Da brach unter den Männern ein Jubel aus, der weithin über die verschneite Steppe schallte. Er wurde übertönt von dem Donnern der 12 Zylinder Reihenmotoren der Ju, die im Anflug war.

Die Maschine kam immer tiefer herunter, überflog das Kreuz, ohne etwas abzuwerfen. Weit draußen in der Steppe kurvte der Riesenvogel ein und donnerte erneut heran.

Abwurfbehälter pendelten an primitiven Fallschirmen herunter, und die Maschine wackelte zum Gruß mit den Flügeln, ehe sie wieder in der Ferne verschwand.

Jetzt hielt es keinen mehr an seinem Platz. Was Beine hatte, wollte als erster bei den unverhofften Schätzen sein. Unter den Kostbarkeiten wie Mehl und Zucker, Tabak und Zigaretten, Büchsenfleisch und Hartbrot befand sich auch Feldpost aus der Heimat.

Das erste Mal seit fünf Wochen wieder Post.

Nicht einer, der nicht ein ganzes Bündel Briefe erhalten hätte, in denen immer fort das Gleiche stand: Warum schreibst du nicht? Ich glaube fest daran, dass du bald wieder heil zu uns zurückkehren wirst? ...

Aber es waren auch Briefe dabei, die verlegen zurückgegeben wurden. Der, an den sie gerichtet waren, ruhte irgendwo in der eisigen fremden Erde.

Die 6. Armee sollte am 23. Dezember von innen den Kessel sprengen und sich der Armeegruppe Hoth entgegenkämpfen, und das mit Treibstoff für 25 km. Aufgrund der nur noch geringen Menge an Treibstoff konnte der Ausbruchsversuch der eingeschlossenen Truppen nicht erfolgen.

Weihnachten stand vor der Tür, und der klirrende Frost in der Steppe war noch stärker geworden. Brennmaterial war überhaupt keins mehr da, und allmählich musste selbst mit Streichhölzern und Talglichtern gespart werden.

Am Tag vor Heiligabend begann es zu schneien. Dicke Flocken segelten langsam aus dem grauen Himmel, der den ganzen Tag über nicht recht hell werden wollte.

Am Nachmittag, des 23. Dezember hörte das Schneetreiben auf, als wollte die Natur wenigsten Heiligabend ruhe geben.

Todesangst überschattete Weihnachten 1942 in Stalingrad, einen Heiligen Abend allerdings, wie Werner keinen bisher je erlebt hatte und auch nicht wieder erleben wollte. Am Tage hingen tiefe graue Wolken über der mit endlosen Schnee bedeckten Steppe und nachts schien der fahle Mond in einer sternenklaren Nacht über der eisigen Landschaft, derselbe Mond, so wie er in Deutschland gesehen wurde.

Die Kälte war erbarmungslos.

Der Gefechtslärm war in der *Heiligen Nacht* nicht stärker als sonst.

Ab und an ein Schuss.

Über den deutschen Stellungen die gewohnten nächtlichen Flieger.

Der krasse Gegensatz zwischen der brutalen Wirklichkeit des Krieges und der weihnachtlichen Friedensbotschaft ließ sich durch Worte nicht aus der Welt schaffen. Das spürte jeder an diesem Abend. So wurde es ein sehr stilles Gedenken, fast herrschte Grabesstille.

Hier und dort brannte in den Schneelöchern oder in den mühsam in den gefrorenen Boden gehackten flachen Löchern, einsam eine Hindenburgkerze.

Es war die Letzte.

Und irgendwer hatte ein einfaches Holzkreuz mit einer geschnitzten Figur beschafft.

Aus dem Unterstand klangen Weihnachtslieder aus rauen Landserstimmen herüber.

Im Gedanken war Werner zu Hause bei seinen Eltern, die sicherlich unter einem Tannenbaum mit brennenden Lichtern und blitzenden Weihnachtskugeln in der warmen Wohnstube saßen.

Die raue Wirklichkeit sah hier ganz anders aus, man brauchte nur wenige Schritte zu tun, dann spürte man den Krieg.

Weihnachten?! ...

Wenigstens gaben die Russen an diesem Tage bis auf ein paar Spähtrupptätigkeiten Ruhe.

Im Unterstand saßen die Männer um einen Langwellenempfänger und hörten die weihnachtliche Ringsendung mit dem halb brüllenden Hitler:

„Und unsere deutschen Truppen halten bis zum letzten Mann tapfer in Stalingrad aus."

Die Weihnachtssendung des Großdeutschen Rundfunks klang in den Ohren der Stalingradkämpfer wie Hohn. Es wurden Grüße vom Eismeerhafen bis nach Afrika, von der Atlantikküste bis zur Wolga - über fünfzigtausend Kilometer von den verschiedenen Kriegsschauplätzen in die Heimat übermittelt.

„Ich rufe Stalingrad!" klang die beschwörende Stimme des Sprechers in allen Wohnstuben des Reiches, und Stalingrad meldete sich: *„Hier ist Stalingrad. Hier ist die Front an der Wolga!"* Soldaten meldeten sich, um Grüße nach Hause durchzugeben. Es waren hoffnungsvolle Meldungen, rührende Meldungen, die von der nationalsozialistischen Propaganda für ihre Durchhaltekampagne missbraucht wurden.

Die wahre Stimmung von der Front kam nicht über den Äther.

Ohnmächtige Wut machte sich unter den Kameraden vor dem Rundfunkempfänger breit, geprägt von der Verzweiflung

und der Angst vor den Russen, vor der Gefangenschaft, falls sie
überlebten.

<u>Bild 71</u>: Unter dem Kreuz wurde Weihnachten gefeiert (1942).

Und dann kam auch noch *Stille Nacht, Heilige Nacht* durchs Radio, und es gab keinen der nicht geweint hätte.

Selbst dem härtesten Landser standen die Tränen in den Augen.

Es war ein trauriges Weihnachtsfest, ohne Tannenbaum, ohne Kerzen, einfach ohne alles. Pro Mann gab es einen Esslöffel voll Erbsen, zwei Esslöffel voll Kartoffelbrei aus Kartoffelflocken und zwei Riegel Schokolade.

Spät am Abend traf dann auch noch über Funk die Meldung ein, Hoth sei gezwungen den Rückweg anzutreten. Die Männer waren wie gelähmt. Der letzte Hoffnungsschimmer aus dem Kessel auszubrechen war dahin geschwunden.

Deprimierende Stimmung.

Die Gesichter der Männer prägten die Spuren von Not und Leiden, aber auch der Enttäuschung in Stich gelassen wurden zu sein.

Werner verließ den Unterstand und schaute gedankenverloren über die endlose Weite der Wolgasteppe, über der eine seltsame Stimmung lag.

Werner hatte Glück, was hieß hier Glück, er konnte die nächsten zwei Tage in der hinteren Stellung verbringen. Mittags gab es einen gebratenen Hund bei der Geschützbedienung - ein Festessen. Abends hockte er trübsinnig in der Ecke, träumte von der Heimat. Das ist nun Weihnachten dachte er, das Fest des Friedens und der Versöhnung.

Natur mit Schnee, Eis und Kälte und eine frostklare Mondscheinnacht mit etwa 15 bis 20 Grad Celsius Kälte.

Da ein einsames Bäumchen, schwer neigen sich die Äste unter der Schneelast.

Ab und zu ein Schuss, hoch oben der gewohnte Flieger, sonst ein prächtiges Stimmungsbild, alles glitzerte im Mondschein, eine einzigartige *Heilige Nacht* am Wolgastrand, viele, viele Kilometer fern von der Heimat.

An die Soldaten der Stadt Ellrich.

Ellrich, im Dezember 1942.

Liebe Kameraden!

Im herbstlichen Nebel liegen die Häuser der Stadt, und das dürftige Licht des Sonnenballs macht sich in diesen sturmdurchjagten Tagen dadurch noch seltener. Da flüchtet der lichthungrige Mensch nach dem künstlichen Licht, und die Arbeitsstätten, die Werkstuben, die Maschinenräume leihen ihre Beleuchtung aus dem Strommetz. Aber das Arbeitstempo ist dadurch nicht bestimmt worden. Das strömt weiter wie in Sommertagen. Die Räder drehen sich im alten Takt, die Güte des Geschaffenen läßt auch jetzt noch nicht nach. Im Frühschein, noch ehe die Sonne über der Siedlung und dem Galgenberg die Schwärze des Himmels bleicht, klappern die Nagelstiefel unserer Männer, unserer Jungen über das Pflaster, der Fabrik, der Bahn, dem Lehrsaal zu. Tag für Tag, im Taktschlag einer Uhr.

Und was sich hinter den schwachen Lichtritzen der Wohnungsfenster schon am frühen Morgen abspielt, — nur Schaffen und Sorgen der Mutter ist es, der Frauen für ihre Familie. Mit dem Wechsel der Jahreszeit hat sich nur der Schauplatz der Arbeit verlagert. Vor den Toren der Stadt ist's still geworden, da hat die gütige Mutter Natur unmerklich und doch sichtbar die Bestellarbeit des Bauern gesegnet. Da steht über nebelfeuchtem, dungschwarzem Boden eine neue Saat, die Lebensgarantie für ein neues Jahr. Und Mutter Erde, die noch immer die fleißige Hand gelohnt hat, macht uns viel Hoffnung für eine kommende Ernte.

Auch im Wald wird's stiller. Mit dem Deckreisig der Tannen, das in kleinen und großen Fuhren hereingerollt ist zum Schutze unserer Gartenstauden, ist des Jahres letzte Waldernte getan. Nun wird's wohl aus sein mit den Bucheckern, die fleißige Kinder- und Frauenhände oft mühsam unter dem Laube gelesen und froh heimgetragen haben. Hat sich doch das Beutelchen voll brauner Früchte in Fett und Oel verwandelt, und wenn nicht, so brachte es doch die schöne Anerkennung — wie sie den Schulkindern zuteil wurde — „Ihr habt Eure Sache gut gemacht, habt mitgeholfen, den Hunger und die Not zu besiegen". Noch einzeln knarrt eine Fuhre Raffholz stadteinwärts, eine späte Ernte der Unentwegten, die es nicht duldet im Heim, wo draußen die Wege noch einigermaßen passierbar sind.

Leer und abgegrast sind die Bäume. Die letzte Birne, das letzte Aepfelchen, das nach dem späten Laubfall erst sichtbar wurde, das ist heute heruntergeholt. Auch an den Kastanien ist die letzte Frucht — und hing sie noch so hoch — heruntergeholt, geschüttelt, geklopft oder gesteinigt worden. Ein Eifer war's wie jedes Jahr, und das meiste ist dem Förster zugeflossen, und der Lohn blieb nicht aus. Nicht alle freilich wurden abgegeben. Hier und da ist eine im Goldglanz ihrer Reife in der Spielkiste der Kleinen neben Puppen und Soldaten versteckt worden, die nun als Winterspielzeug Auferstehung feiert mit Eisenbahn und Rollwagen, Malbuch und anderen Spieldingen hinter den Fensterscheiben und wo immer die Kinder ihr Spielfeld einrichten.

Kahl ragen die Bäume auf, und der Wind faucht zwischen die dürren Aeste, rüttelt an Luken und bläst im Schornstein seine Melodie. Da mußten wir — etwas später als die letzten Jahre — nun doch den Ofen in Tätigkeit setzen. Da ist wieder die heimelige Wärme, wieder huschen die Feuerfinger über den Fußboden an den Wänden hinauf und machen die Stunde der Dämmerung so schön, wo einmal nur das Licht spricht und tagemüde Hände ruhen, Stimmen schweigen, Gedanken träumen.

Das ist die Atempause der Alten, wo zu den Gliedern der Familie der Geist eilt, die nicht mehr im Hause sind. Da besuchen des Vaters Gedanken den Jungen, der draußen steht, da geht die Sorge der Mutter dem Kind nach. Da kommt der Entschluß: Wir wollen schreiben, wir wollen ihm etwas schicken, Weihnachten ist nahe.

Wo der Tag vor Arbeit und Unrast die Zeit nicht läßt, da gibt der Abend, der lange Abend die passende Gelegenheit, die Verbindung neu zu knüpfen zum Jungen, zum Bruder, zum lieben Mann, zum Vater. Viel mehr als dieser Brief — einer von Vielen an Viele — wird der persönliche Brief Euch Soldaten das Herz erfüllen. Mehr als der Brief im Maschinendruck werden die handschriftlichen

Bild 72: Brief der NSDAP Ortsgruppe Ellrich „An die Soldaten der Stadt Ellrich" zu Weihnachten 1942, Vorderseite.

Züge Eurer Lieben zu Euch sprechen, und gerade die zitternden Buchstaben der Eltern, die ungelenken Unterschriften der Kleinen, der krause Krakel des kleinsten Sprößlings, der an Mutters Hand den Gruß an den fernen Vater senden darf.

Liebe Soldaten, schöpft nur daraus Eure Kraft, sie dauert aus. Sie sagt Euch, was Ihr verteidigt, das Süße und Zarte im Leben, das Heim in der Heimat. Die hohen Dinge daneben, Heimatgau, Land und Volk, die kommen im Briefe Eurer Lieben nicht immer zu Worte. Dafür wollen wir — die Hüter und Prediger des neuen deutschen Sozialismus — Sprecher sein.

Mit dem Winterhalbjahr sind wir in Block, Zelle und Ortsgruppe wieder näher zusammengekommen. Wir haben, Stuhl an Stuhl eng zusammengerückt, gelauscht, was uns die Versammlungen boten. Mehrfach war der Kreisleiter unter uns, und mancher andere Redner aus dem Gau sprach in Ellrich. Am schönsten hat sich immer der Gemeinsinn in der Stadt gezeigt, wenn zum Opfer aufgerufen wurde. Erstmalig wurde der Gesang in den Dienst des Opfers gestellt. Da standen sie alle ihren Mann: Männergesangvereine, Frauen, Mädchen, die Jugend, alles sang von Herzen, und sang in die Herzen. Und in dem brechend vollen Schützenhaussaal stand keiner unbefriedigt wieder auf. So durften wir dem Kreise eine Spendenzahl nennen, die mehr als alle Worte und Versicherungen bekundete: Wir machen mit, nun erst recht!

Ebenso war's mit der Sachenspende für die Brüder im Osten, ein ganzes Zimmer voll von Haushaltungsgegenständen konnte ins Wartheland abgehen, jede Familie hatte gegeben, sonst wäre die große Sendung nicht zustande gekommen. Nicht anders war es mit der Bücherspende, die nun auch längst hinausgeleitet ist und sich sicher schon in den Händen der Soldaten befindet.

So hat sich von Kriegsjahr zu Kriegsjahr mehr die feste Verbindung gebildet zwischen daheim und draußen, zwischen dem sicheren ruhigen Kern des Reiches und denen, die an den lodernden Grenzen im Angriff und in der zähen Verteidigung stehen. So halten wir's und werden es weiter halten, daß wir unsere Arbeit als unsere Pflicht ansehen, für andere aber ein zusätzliches Opfer zu bringen, als unsere Ehrenpflicht betrachten. Wäre es nicht so, dann wäre ja der Abstand zwischen Front und Heimat zu groß. So können die weiten Entfernungen, die sich zwischen Euch, Soldaten an der Front, und Eure Heimat legen, — auch wenn es weit über 1000 Kilometer sind — die Herzen nicht trennen, das Vertrauen nicht schwächen.

Das Jahres ewiger Kreislauf lehrt uns, daß auch die Wintersonne nicht ewig sinkt, daß ihr ein Sonnenwend befohlen wird, und die Kenntnis der Geschichte unseres deutschen Volkes lehrt uns in gleicher Weise, daß große Stürme über Europa die deutsche Kraft nicht auslöschen konnten. Der geballte Sturm unserer Tage findet ein geeintes Volk.

So blicken wir im sicheren Vertrauen auf Euch in diesen Tagen des Lichtfestes Weihnacht dem Völkerfrühling entgegen, der bolschewistischen Winterstürmen zum Trotz doch kommen wird, der trotz Wut, Verzweiflung, Lüge und Verrat einer Welt der Plutokratie doch die Tage eines neuen Aufbaus bringt.

Wir wissen, daß da, wo heute das Schwert pflügt, eine Pflugschar wieder geht, ebenso ist es uns klar, daß davor der Sieg des deutschen Soldaten steht. Deshalb halten wir den Teil unserer Last, der uns zugeteilt ist. Viele von Euch tragen den viel größeren. Und wie Ihr ihn tragt, das kündet uns täglich der Wehrmachtsbericht.

So soll uns die Stunde der Wintersonnenwende, die Stunde der Jahreswende geeint sehen wie bisher. Heimatlich wird manches Soldatenquartier durchweht sein von der kleinen Gabe der Liebe, von Zeichen des Gedenkens, von einem Lichtstümpfchen, das nach Südharz duftet. Warm sollen die Herzen werden, aber groß sollen sie bleiben. Licht flutet wieder in ein neues Jahr, das ist die Dezemberbotschaft. Die Zukunft ist Licht.

Und dafür kämpft der Mann, dafür betet die Frau.

Wir grüßen alle Soldaten unserer Stadt!

Heil Hitler!

Die Ortsgruppe der NSDAP.

Bild 73: Brief der NSDAP Ortsgruppe Ellrich „An die Soldaten der Stadt Ellrich" zu Weihnachten 1942, Rückseite.

Einmal waren auch die zwei Tage vorbei und Werner musste wieder mit hinaus in die Stellungen. Dies geschah nachts und sie befand sich nicht weiter als 200 Meter von den russischen Linien entfernt.

Plötzlich ertönte irgendwo her aus einem Lautsprecher eine deutsche Stimme.

Werner schaute sich erstaunt um, denn das war ungewöhnlich.

Die Stimme kam aus den gegenüberliegenden russischen Grabenabschnitten und rief nicht nur deutsche Soldaten, sondern ganze Einheiten zum Überlaufen auf.

„Was soll denn, dass?" wollte der neben Werner hockende Unteroffizier wisse.

„Ich weiß es nicht?"

„Ich kann mir das so erklären, das da wieder welche vom Nationalkomitee Freies Deutschland am Werk sind."

„Nationalkomitee Freies Deutschland?"

„Die geben unter anderem angebliche Grüße von Gefangenen an die Heimat durch. Geschickt verbreiten sie Tatsachen mit Lügen oder Gräuelmärchen über die Lautsprecher und wollen uns weismachen, dass unsere Lage aufsichtlos sei."

„Hier sprach Walter Ulbricht vom antifaschistischen Nationalkomitee Freies Deutschland!" mit diesen Worten schien der Redner im gegenüberliegenden Grabenabschnitt seine Rede beendet zu haben.

„Hab ich es nicht gesagt", meinte der Unteroffizier. Er wurde jedoch in seiner Rede unterbrochen durch ein immer lauter werdendes Motorengebrumm. Aber diesmal klang es anders. Ehe sie begreifen konnten, um was es da geht, erblicken sie eine einzelne Po-2s im Tiefflug von der Wolga her näher kommen.

Der Himmel sternenklar und von keiner Wolke getrübt, sodass sich das russische Flugzeug, mit gedrosselten Motoren, anpirschen konnte.

In geringer Höhe zog es heran, kam immer tiefer herunter, überflog den Grabenabschnitt, ohne etwas abzuwerfen.

„Was soll das denn?" kommt es erstaunt über Werners Lippen.

Weit draußen in der Steppe kurvte der Vogel ein und donnerte erneut heran. Nur diesmal entledigte er sich seiner Last.

Nur, was ist das für eine Last?

Es sind keine Bomben, sondern ein Heer von Zetteln schwebte flatternd zur Erde herunter. Weit verstreut auf dem Kampffeld kommen diese zum Liegen.

„Das sind sicherlich Flugblätter mit der Aufforderung, den Widerstand einzustellen und überzulaufen, weil die Lage aussichtslos sei" bekundete der Unteroffizier.

Werner antwortete nur darauf: „Über diese Art und Weise der Beeinflussung kann man geteilter Meinung sein."

„Da hast du recht. Viele denken, lass die nur machen, jeder führt den Krieg auf seine Weise."

Und wie es nicht anders sein konnte, eröffnete am nächsten Tag der Russe das Feuer aus allen Rohren.

Ein fürchterliches Trommelfeuer ging auf die deutschen Stellungen nieder.

Plötzlich brach es ab und über Lautsprecher wurden erneut Feldpostbriefe vorgelesen, die, die Russen erbeutet hatten. Sie wussten genau, welche Einheiten ihnen gegenüberlagen. Die Feldpostbriefe betrafen dann auch den Angehörigen dieser Einheiten. Frauen schrieben da an ihre Männer, Eltern an ihre Kinder, Kinder an ihre Väter. Und dann sagten die Russen im perfekten Deutsch:

„Ihr werdet eure Angehörigen nicht wiedersehen, wenn ihr weiter kämpft. Aber ihr könnt jetzt überlaufen! Ihr könnt rüberkommen und euch eure Briefe abholen. Wir garantieren euch ärztliche Versorgung, Essen und gute Behandlung."

Die sowjetische Propaganda warf auch ein *Weihnachtsflugblatt* ab, mit einem Gedicht von Erich Weinert, einem deutschen Schriftsteller, der im Moskauer Exil lebte:

„Ich bring euch keine Goebbels-Mär.
Ich bring euch keine Feindeslist,
ich bring die Wahrheit, wie sie ist.
Die Wahrheit ist: Der Tag ist nah,
da ist kein Hitlerstaat mehr da.
Wie glücklich, wer zu dieser Frist
noch unversehrt am Leben ist."

Geglaubt aber hatte den Russen keiner. Werner hatte deutsche Stellungen gesehen, die den Russen kurzfristig noch einmal abgenommen wurden, und da lagen deutsche Soldaten, denen die Russen die Köpfe eingetreten hatten. Und es waren nicht wenige. Bei der Kälte konnte man das gut sehen, die Stiefelspuren.

Gleichzeitig machte eine Parole unter den Landsern die Runde: *„Haltet aus, der Führer haut euch raus!"*

In den nächsten Tagen war die Schlacht um den Mamajewhügel wieder im vollen Gange. Ununterbrochen explodierten Granaten, verbissen wurde um jedes Haus, ja um jeden Keller gekämpft. Im Schneetreiben wurde Meter um Meter gewonnen, jeder Meter mit zehn Toten erkauft. Und in der Nacht ging diese Stück Gelände wieder verloren.

Umsonst die tausend Toten!

Es war deprimierend.

Werner und viele seiner Kameraden waren gerade 19 Jahre alt und sollten begreifen, dass das Leben für sie zu Ende sein sollte.

Die Landser verloren langsam jedes Zeitgefühl in dieser merkwürdigen fremden Welt mit ihrer bizarren Ruinenlandschaft und ihrem Schutt.

Von einer Verpflegung der Truppe konnte man nicht mehr sprechen. Besondere Lebensmittel gab es kaum noch, Kartoffeln nur noch in Form von Flocken. Die im Kessel befindlichen Pferde der rumänischen Truppen waren bereits alle geschlachtet.

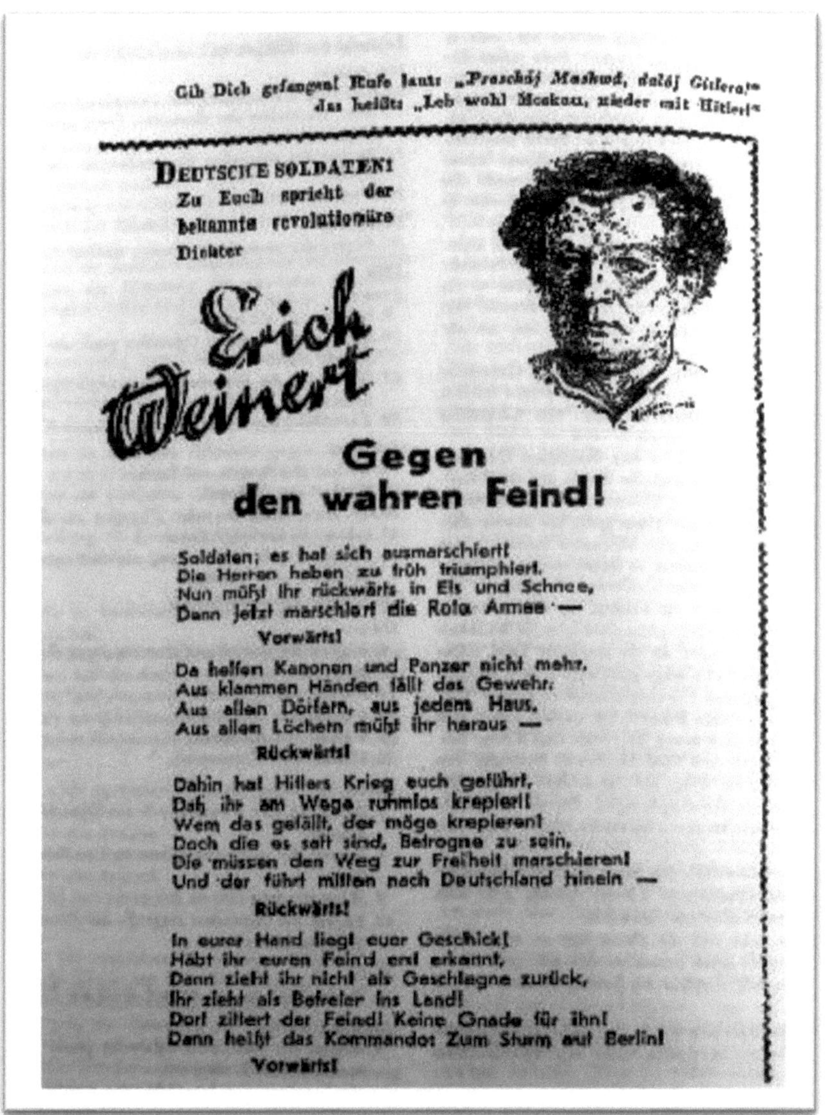

Bild 74: Flugblatt abgeworfen über den Stellungen der deutschen Soldaten im Kessel von Stalingrad.

Der Hunger riss und bohrte in den Eingeweiden der Einge-
kesselten.

Die Zahl der durch Hunger Entkräfteten überstieg bei manchen Einheiten bereits die Zahl der Verwundeten. In jedem Bunkern, in jeden Graben, auf jeden Hauptverbandsplatz lagen aus-
gezehrte Soldaten und Offiziere, die nicht mehr auf die Beine
kamen. Elendig verreckten sie in der Eis- und Steinwüste Stalingrads.

Soldaten saßen in den Ecken der Ruinen, versteckten sich in
den Kellern und taten nichts mehr. Selbst Offiziere die sie mit
gezogener Pistole zwingen wollte, an die Front zu gehen und weiter zu kämpfen, hatten keinen Erfolg.

Apathischen antworteten die Gestalten: „Du kannst mich er-
schießen, ich habe keine Lust mehr. Ich mache nicht mehr mit!"

Die Russen verstärkten, durch den Einsatz zahlreicher Flak-
geschütze, die Luftabwehr in der Einflugschneise der deutschen
Flugzeuge. Damit wurde jeder Flug in den Kessel für die deutschen Piloten zum Himmelfahrtskommando.

Immer weniger Flugzeuge landeten in Gumrak und Pitomnik.

Katastrophale Zustände herrschten auf den Hauptverbands-
plätzen. Verwundete lagen zum Teil im Freien und viele erfroren.

Der Kessel war bereits durch den Druck der russischen Truppen um die Hälfte verkleinert.

Da hinten und vorne die Munition fehlte, musste tatenlos zu
gesehen werden wie sowjetischen Flugzeuge ungestraft ihr tödliches Spiel am Himmel treiben konnten. Rottenweise stürzten
sich die Maschinen vom Himmel herab und beharkten die deutschen Bodentruppen aus ihren Bordwaffen.

„Volle Deckung! Fliegeralarm!" eilte dann der Ruf durch die
Stellungen.

Sofort wurde Deckung gesucht, egal wo er gerade stand.
Landser hechteten in Gräben, in Bombentrichter, hinter Mauerresten, in Häuserruinen oder unter die Kampftechnik.

Am Himmel lärmten nervenzerfetzend die Kampfflugzeuge.

Bellten die Bordwaffen.

Winselten die Bomben, die wackelnd ihr Ziel angingen.

Explosionen stiebten in die Höhe.

Stichflammen schossen hoch, und Qualm Fahnen fächelten im Wind.

Die bereits knappe Munition krepierte in schaurig schönen Kaskaden.

Qualm beizte die Augen.

Nach *getaner Arbeit* tauchten die sowjetischen Kampfflugzeuge jedes Mal im Sonnenglast unter, und ihr Lärm verlor sich in der Ferne.

Bild 75: Russische Flak macht es den deutschen Fliegern schwer.

Der ständige Beschuss durch die russische Artillerie und die Splitterbomben der russischen Flugzeuge zwangen die Kompanie zum Rückzug ins Stadtgebiet.

Eine Geisterlandschaft tat sich auf mit Trümmern, Feuer und Rauch.

Glimmende Balken, ausgebrannte Ruinen, zerstörter Hausrat, aufgerissen Straßen, verbogene Metallträger, Berge von Mauerresten. Wenigstens konnten hier noch ausgebaute Stellungen genutzt werden. Sie waren aufgrund der sich ständig ändernden Hauptkampflinie entweder von den deutschen oder russischen Truppen fluchtartig verlassen wurden.

Kaum noch Schlaf.

Tag und Nacht im Verteidigungsgraben.

Entfernung zum Russen teilweise nur 50 m.

Ständig fauchten die Granaten vorn und hinten in die Deckungen.

Beißender Pulverdampf brachte die Augen zum Tränen und legte sich beklemmend auf die Lunge.

Der Boden schwankte und dröhnte unter den pfeifenden Einschlägen der Granaten.

Ein jeder hockte geduckt in seiner Deckung, von Zeit zu Zeit einen kurzen Blick Richtung Gegner zu riskieren.

Manche glaubten, ihr letztes Stündlein habe geschlagen.

Leuchtspurgeschosse zwitschern aus den Stellungen des Feindes herüber.

Querschläger und Splitter schwirrten durch die Luft.

In diesem Feuerhagel wurden die Landser, hungernd, fierend, ausgemergelt und müde in den Boden gedrückt.

Und die Hölle wurde jedes Mal noch schlimmer, wenn die Russen auf breiter Front angriffen.

Eng an den Boden gepresst lag Werner hinter einem schweren MG. Das Gesicht ruß geschwärzt, zuckte jedes Mal, wenn in der Nähe ein schwerer Brocken einschlug.

Die Hölle tobte.

Brauner Rauch trieb über die Erdwälle der Schützengräben, Stellungen und Schützenlöcher.

Werner zog den Kolben des MG fester an die Schulter. Und genau in diesem Moment brach das russische Artilleriefeuer ab.

Aus den allmählich verwehenden, auseinandertreibenden Dreckwolken und Rauchschwaden tauchten sie auf: weiß gestrichene Panzer mit langen Rohren und dazwischen und dahinter dichte Reihen russischer Soldaten in gesteppter Winterbekleidung, Pelzmützen auf den Köpfen, bewaffnet mit Maschinenpistolen, Schnellfeuergewehren und leichten Maschinengewehren.

Sie kamen Mann an Mann in drei Wellen. Zu Hunderten überschwemmten sie das Gefechtsfeld.

Schlagartig begannen mehrere deutsche Maschinengewehre auf die russischen Angreifer zu schießen.

Halbverwehtes „Urrää-Gebrüll" war zu hören, dazwischen das immer stärker werdende deutsche Abwehrfeuer.

Die Russen kamen in Rudeln, immer 20 bis 30 Mann.

„Urrä! Urrä!" - Ein Höllenspektakel.

Die Leuchtspurgarben fetzten aus allen Richtungen in die angreifenden Russen. Reihenweise wurden die Schützen, die mit langen, aufgepflanzten Bajonetten über das Schneefeld vorstießen, niedergemäht. Aber immer neue Scharen kamen nach.

Starkes MG-Feuer aus der linken Flanke.

Noch 80 Meter Distanz zum angreifenden Gegner. Eine mörderische Entfernung, wenn ein halbes Dutzend MGs dazwischen hielten.

Werner hatte bereits den vierten Gurtinhalt aus dem Lauf gejagt und mit seinen langen Feuergarben die Reihen des Gegners ununterbrochen gelichtet.

„Urrä! Urrä!"

Im Vorwärtsstürmen stützten die Russen ihre MPi's gegen die Koppelschlösser, dabei die Magazine leer schießend.

Huuuiiii - Schschschsssstt! Mit rasantem Zischen fegte es über Werner hinweg. Der Feuerstoß erfasste einen Kameraden, stumm sank er auf die Knie und kippte vornüber auf die nasse, mit kaltem Schnee bedeckte Erde. An seinem Hals klaffte eine faustgroße Wunde, aus der sein Blut den Boden tränkte.

Einem anderen traf ein Explosionsgeschoss ins Gesicht. Er drehte sich auf der Stelle, sodass sein Stahlhelm vor ihm auf den schneebedeckten Boden trudelte.

Dem Nächsten raste die Geschossgarbe eines MGs durch die Brust. Er warf wie entsetzt die Arme hoch und stürzte nach hinten.

Vier weitere Männer wurden genauso getroffen. Ein Knäuel von zuckenden Leibern krümmte sich im Graben, lag für wenige Sekunden in einer gemeinsamen Blutlache, warfen sich noch einmal aufbäumend hoch, als wollten sie den Tod abwehren.

Das „Urrä! Urrä!" rief Werner wieder in die raue Wirklichkeit zurück.

Aus einem halben Dutzend schweren MG's zischten die Flammenspeere der Abschüsse den angreifenden entgegen.

Wenn der Angriff nicht bald zum Stehen kam, waren sie am Ende ihres Lateins.

Die Munition ging zu Ende.

Die schwarzen Flecken auf der weißen Schneefläche nahmen zusehends zu. Es waren die Stellen, wo die zu einer blutenden und besinnungslosen Masse zusammengeschossenen Russen lagen.

Tote waren es.

Der Strom der Angreifer verebbte langsam.

Gaben sie auf?

Nein. Zahlenmäßig kleine Gruppen stürmten noch weiter und fielen im Feuerhagel des deutschen Abwehrfeuers.

Der Sturm der russischen Soldaten war erst einmal gestoppt.

Die Russen gaben jedoch keine Ruhe und griffen bereits eine Stunde später erneut an. Aus der Nebelbrühe walzten T-34 heran, donnernde Motoren und rasselnde Panzerketten. Einige von ihnen trugen Infanteristen auf dem Rücken wie Elefanten ihre Treiber.

Das erneute vielhundertstimmige „Urrä!"-Geschrei der russischen Sturminfanterie bildete die schauerliche Ummalung dieses Angriffs.

„Los! Hoch ihr müden Säcke! An die Waffen! Der Iwan kommt wieder. Gebt ihn Saures!"

Die Soldaten des Zuges rappelten sich auf, wischten sich den Dreck aus den Augen und rannten zu den Waffen.

„MG-Stände und Feuerstellungen besetzen!" feuerte der Zugführer die Landser an.

Die Männer stürzten an ihre Maschinengewehre, zu ihren Stellungen, die sie innerhalb des Verteidigungssystems innehatten. Sekunden darauf hämmerten wieder die Waffen in die Reihen der angreifenden Russen. Den russischen Infanteristen schlug immer schwächer werdendes Feuer aus leichten Maschinengewehren und Gewehren entgegen.

Die kettenrasselnden Stahlungeheuer überrollten den ersten Graben.

Schnee und losbröckelnder Lehm fielen herunter.

Es musste schon ein größeres Loch sein, wo ein Panzer verweilte, sich um die eigene Achse drehte und Loch, Mann, Schnee unter sich verquirlte.

Werner jagte mit dem schweren MG Feuerstoß auf Feuerstoß den angreifenden Russen entgegen, unter denen der Sensenmann eine reiche Ernte hielt.

Die erste Welle der Russen wurde gestoppt.

Viele der Angreifer blieben tot liegen.

Ebenso erging es der Zweiten, und auch die Dritte konnte noch gestoppt werden.

Gefährliches jaulen und rauschen in der Luft.

Ein greller Lichtblitz, eine schlagartige Detonation folgte in unmittelbarer Nähe.

Sie nahm Werner fast den Atem. Er rang nach Luft.

Wie ein welkes Laubblatt im stürmischen Herbstwind erwischte es Werners unmittelbaren Nachbar. Dieser wurde durch

die Gegend geschleudert, blieb für einige Sekunden bewegungs-
los liegen und versuchte dann sich mühsam zu erheben. Verge-
bens, er fiel auf die Knie zurück und die Gestalt kippte nach vorn
auf das Gesicht. Die Beine zuckten unter dem Leib, sie streckten
sich ... Der Kopf des Mannes fiel zur Seite ..., dann lag er still.

Welle auf Welle russischer Infanterie, begleitet von Panzern,
stürmten gegen die deutschen Linien an. Scharen geduckter Gestalten brachen in den Verteidigungsabschnitt.

Und dann prallten sie aufeinander.

Deutsche und Russen.

Gewehrkolben krachten aufeinander, wurden auf behelmte
Köpfe geschlagen.

Schädel zerkrachten wie Eierschalen.

Mit Bajonetten wurde pulsierendes Leben durchstochen.

Mit den Händen würgte man sich, stieß dem Gegner die Faust
ins Gesicht, trat mit dem Stiefel zu.

Ein großer Teil der Russen waren mit Spaten und Handgranaten ausgerüstet, Gewehre griffen sie sich erst von den Gefallenen.

Trotzdem wurden in den wechselvollen Kämpfen die Russen
immer wieder zurückgeschlagen, ihre Absicht, die Deutschen zu
vernichten misslang.

Über das Grauen senkte sich schließlich die Nacht.

Nach dem Ende Dezember klar war, dass niemand, die eingeschlossenen Truppen aus dem Kessel befreite, verlor auch der
letzte Landser den Rest an Hoffnung. Für alle begann eine grausame Wartezeit voller Ungewissheiten. Die es nicht erlebt haben,
können es sich nicht vorstellen. Es war als hätten sie Vieh auf
einem Schlachthof in einem Gatter zusammengetrieben und
dann wurden einzelne Tiere herausgeholt und getötet. Es gab
keine Rebellion, es wurde nicht gemeutert, es war eine Mischung
aus Angst und Unruhe, und die Männer kamen sich vor wie dieses Vieh auf dem Schlachthof, wenn es weiß, dass es getötet werden sollte.

Zum Jahreswechsel gewährte der Russe den Deutschen nochmals eine Frist. Als die Nacht nach einem lebhaften roten Sonnenuntergang hereinbrach, lag die weiße Landschaft für kurze Zeit in arktisches Blau getaucht da.

Es blieb alles ruhig.

Bis auf hin und wieder aufflackerndes Gewehrfeuer oder kurze Feuerstöße aus Maschinenpistolen.

Dann war wieder Ruhe.

Silvester wurde ganz formlos begangen, aber immer mit den Gedanken bei den Lieben in der Heimat. Und viele stellte sich die Frage, was das Jahr 1943 bringen würde.

Hier und dort bewegten sich einige Gestalten, die bestrebt waren ihre winzigen Feuerstellen in Gang zu halten. Sparsam schoben sie die Holzbrettchen von den leeren Munitionskisten nach. Ja, die Zeiten waren vorbei, wo man noch nach Stalingrad-Mitte gefahren war, um Holz von dem Abriss der Häuser zu holen.

Von Frostschauern geschüttelt erwarteten die Männer den nächsten Morgen. Es war der 1. Januar 1943, der erste Morgen im neuen Jahr. Die Leute lagen auf der blanken Erde im Splittergraben, schutzlos den an Stärke und Kälte zu nehmenden Wind preisgegeben. In zerrissenen Uniformen, teilweise mit Lappen um die Füße und die Gesichter in die *Oma* eingehüllt, so nannte man unter den Landsern die grauen Kopfschützer, waren sie gnadenlos der erbarmungslosen Kälte ausgeliefert.

Die Uniformen, die wenigen Zeltbahnen ließ der Frost zu Bretterhärte erstarren.

Zu der Kälte kam noch der sagenhafte Dreck.

Tagelang, nein wochenlang hatten die Körper der Männer kein Wasser gesehen. Wen wunderst da, dass sie sich am ganzen Körper juckten.

In einem grauschwarzen Schimmer bedeckten Läuse die Haut.

Hunger und Durst quälte die Kohldampf schiebenden Männer und hinterließ immer grausigere Spuren.

Dreckiger Schnee wurde gefressen und man versuchte ihn irgendwie aufzutauen und trank die Brühe, wie sie war.

Um den ärgsten Hunger etwas zu stillen, gab es hier Menschen, die zu Kannibalen wurden. Davon zeugten die abgenagten Menschenknochen, die gefunden wurden und die Leichen, an denen die Popacken fehlten.

Selbst dieses wurde von den Männern hingenommen.

Für ein Gefühl hatte keiner mehr die Kraft.

Abgestumpft schienen die vielen Toten nichts mehr auszumachen.

Die Stimmung der Männer war umgeschlagen, sie waren hart geworden. Es gab auch die ersten Verfluchungen von Hitler, hinter der Hand, aber auch offen.

Überall Trichter und Fahrzeugreste, Zeugen der Vernichtung und Reste von Einheiten, die vorher hier gelegen hatten.

Inzwischen begann sich der Gegner zu rühren. Abschüsse und Einschläge von Granaten und Maschinengewehrgeknatter zerrissen die Vormittagsstille.

Plötzlich begann es wieder zu grollen. Und wieder bildeten sich dichte Dunstmassen über den Stellungen der Russen. Und wieder zuckte es in den oberen Schichten wie Wetterleuchten auf.

Dumpfes Donnern und Rumoren.

Die Erde zitterte.

Heulende Granaten.

Qualm, Staub von Feuerschleim durchzogen quoll himmelhoch auf, um wieder zusammenzufallen.

Artillerie!

Granatwerfer!

Brüllende Kanonen!

Tausende Tonnen Pulver schienen in die Luft zu gehen. Die riesigen schwarzgrauen Abschussbahnen des Stakkatos der Salvengeschütze - *Stalinorgeln* - stiegen in den Winterhimmel. Zwischendurch Ploppen schwere Granatwerfer, das rasante Zischen der *Ratsch-bum*, der gefürchteten 7,62-cm-Kanone der Russen war zu hören. Sie legten in unmittelbarer Nähe das in Schutt und Asche, was noch annähernd wie Häuser ausgesehen hatten.

Das Artilleriefeuer erreichte eine neue Phase. In dem Entfaltungsabschnitt fielen nur noch vereinzelt Granaten und wühlten Trichter auf. Das massierte Feuer war verlegt wurden, auf das, was man noch rückwärtige Dienste nannte.

In selben Augenblick ein Rauschen in der Luft, zusehends lauter werdend. In pfeifendes Sausen übergehend, das zu einem heißen, wilden Fauchen anschwoll.

Krachender Donnerschlag.

Erneut bebte die Erde unter den wuchtigen Hammerschlag. Wieder öffnete sich die brennende Erde, alles Lebende in unmittelbarer Nähe verschlingend.

Werner glaubte verzweifeltes Schreien zu hören, das aber schnell von anschwellendem Getöse verschluckt wurde.

Aufwühlendes, zerhackendes und zermalmendes Metall fegte über den Splittergraben hinweg.

Sprengstücke heulten durch die Luft und Erdbrocken schlugen dumpf auf den Boden zurück.

Schwefel-, Phosphor- und Brandgeruch zogen über die Erde. Der Gestank wälzte sich in giftigen Schwaden über den Boden hinweg und blieb in den Granattrichtern und Gräben hängen.

Fahrzeuge wurden getroffen. Bei denen die nicht durch die Granaten zerrissen wurden explodierten die Treibstofftanks, Reifen platzten und Panzerketten rollten von den Antriebs- und Stützrädern herunter.

Stärker werdender Wind wühlte in dem Feuer und trieb Funkenschwärme vor sich her.

Vorsichtig hob sich hier und dort ein Kopf.

<u>Bild 76</u>: Wohin man auch schaut zerstörte Fahrzeuge ...,

<u>Bild 77</u>: ... abgeschossenen Flugzeuge...,

<u>Bild 78</u>: ... schrottreife Kettentechnik.

<u>Bild 79</u>: Stalingrad ein Bild der Zerstörung.

Dort stöhnte einer laut vor Schmerzen. Sein linkes Bein lag seltsam verdreht, so, als gehöre es nicht mehr zu ihm. Die Uniformhose war aufgefetzt, Blut quoll hervor, und dazwischen schimmerten weißliche Fleischfetzen und Knochensplitter.

Das sah böse aus.

Ein anderer hockte am Grabenrand und hatte mit beiden Händen seine Knie angezogen. Der Körper war voller Splitter, aber am schlimmsten hatte es den Bauch erwischt. Aus einer faustgroßen Wunde hing Gedärm heraus.

Wohin man auch schaute Tote und Verwundete.

Das Tuckern einer MG-Garbe zerriss Werners Sinne. Links von ihm detonieren Handgranaten. Während er hier im Schutz des Grabens lag, zerfetzten die Geschosse einigen Meter weit entfernt menschliche Körper.

Im Blickfeld lagen qualmende Trümmer abgeschossener T-34.

Plötzlich war wieder alles ruhig, nur noch das Stöhnen und die qualvollen Schreie der Verletzten waren zu hören.

Und immer wieder der Ruf: „Fliegeralarm!"

Da fegten auch schon fünf einmotorige Maschinen heran. Deutlich waren die russischen Piloten vornübergebeugt unter der Plexiglashaube sitzen zu sehen.

„Diesmal sind es keine Rata", stellte der Geschützfrüher der ersten Vierlings-Flak fest.

Die feindlichen Piloten zögerten keine Sekunde die Stellung anzugreifen.

Wütendes Abwehrfeuer schlug ihnen entgegen. Wie an Schnüren aufgereiht jagten die Geschosse der Vierlings-Flak als leuchtenden Pünktchen den Jaks entgegen.

Und schon waren die feindlichen Jäger über die Stellungen hinweg geflogen, um so gleich mit einer halsbrecherischen Steilkurve wieder in Angriffsposition zu gehen.

Aus den Tragflächen der angreifenden Jagdmaschinen blitze es auf. Sekunden später haute es wie ein kurzer Hagelschauer in die Stellungen der Deutschen.

Von dem Rumpf einer weiteren Jak lösten sich zwei Bomben. Fast zum gleichen Zeitpunkt zog die Maschine mit zunehmender Geschwindigkeit nach oben.

Wieder war das gefürchtete Flattern und Rauschen zu vernehmen. Die Bomben barsten mit grauschwarzen Rauchpilzen hart neben einem Vierling.

Der Luftdruck warf das Fahrzeug um.

Eine Explosion stieg hoch.

Blechstücke wirbelten weit über die Ebene.

Hämmernd schlug den russischen Flugzeugen das konzentrierte Feuer der noch intakten Vierlings-Flak entgegen. Die lang herausleckenden Feuerzungen schienen sich die Jak greifen zu wollen.

Sekunden später haute es in das Leitwerk einer der Maschinen ein.

„Treffer!“

Die Maschine stand sekundenlang senkrecht auf der linken Tragfläche und jagte dann, eine dunkle Rauchfahne hinter sich herziehend, davon. Der russische Pilot versuchte, mit einer weiten Schleife an Höhe zu gewinnen. Aber schon schlugen Stichflammen aus dem Motor der Maschine. Das Feuer breitete sich geradezu rasend schnell aus und hatte im Nu die Kabine erreicht.

Eine winzige Zeitspanne später schmierte die brennende Jak-3 über die rechte Tragfläche ab. Ein greller Feuerball und umherfliegende Wrackteile kennzeichneten die Stelle, wo sie am Boden zerschellte.

Plötzlich ein harter, donnernder Schlag in unmittelbarer Nähe. Eine weitere Jak platzte im Volltreffer mehrerer Vierlingsgranaten. Ein glühender, greller Feuerball stieg dort empor, wo sie noch eben der Erde entgegengestürzt war.

Für einige Soldaten bedeutete die Zerstörung der Vierling, dass für sie der Kampf nur noch mit Handgranaten und Karabiner möglich war.

Es folgten Tage und Nächte der Alarmbereitschaft.

Meistens griffen die Russen in den Morgenstunden an. Die Angriffe wurden mit den nicht mehr wegzudenkenden „Urrää ..., Urrää ...!"Geschrei vorgetragen. Unterstützt durch das pausenlose Knattern der Maschinengewehre, den trockenen Knallen der Karabiner stürmten die Rotarmisten vorwärts.

Wieder und immer wieder schlugen die Geschosse der Katjuschas und der Granatwerfer ein und hielten ihre tödliche Ernte.

Splitter pfiffen durch die Luft.

Jeder Quadratmeter Boden wurde von Blut getränkt.

Panzer überrollten immer öfter die Stellungen.

Der Hunger, die Kälte und die Erschöpfung der Deutschen forderten ihren Tribut.

Es ging im Kampf nur noch um das nackte Überleben.

Den gegenüberliegenden Russen erging es nicht viele was anders.

Werner hätte lügen müssen, wenn er jetzt behauptete, dass ihm diese Situation interessiert hätte, das auf der anderen Seite genau so arme Schweine, wie sie kämpften. Das Schicksal war es eben, sich gegenseitig umzubringen.

Werner standen einmal einen die Russen ganz nahe gegenüber. Für eine Sekunde blickten sie sich in die Augen. Dann riss Werner die Pistole hoch und der Russe im selben Moment die MPi.

Werner war schneller.

Niedergeschlagenheit, Trauer und Wut griffen unter den Männern um sich. Niedergeschlagenheit über die katastrophale Lage, Trauer um die toten Kameraden, Wut über die Hilflosigkeit gegenüber den übermächtigen feindlichen Artilleriewaffen und den ständigen Angriffen der Tiefflieger.

In der Nähe eines Granattrichters ein Zerfetztes, mit frischem Blut verschmiertes weißes Tarnhemd. Hier hatte der Volltreffer einer Granate einen Kameraden getötet.

Und die Männer hatten nichts mehr, womit sie hätten, antworten könnten, sie mussten alles wehrlos über sich ergehen lassen.

Die 6. Armee gelang es am 7.1.1942 Einbruchsstellen bei der 16. Pz.Div. und der 29.I.D. (mot.) abzuriegeln, aber nicht zu beseitigen. Neue Angriffe wurden abgewiesen.

9. Und wieder war eine frostklirrende, schlaflose Nacht vorübergegangen und dies war nicht die Erste und sollte auch nicht die Letzte gewesen sein. Völlig erschöpft wusste Werner gar nicht mehr so genau, wann er einmal so richtig geschlafen hatte. In einem Erdloch sitzend, oben ein paar Bretter und eine Plane, das war schon viel, dämmerte er vor sich hin.

„Verflucht! Jetzt wäre ich doch beinahe eingeschlafen." Im Halbschlaf meinte Werner das Knarren einer Kaffeemühle zu hören. Ach wie weit waren die Zeiten zurück, wo es bei Mutter immer einen Topp heißen Kaffee gab. Was würden die Eltern jetzt machen?

Wie Schemen verschwanden die Bilder vor Werners Augen.

Schlagartig war er hellwach.

Das Knirschen, das er fälschlicherweise einer biederen Kaffeemühle zugeordnet hatte, hing weiterhin in der Luft.

Zwischen den fernen Geschützdonner unterschied Werner jetzt das Dröhnen von Panzermotoren und der Wind trug das mahlende Geräusch der Ketten herüber.

Werner biss die Zähne zusammen.

Drei, vier, fünf T-34 zählte er, die in seinem Blickfeld auftauchten. Immer näher schoben sie sich an die deutschen Stellungen heran.

Und zu allem Überfluss setzte auch noch heftiges Artilleriefeuer ein. Krachend fuhren die Geschosse in den Boden.

Dreck- und Schneefontänen schleuderten empor.

Mauerreste segelten durch die Gegend.

Verbissen krallten sich die Männer in ihren Löchern fest.

Immer kleiner wurde die Zahl der todesmutigen Verteidiger.

Das Wimmern der Sterbenden und das Stöhnen der Verwundeten gingen im Bersten der Granaten unter.

Wie ein Orkan tobte die Feuerwalze über die deutschen Stellungen hinweg.

Pausenlos erfolgten die Abschüsse, gefolgt von den Einschlägen.

Abhauen müsste man aus dieser Hölle?

Aber, wohin.

Es grenzte fast schon an ein Wunder, das noch jeder Angriff abgewehrt werden konnte.

Aber irgendwie gelang es wieder.

Schmutzverschmiert die Gesichter, in zerlumpten Uniformen krochen halb verhungerte Gestalten aus halbverschütteten Kellerlöchern und bezogen gehorsam zum wiederholten Male ihre zusammengeschossenen Stellungen.

Deutlich waren die einzelnen Gestalten zu unterscheiden, die über das gefrorene Gefechtsfeld, über Trümmer- und Mauerreste steigend herankamen.

Der Gegner schien nicht mehr so recht daran zu glauben, dass noch irgendjemand in den deutschen Stellungen an ernsthaften Widerstand dachte.

Endlich hämmerte ein Maschinengewehr los.

Schlagartig vom Feind nicht erwartete, setzte ein Zweites und ein Drittes ein.

Bild 80: Kampf um jede Straße, Kampf um jedes Haus, Kampf um jedes Stockwerk.

Bild 81: Der Feind wird zurück geschlagen.

Die Garben schlugen vernichtend in die Mauer der anstürmenden Menschenleiber.

Jetzt mischte sich in das Gefecht, das Feuer einer Panzerabwehrwaffe.

Berstend flog ein T-34 in die Luft. Ein anderer drehte sich verzweifelt um seine eigene Achse. Ein Volltreffer hatte ihn die rechte Kette weggerissen.

Schreie gellten durch das Dröhnen der Detonationen.

Noch immer hämmerten Maschinengewehre Breschen in die angreifenden Wellen des Feindes.

Der Sturmangriff der russischen Soldaten wurde durch das jäh aufbrechende Abwehrfeuer gestoppt.

Er geriet ins Stocken.

Nur vereinzelten Stoßtrupps gelang den Einbruch in die Grabenstellungen, aber die deutschen Soldaten wehrten sich erbittert und warfen die eingedrungenen Russen nach erbarmungslosen Nahkämpfen wieder hinaus.

Russische Panzer zogen sich den Rückwärtsgang eingelegt langsam zurück.

Bis zum Äußersten erschöpft waren die Männer. Sie waren wieder einmal der Vernichtung entgangen.

Viele Kameraden lagen tot auf dem Schlachtfeld.

Stöhnend wankten die Überlebenden zurück. Blutend, zerschlagen, ausgepumpt bis zum Letzten.

Noch einmal hatten sie der erdrückenden Übermacht getrotzt. Noch einmal war es ihnen gelungen.

Und nun auch noch der Ruf: „Tiefflieger!“

Diesmal war es nur eine einzige Maschine. Ein Doppeldecker vom Typ U-2 war im Anflug.

Alle warteten auf die befürchtete Bombenladung. Aber nichts dergleichen geschah. Eine Wolke weißer Zettel löste sich von dem *Leukoplast Bomber* und flatterten im scharfen Ostwind zur Erde.

Die Russen warfen schon wieder Flugblätter ab, auf denen diesmal sinngemäß stand:

Gebt auf? Euch erwartet in der Gefangenschaft Essen, eine gute Unterkunft, schöne Frauen und eine baldige Heimkehr.

Die Männer dachten gar nicht daran überzulaufen. Denn sie fürchteten die Gefangenschaft mehr als die Hölle im Kessel.

Die Sonne hatte sich hinter einer dichten Wolkendecke verkrochen und ein eiskalter Wind pfiff über den verwüsteten Landstrich.

Verstärkung für die zusammengeschmolzene Einheit gab es schon lange nicht mehr.

Der Chef der 6. Armee, Paulus befahl trotzdem bis zum Letzten weiterzukämpfen.

Die 29.I.D. (mot.) sollte die am weitesten nach Westen liegende 376.ID ablösen.

Keinen Baum, keine Hütte, keine rückwärtigen Stellungen, keine wärmende Unterkunft, keinen Nachschub gab es mehr. Nur der eisige Wind pfiff über die kahle Ebene, heulte durch die wie dunkle Augen wirkenden Fenster der Ruinen und blies durch die mit unzähligen Leichen übersäten Straßen Stalingrads.

Nicht nur täglich, sondern fast stündlich jaulten Granat- und Gesteinssplitter in alle Richtungen. Wer von der Kompanie nicht schon tot war, der lag - ob verwundet oder nicht - von jetzt ab stundenlang unbeweglich im Schnee, denn auf jede Bewegung hin, setzte sofort wieder Beschuss ein.

Ein Mensch, der in einer so schlimmen aussichtslosen Situation je war, empfand nicht mehr wie ein normaler Mensch all den Schrecken, jede Qual. Man erlebte nur noch Augenblicke, aber alles andere war Lethargie.

Nach fast vier Wochen im Kessel eingeschlossen und ohne ausreichende Nahrung bestanden die Landser nur noch aus Haut und Knochen. Nicht nur halb verhungert waren sie, auch das Heer der Läuse machte sie schwer zu schaffen. Tag und Nacht juckte es unter den Armen auf der Brust und am gemeinsten zwischen den Beinen.

Verluste, Kälte und die unzureichende Versorgung hatte die Kampfkraft der Truppe total geschwächt.

Werner ergriff immer wieder tiefe Verzweiflung über die Sache, für die er geglaubt hatte, kämpfen zu müssen. Zuerst war da das, was die Propaganda verkündete, ein Reichsprotektorat im Osten, Lebensraum und die Deutschen, als die besseren und fähigeren Menschen. Am Anfang wurde es noch akzeptiert. Aber an der Front hatte sich Werner immer wieder die Frage gestellt: „Was wollen wir hier, wozu brauchen wir Lebensraum im Osten?"

Nun erfuhr Werner am eigenen Leibe, dass die Versprechungen gebrochen, seinem Vertrauen die Lüge entgegengesetzt wurde.

Ein Schwerpunkt des Angriffes der Russen waren am 10.1.43 die Stellungen der 29.I.D. (mot.).

Zitternd vor Kälte ließ sich kein Schlaf finden.

Kaum mehr, als deutscher Soldat zu erkennen, verschlissen und zerrissen die Uniformen, die um die ausgezehrten Körper schlotterten, eingefallen die Gesichtszüge und von wildwuchernden Bärten umrahmt. Durchnässt oder hart gefroren die Bekleidung. In dem unzureichenden Schuhwerk und den nassen Strümpfen erfroren die Füße.

In diesem jämmerlichen Zustand mussten die Männer der Kompanie zwei Tage im Eis und Schnee verbringen, in einer Hauptkampflinie, die nur noch aus einer Reihe von Schneehaufen im eisenharten Steppenboden bestand. Aufgetürmte hart gefrorene Leichen wurden als Kugelfang genutzt.

Geschütze und Kettenzugmittel waren aufgrund des fehlenden Betriebsstoffes als feste Feuerpunkte in die Verteidigungslinie eingebaut wurden.

Andauerndes Artilleriefeuer, sporadische Angriffe der Tiefflieger und das „Urrää!" Geschrei der russischen Sturminfanterie zerrte an den Nerven, wie es sich keiner vorstellen kann, der es nicht selbst erlebt hatte.

Es gab nicht wenige, die durchdrehten und die Erlösung im feindlichen Feuer suchten und auch fanden.

So wurde die Kompanie langsam hingeschlachtet.

Erneut griffen die Russen an. Motoren dröhnten und Panzerketten rasselten. Aus dem nebligen Dunst walzten die T-34 heran.

Vielhundertstimmige „Urrää!" Geschrei der Rotarmisten bildete die schauerliche Ummalung des Angriffs.

Die kettenrasselnden Stahlungeheuer schoben sich in voller Fahrt an die Stellungen der Deutschen heran. Ununterbrochen zuckten die Mündungsfeuer der Panzerkanonen.

Eine furchtbare Detonation folgte und blendende Glut zwang für einen Moment die Augen zu schließen.

Das letzte noch intakte Kettenzugmittel explodierte. Stahltrümmer wirbelten im Aufzucken der Detonation durch die Luft, dazwischen wie leblose Puppen die Leiber der Geschützbedienung.

Werner spürte nicht, wie er durch den Sog der Explosion hochgewirbelt wurde und ein paar Meter durch die Luft flog. Er wachte erst durch den stechenden Schmerz im linken Fuß auf. Durch einen rotwallenden Schleier sah er über sich das bärtige Gesicht eines Kameraden.

„Was ..., was ist los ...?"keuchte er mühsam und spürte dabei einen eigentümlichen Geschmack im Mund.

„Es ist alles in Ordnung, Werner!" kaum es Rau aus der Kehle des Gegenübers. „Du hast 'nen schönen Heimatschuss erwischt ..."

Um sie herum krachte, zischte und orgelte es.

Die Panzer waren durch und die ersten Russen in Schneeanzügen nur noch 40 Meter entfernt.

Stöhnend vor Schmerz versuchte Werner einen klaren Gedanken zu fassen. Keine Schussverletzung war es. Es war eine tiefe Schnittwunde von einem gezackten Granatwerfersplitter, die sich quer über den Fuß zog.

Bisher wurden in den wechselvollen Kämpfen die Russen immer wieder zurückgeschlagen, nur diesmal schien es nicht so auszusehen.

Hier und dort waren die letzten Granaten, die letzten Patronen verschossen wurden. In den einen und anderen Abschnitt drangen die Russen ein und prallten mit den Deutschen zusammen.

Von Panzern gejagt zogen sich die Männer der Kompanie zurück, dabei manchen Kameraden zurücklassend. Innerhalb kürzester Zeit, innerhalb von Stunden, waren von der Einheit nur noch ein Drittel übrig geblieben. Alle anderen waren Tod oder lagen schwerverletzt auf dem von Granat- und Bombentrichtern vernarbte Gelände, zwischen brennenden und verlassenen Panzern.

Über das Grauen senkte sich barmherzig die Nacht.

Die vorn eingesetzten Bataillone der 29.I.D. (mot.) waren beim ersten und zweiten russischen Angriff zerschlagen worden. Bei Dimitrijewka konnte gehalten werden, bis der Räumungsbefehl kam.

Aufgestützt auf zwei Holzlatten, die Werner zwischen den Trümmern gefunden hatte, schleppte er sich durch die Häuserruinen. Immer und immer wieder hieß es für ihn sich hinzuwerfen und schlangengleich zwischen Trümmern und Sandberge hindurch zukriechen. Dabei immer die Holzlatten hinter sich herziehend.

Um ihn herum tobte der Gefechtslärm.

„Ich muss es zum nächsten Verbandsplatz schaffen!" redete er sich immer wieder ein.

Schlimm wurde es auf der freien Fläche, und da, wo gerade noch die aufgemauerten Schornsteine der runtergebrannten Holzhäuser standen. Da lag das Feuer der russischen Artillerie drauf.

Noch bevor die letzte Detonation vorbei war, kroch er, schnell auf allen vieren, durch die dichte Staubwolke, in Richtung des Verbandsplatzes.

Eine leichte Brise trieb die Staubwolke rasch davon.

Werner konnte gerade noch in einem Graben rutschen, als hinter ihm Maschinenpistolenfeuer aufflackerte.

Rasselnd ging sein Atem. Der Brustkasten hob und senkte sich wie der Blasebalg eines Schmiedes. Trotz der Kälte rann ihm der Schweiß in Strömen über das dreckverschmierte, stoppelbärtige Gesicht und hinterließ helle Bahnen.

Es dauerte einige Minuten bis Werner den Atem wieder unter Kontrolle hatte.

Die nächste Feuerpause nutzend ging es weiter.

Humpelnd, kriechen, gleitend, aber es ging vorwärts.

Vor Werners Augen tanzten feurige Kreise und sein Atem ging pfeifend, als er endlich Verbandsplatz erreichte.

Überall im Keller lagen Verwundete.

Der Gestank von Eiter, Schmutz und Fäkalien hing in der Luft.

Ein Sanitäter nahm sich Werners an, verband seine Verwundung notdürftig und gab in den freundschaftlichen Rat: „Hierbleiben kannst du nicht. Fortbringen können wir dich auch nicht, wir haben keine Leute mehr, du musst sehen, wie du alleine zurechtkommst."

„Wo soll ich denn hin?"

STALINGRAD

VON JOACHIM W. REIFENRATH

Sturm reißt uns das karge Wort vom Mund,
Laßt die leeren Worte ungesagt — !
Weißer Schnee brennt uns das Auge wund,
Das die Ebenen nach Horizonten fragt.

An den Lauf der Waffe krallt sich Eis,
Klamme Hand klebt am gefrorenen Stahl,
Und die Welt ist unerbittlich weiß —
Kaum in Nächten dunkelt es einmal.

Denn der Mond erfriert am Firmament,
Überm dünnen Sang von Steppenwinden
Licht unzähliger Gestirne brennt
Kalt auf Wege, die wir mühsam finden.

Seht, hier kann man keine Furcht mehr tragen,
Selbst die Fragen haben wir verbannt,
Nur was gläubig bleibt in solchen Tagen,
Hält dem gnadenlosen Schicksal stand — !

Und du kämpfst nicht einmal so um Leben
Als um jenes dauernde Bestehn
Aller derer, die ihr Leben geben
Und so sichtbar weiter mit Dir gehn.

Niemals können wir sie wieder missen,
So wie Weib und Kind und Hof und Land,
Unsere längst befreiten Herzen wissen:
Aus den Toten nährt sich aller Brand,

Der uns aufreißt aus der Not des Tages,
Unser Herz in seine Gluten bannt,
Unser menschenkleines, triebhaft=zages,
Leuchten läßt, dem neuen Vaterland.

Doch der Sturm reißt uns das Wort vom Mund,
Manchmal aber zwingen wir die Tat —
Und Du tust Dich aus uns allen kund:
Wenn wir liegen, guter Kamerad!

Dieses Gedicht erhielten wir mit folgenden Zeilen:

18. 1. 1943, im Raum Stalingrad

Heute abend bekomme ich seit Wochen wie durch Zufall eine verwaiste Maschine in die Hand. Da mußte Drängendes trotz allem geschrieben werden. Sie werden selbst beurteilen, ob es notwendige Aussage geworden sein mag. Hier naturgemäß glaubt man das. Aber was ist hier schon an Raum für Denken und Urteil. Momentan ein wenig bitter die Lage hier. Alles andere sagt die Arbeit selbst aus. Hoffentlich ist sie Euch dort nicht zu bitter. Hier glaubt man, Kraft aus solchen Dingen unerschöpflich zu ziehen. Es gibt nichts anderes.

Ich hoffe, der Brief erreicht Sie über Flugpost. Andere geht längst nicht mehr.

Mit guten Wünschen und Heil Hitler

Ihr REIFENRATH

Bild 82: Dieses Gedicht wurde von Joachim w. Reifenrath am 18.1.1943 im Raum Stalingrad geschrieben.

„Versuche nach Gumrak durchzukommen und einen Ausflug-
schein zu erhalten. Es ist deine letzte Chance, aus dem Kessel
herauszukommen!"

Gumrak lag an der Bahnlinie nach Stalingrad Mitte. Am
Bahndamm, fünf Meter breit, sechs Meter hoch befand sich in
Bunkern und Zelten der Sammelplatz für die Verwundeten, die
hofften mit einer der startenden Maschinen die Hölle Stalingrad
in letzter Minute verlassen zu können.

Sechs Kilometer waren es, die Werner bis dahin zurücklegen
musste. Sechs Kilometer, die zu einer Ewigkeit werden konnten.

Mühsam schleppte er sich auf die Holzlatten gestützt durch
den tiefen Schnee Richtung Gumrak, gepeinigt von unsäglichen
Schmerzen.

Still lag die nächtliche Landschaft da.

Nur ab und zu dröhnten Abschuss und Einschlag herüber.

Linker Hand erkannte er undeutlich eine Schlucht artige Ver-
tiefung. Sie führte in östlicher Richtung, dorthin wo die deutschen Stellungen liegen mussten. Also hieß es, in entgegengesetz-
te Richtung zu laufen.

Jaulend und gurgelnd kam etwas durch die Luft herange-
heult.

Krachend schlug es in unmittelbarer Nähe ein.

Die russische Artillerie schoss Streufeuer.

Alle Vorsicht außer Acht lassend humpelte Werner in Richtung der Schlucht, die er so schnell wie irgend möglich erreichen
wollte.

Er wollte leben!

Immer dichter fielen um ihn herum die Einschläge.

Weiter!

Ein Gurgeln über ihn.

Verzweifelt drückte er den Körper an die hart gefrorene Erde.

Knapp hinter ihm lag der Einschlag.

Gehetzt humpelte Werner weiter.

Deckung!

Einschlag!

Ein kurzes Verschnaufen, noch mal tief Luft holen. Dann auf und weiter, was die Beine noch hergaben. Humpelnd bewegte er sich über das von Granateinschlägen zerrissene Gelände.

Um ihn herum krachte, zischte und orgelte es.

Werners Atem ging keuchend und rasselnd, als er endlich die Schlucht erreicht.

Blutroter Schein bedeckte plötzlich die Steppe.

Volltreffer!

Weit hinten musste es einen Munitionswagen erwischt haben.

Das Gelände wurde durch die immer dichter liegenden Einschläge gespenstisch erleuchtet.

Schrei menschlicher Stimmen vernahmen er, durch die Nacht.

Schaurig klangen die klagenden Töne.

Wieder hatte es welche erwischt.

Das Feuer flaute langsam ab. Noch vereinzelnde gurgelnde Laute, dann war es still.

In Werners Augen stand der Schrecken der letzten Minuten.

Erdrückend lastete wieder die Stille über der zerfetzten Landschaft.

Ich muss den Flugplatz erreichen, war Werners einziger Gedanke. Mühsam humpelnd bewegte er sich vorwärts. Nur nicht schlappmachen. Er zwang sich, trotz der rasenden Schmerzen im linken Fuß weiterzugehen. Und er betete, dass ihm Gott die notwendige Kraft gab.

Weiter! Weiter! Nur weiter!

Er musste es schaffen, alle Strapazen durften nicht umsonst gewesen sein. Ein Blick zum Himmel zeigte ihm, dass der Morgen nicht mehr weit sein durfte.

Die beißende Kälte nicht mehr spürend rutschte er streckenweise auf allen vieren vorwärts.

Angeekelt zog Werner die vorwärts tastenden Hände zurück. Das Herz begann schneller zu schlagen. Er hatte eine menschliche Hand berührt. Sie fühlte sich noch kälter an als die gefrorene Erde. Deutlich sah er jetzt die Umrisse der Toten vor sich. Wahllos verstreut erkannte er noch weiter leblose Körper. Halb eingeschneit waren sie.

Weil das Verrecken hier so beständig war, nahm es Werner einfach so hin. Viele Tote und Halbtote sah er im Schnee liegen, aber sein Verstand nahm es nicht mehr auf, wie viele es waren.

Als Werner Gumrak erreichte, war längst die Binde des Notverbandes verrutscht. Er sank in den Schnee, raffte sich wieder auf und schleppte sich mühsam weiter. Kaum konnte er sich noch auf den Beinen halten.

Überall, ein Bild des Grauens.

Tote und viele Tausende Verwundete, die auf dem freien Feld liegen geblieben waren, weil sie nicht mehr weiter konnten, säumten seinen Weg. Die, die noch ein Quäntchen von Kraft besaßen, krochen mühsam auf allen vieren durch den tiefen Schnee Richtung Gumrak einfach über die halb eingeschneit liegen gebliebenen hinweg.

Tausende und mehr krepierten hier.

Das war kein Sterben mehr, das war elendes Verrecken.

Andere waren nicht mehr bei Sinnen. Irrsinn flackerte in ihren Augen. Sie schlugen sich mit dem Stahlhelm auf den Kopf oder waren völlig apathisch. All das Elend hatte sie um den Verstand gebracht. Der eisige Wind, die Kälte, in der die Glieder abfroren und der nagende Hunger in den Eingeweiden ließ sie überschnappen.

Wieder und wieder redete Werner bei diesem Anblick sich ein: Nur nicht auch den Verstand verlieren.

In Stalingrad, wo die Truppen mangels Munition zum Teil mit der blanken Waffe kämpfen mussten, wurde in der Nacht vom 14. zum 15.01. die Front in der Linie Bolschaja Rossoschka - 5 km südostwärts Nowo Rogatschnik zurückverlegt.

In den Morgenstunden des 15. Januars erreichte Werner den Flugplatz Gumrak. Er wurde erst in einen Unterstand und dann auf den Verbandsplatz gebracht und hier von einem Feldarzt untersucht.

Dieser schnitt ihm die Stiefel auf.

Werners Füße hatten porzellanweiße Farbe angenommen und der verwundete Fuß zeigte bereits schwarze Flecken. Als der Truppenarzt drauf klopfte, klang es wie Porzellan. Alles Anzeichen einer beginnenden Erfrierung.

Der verletzte Fuß wurde von einem Sanitäter notdürftig mit einer Binde aus zerrissener Fallschirmseide verbunden.

Mit den Worten: „Viel Glück!" überreichte der Truppenarzt Werner den Ausflugsschein, den er ihm einfach um den Hals hing. „Vielleicht kannst du ihn gebrauchen!"

Zu diesem Zeitpunkt ahnte Werner noch nicht, wie viel Glück er benötigte, um den Inferno Stalingrad im letzten Moment noch entwischen zu können.

Auch hier auf dem Verbandsplatz, wohin man schaute Verwundete, viele bluteten fürchterlich, das Blut lief unter den Stahlhelmen hervor. Blutgetränkt waren die notdürftig angelegten Verbände. Zahlreiche Tote, die von den Feldärzten aufgrund fehlender Operationsmöglichkeiten nicht mehr gerettet werden konnten lagen im Schnee.

Gumrak war bereits Frontgebiet der Stadt Stalingrad und das bekam man hier zu jeder Sekunde, zu jeder Minute zu spüren. Tag und Nacht starteten ununterbrochen sowjetische Schlacht-, Jagd- und Bombenflugzeuge, die zur Landung ansetzenden deutschen Transportmaschinen angriffen, ihnen schwere Verluste zufügten und erheblich zur Desorganisation des Flugbetriebes beitrugen.

Über dem Flugplatz kurvte sich in diesen Moment, im weiten Bogen eine Jak-3 an eine anfliegende Ju-52 heran und eröffnete das Feuer. Die Leuchtspurgarben verschwanden im Wellblechrumpf der Maschine. Eine Stichflamme schoss aus der Ju. Sich aufbäumend zog die Nase nach oben, die Maschine verlor an Fahrt und kippte über die Schnauze nach unten. Ohne sich noch einmal zu fangen, stürzte sie etwa 200 Meter entfernt in die Schneewüste.

Sofort stürzten die Soldaten von allen Seiten auf das Wrack des Transportflugzeuges zu, das mit Lebensmittelkisten beladen war.

Es entbrannte eine wilde Schlägerei, sogar Schüsse fielen dabei.

Die noch besser bei Kräften waren, rissen den Schwächeren die knappe Proviant aus den Händen.

Befehle galten nichts mehr.

Als Werner 100 Meter von Flugzeug entfernt war, explodierte die Tankfüllung, und viele Soldaten, die in den Trümmern herumstocherten, flogen mit in die Luft.

Die für die Luftversorgung und für den Ausflug von Spezialisten und Verwundeten eingesetzten Maschinen der Luftflotte 1 mussten mindestens in einer Höhe von 3 000 Metern den Flugplatz anfliegen. Dabei wurden die Besatzungen und ihre Maschinen oft weit über das Erträgliche hinaus gefordert.

Das Feuer der sowjetischen Flak an den Einflugschneisen der deutschen Flugzeuge wurde mit jedem Tag stärker.

Zerschossene Do-17, Ju-88 und He-111, wohin man schaute.

Am Horizont tauchte ein Pünktchen auf, das immer größer wurde. Jetzt konnte man schon sehen das sich eine weitere Ju-52 im Landeanflug befand.

Alles hielt den Atem an.

Ungefährdet berührte die Maschine, die mit Bombentrichtern übersäte weiße Fläche und stiebte unter ihrem Fahrgestell Schnee auf.

Die gelandete Maschine wurde bei drehenden Propellern sofort wieder flott gemacht, rollte dann zur Flugleitung, um Verwundete an Bord zunehmen.

Bild 83: Gumrak, der letzte Flugplatz, der sich noch in deutscher Hand befand (1943).

Bild 84: Durch tiefen Schnee auf dem Weg zum nächsten Flugzeug, das Verwundete aus dem Kessel Stalingrad fliegt.

Bild 85: Wohin man auch schaut Schnee, tiefer Schnee der den Flugverkehr auf den Flugplatz
Gumrak stark beeinträchtig.

Bild 86: Trotz dichter Schneedecke startete ein Flugzeug vom Flugplatz Gumrak (1943).

In den Gräben entlang des Rollfeldes lagen zahllose Verwundete, die noch auf einem Platz in einem Flugzeug und damit auf Rettung hofften.

Nur Schwerverletzte und Spezialisten erhielten die Genehmigung, den Kessel zu verlassen. Alle anderen waren den Tod geweiht.

Beim Kampf um einen Platz im Flugzeug spielten sich apokalyptische Szenen ab.

Immer öfter musste die Feldgendarmerie eingreifen.

Ringsum Explosionen von russischen Granatwerfern.

Es war ein mörderischer Druck und es wurde so schnell, wie es ging, fünfzehn Verwundete eingeladen.

Die Ju startete mit offener Kabinentür.

Weitere Verwundete versuchten, mit der startenden Maschine mitzukommen. Klammerten sich an der offenen Kabinentür und am Fahrwerk fest.

Schwerfällig erhob sich der metallene Vogel in die Luft. Er zog von dannen, dunkle Menschenbündel von sich abschüttelnd, die wie nasse Säcke zur Erde herabstürzten.

Zurückblieben auf dem Schneefeld die Haufen der Verdammten. Lebende, die hofften, dass es nicht die letzte Maschine war, die sie zu ihren Lieben hätte bringen können.

10.

Kurz nach Mittag flog eine weitere Maschine den Flugplatz Gumrak an. Diesmal war es eine He-111, deutlich an den elliptischen Flügeln, dem verglasten Rumpfbug und an der lang gezogenen Vollsichtkanzel mit der Ikaria-Gefechtskuppel zu erkennen. Der zweimotoriger Bomber des Luftlandegeschwaders 2 wurde während der Kesselschlacht um Stalingrad als Transportflugzeug eingesetzt.

Von den Plätzen Tazinskaja und Morosowkaja flogen die Staffeln unter Führung von Oberst Förster Menschen, Waffen und Gerät in die eingeschlossene Stadt und flogen Verwundete aus.

Die Maschine setzte in einer Schneewolke auf. Sie kam etwa 50 Meter von Werner entfernt zu stehen. Die Drehzahl der Propeller verringerte sich, bis diese zum Stehen kamen.

Ohne zu überlegen humpelte Werner auf die Maschine zu. Neben und hinter ihm taten es ihm weitere Verwundete gleich. Als einer der Ersten erreichte Werner die Maschine und so hatte er glück, dass er einen Platz bekam. Es war zwar nur ein Bombenschacht, es war aber ein Platz, der ihm das Leben retteten sollte.

Nach dem sieben oder waren es acht Verwundete die in den Bombenschächten der Heinkel Platz fanden, wurde sofort der Start freigegeben.

Die Zwölfzylinder Daimler-Benz Motoren kotzten und spukten erst einige Mal, doch gleich darauf hatten sie ihre Anlaufmucken vergessen. Langsam setzten sich die verstellbaren Luftschrauben in Bewegung, um immer schneller werdend, dem menschlichen Auge zu entschwinden. Nur die in der kalten Winterluft erscheinenden Kreise rund um die Propellernabe und das Knattern der Motoren zeigte, dass sie liefen.

Eile tat not.

Nicht nur das vernichtende Artilleriefeuer des Gegners auch die Schneeböen peitschten über das Flugfeld und hüllten die startbereite He-111 in eine dichte Schneewolke.

Während des Zuschiebens der Kabine überzeuget sich der Pilot mit einem Blick auf das Armaturenbrett, das alles in Ordnung war.

Ladedruck, Benzinanzeige, Temperatur.

Alle Zeiger waren in vibrierender Bewegung.

Gas!

Der 1.350 PS starken Motoren heulten auf.

Langsam setzte die Maschine sich in Bewegung und drehte in den Wind.

Immer schneller fraßen sich die dreiblättrigen Metallluftschrauben in die kalte Winterluft hinein. Mit immer größer werdender Geschwindigkeit jagte das Flugzeug über den gefrorenen Boden, bis endlich die Maschine abhob. Dicht über den Boden dahinjagend, fuhr der Pilot das Fahrwerk ein und zog mit zunehmender Schnelligkeit den Wolken entgegen.

<u>Bild 87:</u> Der Standartbomber Heinkel H-111 wurde neben seiner eigentlichen Aufgabe auch als Transporter, Torpedobomber und Schleppflugzeug eingesetzt.

Die beheizte Kombination ließ den Piloten den draußen, außerhalb der Maschine, vorbeiziehenden kalten Luftzug vergessen.

Das landschaftliche Panorama der Erdoberfläche verschwand in einem dunstigen, bläulich schimmernden, teilweise durchsichtigen Nebel.

Bei 6.700 Metern Höhe blieb der Höhenmesser endlich stehen. Die Dienstgipfelhöhe der Maschine war erreicht.

Mit 365 km/h raste der mittlere Bomber dahin.

Während des zweistündigen Fluges herrschten weit unter 20 Grad in den Bombenschächten und nach der nächtlichen Landung in Woroschilowgrad waren Werners Füße endgültig erfroren.

Dort standen bereits Lkws bereit, um die Verwundeten in ein italienisches Lazarett zu transportieren. Auf der Fahrt dahin schämte sich nicht einer seiner Tränen. Alle hatten vor Freude geweint, dass sie der Hölle von Stalingrad entronnen waren.

Aber eine Frage bedrückte einen jeden von ihnen: Was wird aus den Kameraden werden, die im Kessel zurückblieben?

Am 16.1.1943 wurde der Flugplatz Gumrak von den Russen eingenommen. Die Massenangriffe auf Stalingrad nahmen ihren Fortgang. An der Südwestfront wurde die HKL zurückgenommen.

Aufforderungen zur Kapitulation durch russische Parlamentäre wurden vom Armeestab der 6. Armee mehrmals abgelehnt.

Walter Ulbricht und Wilhelm Pieck sprachen aus den russischen Stellungen zu den deutschen Soldaten. Über Lautsprecher forderten sie die Soldaten auf sich zu ergeben. Aber diese waren davon überzeug, dass die Kriegsgefangenschaft als sicherer Tod galt.

Anders erging es den Geretteten. Nach drei Wochen wieder die erste warme Mahlzeit - eine Tasse heiße Milch und Puddingsuppe. Und schlafen konnten dann die Männer in weiß bezogenen Betten.

Welch ein Luxus.

Nach weiteren drei Tagen gab es zum ersten Mal feste Verpflegung. Der Magen musste sich erst wieder an das ungewohnte Essen gewöhnen.

Genau an diesem Tag verließ ein Verwundetentransport Woroschilowgrad. Die Verwundeten wurden nachts in Viehwaggons verladen und lagen wie Sardinen in der Fischbüchse aufgereiht auf stinkendem Stroh.

Und jedes Mal, wenn der Zug hielt, öffneten sich rasselnd die Waggontüren. Begleitpersonal kletterte in die Viehwagen und warfen die Landser, die ihren Verletzungen erlegen waren durch die Tür ins frei.

Und das waren nicht wenige.

Viele der Verwundeten hatten Erfrierungen an den Füßen, an den Beinen und auch an den Händen. Teilweise war bei diesen der Erfrierungsprozess schon so weit fortgeschritten, dass das tote Fleisch abfaulte.

Ein fürchterlicher Gestank herrschte in den Waggons.

Und wenn der Transport nicht wegen den Toten hielt, waren es die von Partisanen gesprengten Eisenbahnschienen.

Bei jeder Erschütterung, bei jedem Schienenstoß durchzuckte stechender Schmerz Werners linker Fuß.

In der Zeit ihres Transportes wurden bis zum 24.01.1943 noch 42.000 Verwundete einschließlich Spezialisten aus dem Kessel ausgeflogen.

Endlich nach neun Tagen, am 30.1.1943 erreichte der strapaziöse Transport Charkow.

*die 3. und 4. Rumänische und 8. Italienische Armee ver-
nichtet.*

Im Kessel von Stalingrad waren folgende Einheiten eingeschlossen:

<u>*6. Armee / Generalfeldmarschall Paulus*</u>

<u>*51. AK / General von Seydlitz*</u>
*44. ID; 76. ID; 295. ID; 305. ID; 289. ID; 389. ID; 14. PzK; 3. ID
mot.; 60. ID mot.; 16. Pz.Div.*

<u>*11. AK / General Strecker*</u>
94. ID; 29. ID mot.; 71. ID; 376. ID; 100. ID; 24. PD; 113. ID.

<u>*8.AK / General Heim*</u>
384 ID; 79. ID; 371. ID; 297. ID; 14. PD.

<u>Bild 88:</u> Lazarett in Charkow, ehemaliges Studentenheim (1943).

Historischer Sieg der roten Armee

Stalingrad, 3. Februar (Telegraphisch)

Unser ganzes Land, die ganze Welt hat gestern die freudige Nachricht erreicht: Am 2. Februar 1943 haben die Truppen der Donfront die Liquidierung der im Gebiet von Stalingrad eingeschlossenen deutschfaschistischen Truppen vollends abgeschlossen. Unsere Truppen brachen den Widerstand des Gegners, der nördlich Stalingrad eingeschlossen war, und zwangen ihn, die Waffen zu strecken. Der letzte Widerstandsherd des Gegners im Gebiet von Stalingrad ist ausgelöscht. Am 2. Februar endete die Schlacht von Stalingrad mit dem vollen Sieg der sowjetischen Truppen.

Allein vom 10. Januar bis 2. Februar nahmen unsere Truppen 91 000 Hitlersoldaten und Offiziere gefangen. Zu ihnen gehörten 24 Generale, darunter der Befehlshaber der Gruppe der deutschen Truppen bei Stalingrad, Generalfeldmarschall Paulus. Eine gewaltige Menge an Kriegstechnik des Feindes ist erbeutet worden.

Stärker als alle Panzer und Bomben, stärker und mächtiger als alle Salven der deutschen Artillerie erwiesen sich die sowjetischen Menschen, Kämpfer und Kommandeure der Roten Armee, die Arbeiter von Stalingrad, die Matrosen der Wolga-Flottille. Stalingrad wurde von allen Völkern der UdSSR verteidigt. Das Schicksal Stalingrads erregte Millionen unserer Freunde in der ganzen Welt. War es nicht dieser Heldenkampf Stalingrads, der riesige Kräfte der Militärmaschine Hitlers band, der den Alliierten die Möglichkeit gab, Truppen für erfolgreiche Operationen in Nordafrika zu konzentrieren?

Aus: Prawda (Moskau) vom 4. 2. 1943

„Vorwärts zur Vernichtung der Okkupanten!"

Ein Befehl Stalins

Kämpfer und Kommandeure an der Front und alle Werktätigen des Sowjetlandes tragen in ihren Herzen auch tiefe Dankbarkeit gegenüber allen Kämpfern, Kommandeuren und Politarbeitern der Donfront für ausgezeichnete Kampfhandlungen, wenn sie den Befehl des Obersten Befehlshabers, Genossen Stalin, an die Truppen der Donfront lesen.

Der Befehl des Genossen Stalin lautet:

„Vorwärts, zur Vernichtung der deutschen Okkupanten und ihrer Vertreibung aus unserer Heimat!"

Dieser Befehl hat die Rote Armee noch mehr zu neuen Heldentaten angespornt.

Nichts kann sie aufhalten. Durch den Befehl des Obersten Befehlshabers, Genossen Stalin, inspiriert, geht sie vorwärts, im heiligen Haß gegen den Feind, zum Sieg!

Aus: Prawda (Moskau) vom 4. 2. 1943

Rußland: „Sieg in der Wüste"

Moskau, 14. April (UP)

In den sechs größten Kinos der russischen Hauptstadt wurde am Dienstag der britische Kriegsfilm „Sieg in der Wüste" gezeigt. Es ist das erstemal, daß ein englischer Dokumentar-Film in russischen Kinos aufgeführt wird.

United Press 1943

Unter den Augen russischer Offiziere (rechts oben) ziehen Tausende von frierenden Soldaten der Armeegruppe Paulus in Gefangenschaft

Wie Paulus gefangengenommen wurde

Jetzt sind die Einzelheiten der Gefangennahme von Generalfeldmarschall Paulus und anderen Generale bekanntgeworden.

Unter den gefangenen feindlichen Generalen befand sich der Kommandeur der rumänischen 1. Kavalleriedivision, General Bratescu.

Als man ihn fragte

– Wo sind denn Ihre Pferde, Herr Kavalleriegeneral? – antwortete Bratescu:

– Die Soldaten des Generalfeldmarschall Paulus haben sie aufgefressen. Wir waren Zeugen des Streits zwischen den rumänischen und den deutschen Generalen. Deutsche Generale nannten verächtlich alle Rumänen Diebe, die Rumänen nannten ihre Verbündeten Henker und Räuber. Sie alle beschimpften ihren Befehlshaber, Generalfeldmarschall Paulus, weil er ihnen das Ultimatum des Marschalls der Artillerie Woronow und des Generalobersten Rokossowksi verheimlicht hatte.

Paulus wurde mit großer Kunst gefangengenommen. Kundschafter haben genau festgestellt, daß Paulus' Befehlsstand sich im Zentrum von Stalingrad befand. Alles wurde erkundet – wieviele Offiziere sich im Befehlsstand befinden, wo die Stabsautos stehen, wie stark die Wache ist.

Die Operation begann in der Nacht zum 31. Januar mitten während der Schlacht.

Nachts brachen zum Befehlsstand von Paulus Panzer und MP-Schützen durch. Im Morgengrauen wurde das Haus umstellt, die ganze Wache vernichtet. Generaloberst Paulus hatte gerade Hitlers Rundfunkbotschaft erhalten, in der der Führer ihm zur Beförderung in den Feldmarschallsrang des Dritten Reiches gratulierte.

Der neugebackene Feldmarschall ahnte bis zur Morgendämmerung nicht, daß das Haus, in dessen Keller er saß, umstellt war und daß die ganze Wache sich in unseren Händen befand. Als diese traurige Tatsache festgestellt wurde, schickte er seinen Adjutant, um die Kapitulationsverhandlungen zu führen.

Und so gingen um zehn Uhr morgens unser Bevollmächtigter, von unseren MP-Schützen begleitet, die alle Ein- und Ausgänge unter Feuerschutz hielten, zum Befehlsstand des Feldmarschalls.

Aus: Prawda (Moskau) vom 4. 2. 1943

Meldungen aus aller Welt

Rückkehr zum Grenadier

(Tel. unseres E.G.-Korr.)

Berlin, 1. November

Die deutschen Infanterieregimenter erhalten durch eine Verfügung Hitlers mit Ausnahme der Jäger- und Gebirgsregimenter die Bezeichnung „Grenadierregimenter". Die Soldaten und Gefreiten werden von nun an Grenadiere und Obergrenadiere genannt.

Aus: Neue Zürcher Zeitung (Schweiz) vom 1. 11. 1942

Unwetterkatastrophe in Indien

11 000 Todesopfer

Kalkutta, 3. November, (Reuter)

Am 16. Oktober wütete über der Provinz Bengalen während 24 Stunden ein Zyklon, bei dem 11 000 Personen ums Leben kamen. Dreiviertel der Viehbestände der vom Zyklon heimgesuchten Gebiete wurden vernichtet. Es handelt sich um die größte Naturkatastrophe in Indien seit dem Erdbeben von 1935, durch das 40 000 Menschen ums Leben kamen.

Meldung der britischen Nachrichtenagentur Reuter

Deutschland: Festwein für Schwerarbeiter

Berlin, 26. November (Ag)

Der Reichsernährungsminister hat allen deutschen und deutschstämmigen Lang-, Schwer- und Schwerstarbeitern als Sonderzuteilung zu Weihnachten je eine Flasche Wein zur Verfügung gestellt.

Neue Zürcher Zeitung (Schweiz) vom 27. 12. 1942

Junge Dame lehrt Sie in Kürze sicher und elegant tanzen.

Margot Meyer

T. 2 55 15, Bellevue, Rämistr. 6

Schließung von Pariser Gaststätten

Paris, 19. Dezember (Ag)

Im Einvernehmen mit dem Versorgungsministerium verfügte der Polizeipräfekt die Schließung von 169 Gaststätten, meistens Luxusrestaurants, und zwar wegen zu hoher Preise und Zuwiderhandlungen gegen die geltenden Bestimmungen. Die betreffenden Gaststätten können zu Gemeinschaftsrestaurants umgewandelt werden gemäß den neuen Gesetzesbestimmungen, wonach die Lokalitäten, das Inventar und Personal von Gaststätten, die wegen Zuwiderhandlungen gegen Wirtschaftsbestimmungen geschlossen werden, vom Staat requiriert werden können.

Aus: Neue Zürcher Zeitung (Schweiz) vom 19. 12. 1942

33

Bild 89: Historischer Sieg der Roten Armee.

Am Bahnhof von Charkow standen bereits die Rot-Kreuz-Fahrzeuge bereit, mit denen der Transport zum Lazarett, einem ehemaligen Studentenheim erfolgte.

Welcher Luxus erwartete die Männer hier. Sie wurden gebadet, entlaust und bekamen neue Verbände. Die Stalingradkämpfer blieben einige Tage länger und wurden auch gegenüber den anderen Verwundeten bevorzug behandelt.

Wen machte es schon etwas aus, dass die Fenster mit Maschendraht versehen waren. Es hatte seinen guten Grund und diente schließlich der Sicherheit der Verwundeten.

In den vergangenen Tagen hatten polnische Partisanen versucht, Handgranaten in die Zimmer der Verletzten zu werfen. Im letzten Moment verhinderte die Wachsamkeit des Wachpersonals das Vorhaben. Die Partisanen wurden sofort an die Wand gestellt und erschossen.

Bereits am nächsten Tag erfolgte der Weitertransport derer, die nicht zu den Stalingradkämpfern gehörten.

Nach drei Tagen wurden bei Werner die Verbände entfernt. Das tote Fleisch begann bereits abzufaulen. Es erfolgte die erste Amputation, danach bekam der Patient einen Drahtkorb über die Füße ohne Verband. Das war notwendig, denn nur wenn Luft an die Erfrierungen kommen konnte, hatte das gesunde Fleisch die Möglichkeit sich von dem erfrorenen Fleisch abzugrenzen.

Am 15.2.1943 erhielt Werner langersehnte Post aus der Heimat. An den aufgedruckten Stempeln konnte er erkennen, dass die Briefe seiner Eltern einen langen Weg zurückgelegt haben mussten. Die letzte Post hatte ihn am 14.11.1942 in Stalingrad erreicht.

Was aber war in der Zwischenzeit in Stalingrad geschehen. Ende Januar 1943 waren die Reste der 29.I.D. (mot.) befehlsmäßig mit der 6. Armee untergegangen. Die Reste der Division, 450 Männer von unmenschlichen Strapazen der vergangenen Wochen gezeichnet blieben übrig und traten den bitteren Weg in jahrelange Gefangenschaft an,

Werner konnte die Zeit kam abwarten, bis der Weitertransport nach Deutschland erfolgte. Endlich, am 19.2.1943 war es so
weit. Gegen 22.00 Uhr setzte sich der Lazarettzug Richtung Heimat in Bewegung.

Welch ein Unterschied zu dem Verwundetentransport aus
dem unmittelbaren Frontgebiet.

Der Lazarettzug rollte am 22.3.1943 im Bahnhof von Idar-
Oberstein ein. Für alle Amputierten, Schießbrüche und Kopfver-
letzungen war hier Endstation.

Sie wurden ausgeladen.

Es waren Kameraden dabei die beide Arme und Beine verloren hatten.

Bild 90: Idar - Oberstein, Schwester Maria (1943).

Bereits einen Tag später erhielt Werner den ersten Besuch aus der Heimat. Karl Hartmann aus Ellrich und Herman Kirchner aus Mauderode brachten den ersten Kuchen von daheim mit.

Und wie schmeckte der.

Da Werner keinen Zentner mehr wog, bekam er Wunschverpflegung und jeden Tag zwei Gläser Rotwein mit Ei. Außerdem erhielt er für jeden Brief, den er für die Kameraden schrieb, die beide Arme verloren hatten, vom Lazarett eine Tafel Schokolade.

Um den Heilungsprozess zu fördern, bekam Werner an beide Füßen Schienen.

Eines Tages erschienen zwei Männer in schwarzen Ledermänteln und unterhielten sich mit Werner über die Kameraden aus dem Kessel. Sie wollten wissen, was aus den eine und anderen geworden war.

Aber Werner war auf der Hut und gab nur nichtssagende Antworten. Der kleine Soldatensender hatte im bereits zugeflüstert, um was es den Männern ging. Die Gestapo wollte herausfinden, wer zum Feind übergelaufen war, um dann Sippenhaft über deren Familie zu verhängen.

Enttäuscht und ohne neue Erkenntnisse mussten die Männer nach Berlin zurückfahren.

Für seine, in einem sinnlosen Kampf erhaltene Verwundung erfolgte für Werner am 17.3.1943 die Verleihung des Verwundetenabzeichens.

Die Eltern bisher ungewiss über den Verbleib ihres Sohnes, erhielten die Nachricht: *Ihr Sohn Werner lebt und befindet sich zur Genesung im Militärlazarett Idar-Oberstein.*

Keine vierundzwanzig Stunden später, am 3.4.1943 öffnete sich in den späten Nachmittagsstunden die Tür zum Krankenzimmer des Schwerverletzten. Ein Lächeln umspielte Werners Lippen und die Augen begannen freudig zu Glänzen als Vater und Mutter an das Bett traten.

Groß war die Wiedersehensfreude trotz der Tränen in den Augen der Mutter.

Für Werner wurde es der schönste Tag in seinem Leben.

Es war selbstverständlich, dass die fünf Kameraden, die mit auf dem Zimmer lagen selbst gebackenen Kuchen aus Ellrich bekamen.

Viel zu schnell war die Zeit vergangen, als die Eltern nach drei Tagen die Fahrt nach Hause antraten. Diesmal mal aber erfolgte der Abschied mit der Gewissheit das Sie in wenigen Wochen, wenn nicht gar in Tagen ihren Sohn wieder sehen würden.

Viel Besuch bekam Werner als Stalingradkämpfer. Jedes Mal waren es Eltern, Kinder, Ehepartner und Verlobte mit der Hoffnung etwas über den Verbleib ihrer Lieben von ihm zu erfahren.

Wie deprimierend war es da für ihn, wenn er jedes Mal nur mit den Schultern zucken musste.

Nach der dritten Operation durch Prof. Dr. Müller erfolgten 14 Tage später die ersten Gehversuche mit den Krücken und den Pappschachteln an den Füßen.

Zur anschließenden Rehabilitation wurde Werner in einem Lazarett in der Nähe von Braunlage verlegt.

Der herrliche Harz mit seinen rauschenden Wäldern und zerklüfteten Höhn, mit seinen lauschigen Ortschaften und friedlichen Tieren konnte das grausame Erleben von Stalingrad nicht verwischen. Es würde für immer tief im Inneren seines Herzens verwurzelt bleiben.

Langweilig wurde es hier nicht für Werner. Er spielte mit anderen Kranken Schach oder schäkerte mit den hübschen Krankenschwestern. Es war eben ein richtiges Krankenhaus mit weißbezogenen Betten und Schwestern mit kleinen Häubchen auf dem Kopf.

Auf Wunsch der Eltern erfolgte die Werners Verlegung am 2.6.1943 in das Heimatlazarett Nordhausen. Hier bot sich für ihn die Gelegenheit, fast täglich in das 15 Kilometer entfernte Ellrich mit dem Zug fahren zu können, um die Eltern zu besuchen.

Da der Heilungsprozess ungeahnte Fortschritte verzeichnete, erhielt Werner am 2.8.1943 einen vier wöchentlichen Erholungsurlaub. Diesen nutzte er unter anderem zu einem Besuch der Baumannshöhle, einer wunderschöne Tropfsteinhöhle in den Tiefen des Harzwaldes.

Bild 91: Erholungsheim des Lazarettes Nordhausen in Benneckenstein, Ausflug nach Rübeland (1943).

Endlich am 28.10.1943 erhielt Werner die Entlassungspapiere durch die Heeresentlassungsstelle Weimar als Schwerbeschädigter.

Wie alle die den Schrecken des Krieges überlebten, träumte Werner in den nächsten Jahren häufig vom Krieg, schreckte aus dem Schlaf auf, konnte dann nicht mehr einschlafen und lief in der Nacht umher. Auch nach Jahren standen die grauenhaften Bilder des Erlebens noch vor seinen Augen.

<u>Bild 92:</u> Im Lazarett Nordhausen, Weinberg Haus K II (1943).

Die Reue eines einfachen Soldaten!

Mütterchen Russland! Ich habe dich kennengelernt und erlebt. Aber es war Krieg und die Schönheiten deines Landes sahen wir nur im Vorbeifahren. Missbraucht von Demagogen wurde die deutsche Jugend zum Werkzeug. Ich beuge mich tief zu deiner Erde, denn ich fühle große Schuld. Ich bereue zutiefst, was dir durch deutsche Soldaten angetan wurde. Ein Einzelner kann die ganze Schuld nicht auf sich nehmen. Aber eine Teilschuld lastet auf jedem von uns.

Gerald Praschl

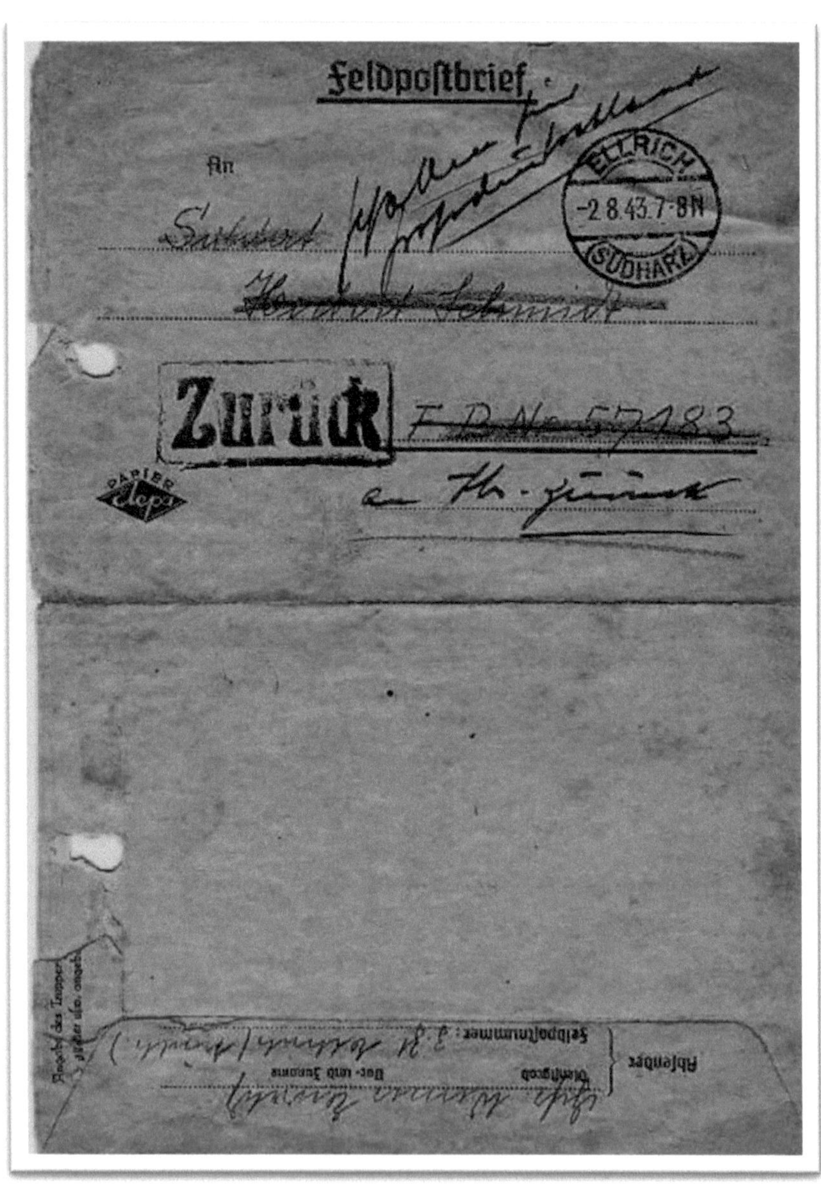

Bild 93: Feldpostbrief an einen Kameraden, der für Großdeutschland gefallen war (2.8.1943), Seite 1.

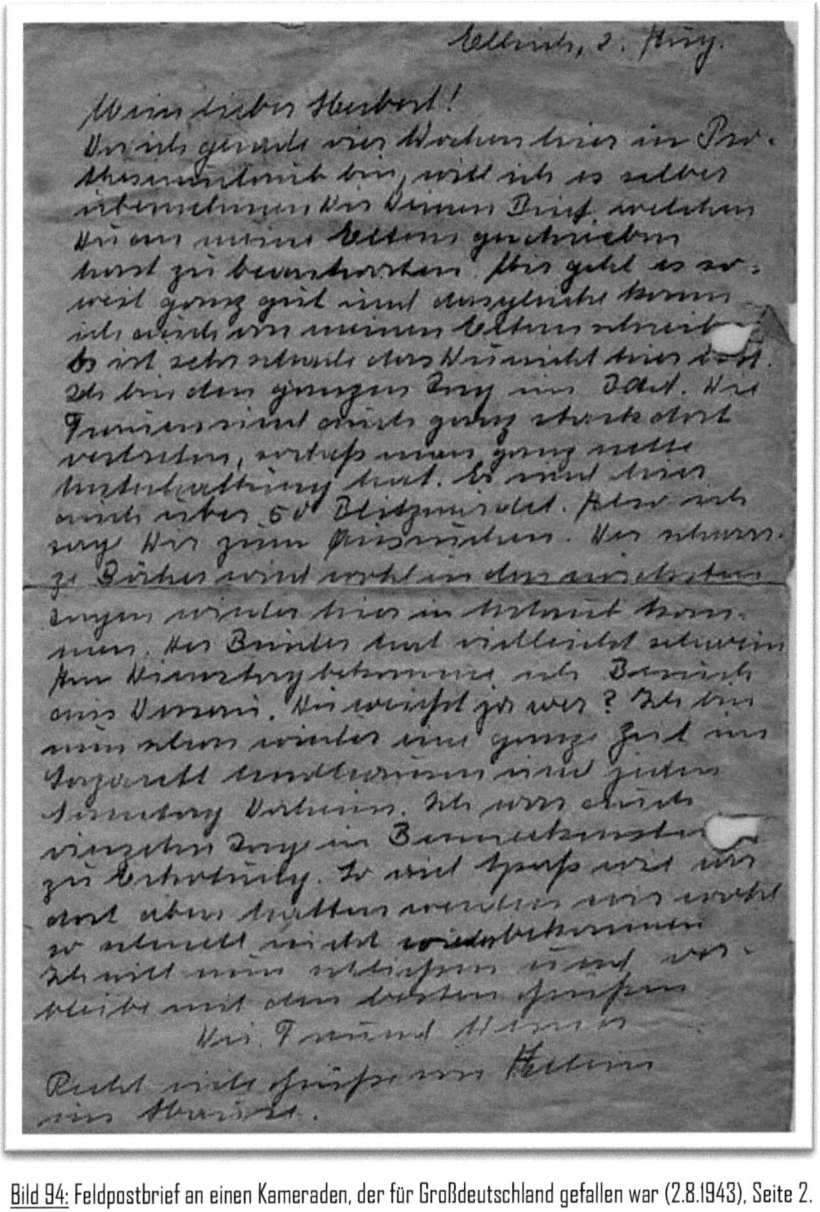

[illegible], 2. Aug.

Mein lieber Herbert!

[illegible]

Bild 94: Feldpostbrief an einen Kameraden, der für Großdeutschland gefallen war (2.8.1943), Seite 2.

<u>Bild 95:</u> Das grausame Ergebnis der Schlacht um Stalingrad.

Bild 96: Monumente die an die Schlacht von Stalingrad erinnern.

Bild 97: Ruine der Alten Mühle beherbergt das Museum über die Stalingrader Schlacht.

Am 01.10.1936 wurde die 29. Infanteriedivision in Erfurt, später als *„Falke Division"* bezeichnet, aufgestellt. Die Einquartierung des Stabes der 29. Infanteriedivision erfolgte auf dem Petersberg in der ehemaligen Cyriaks - Ersatz Kaserne. Zu der Division gehörten unter anderem folgende Einheiten:

Infanterie-Regiment 15 (Kassel)
Infanterie-Regiment 71 (Erfurt)
Infanterie-Regiment 86 (Mühlhausen)
Artillerie-Regiment 29 (Erfurt)
Panzerabwehr-Abteilung 29 (Erfurt)
Infanterienachrichten-Abteilung 29 (Erfurt).

Weiterhin gehörten dazu das Pionier-Bataillon 29, das Feldersatz-Bataillon 29, die Aufklärungs-Abteilung 29, den Infanterie-Divisions-Nachschubführer 29 und die Infanterie-Divisions-Nachrichten-Abteilung 29.

Teilen des Infanterieregimentes 71, sowie der Panzerabwehrabteilung 29 belegte die Gneisenau-Kaserne (errichtet von 1937-38).

Die Blumenthal-Kaserne, benannt nach dem Regimentskommandeur des 3. Thüringer Infanterieregimentes Nr. 71 in Erfurt, dem späteren Generalfeldmarschall von Blumenthal, bildete für weitere Teile des Infanterie-Regimentes 71 die Unterkunft.

Die Stationierung des Artillerieregimentes 29 erfolgte in der letzten der neuen Heeres-Kasernen, der Henne-Kaserne (errichtet von 1936-1938).

Die Infanterie-Nachrichtenabteilung der 29. Infanteriedivision war ebenfalls in der Jägerkaserne untergebracht.

Die Erfurter Stadtväter setzten sich dafür ein, dass das am 6. Oktober 1937 als motorisierte Einheit aufgestellte Erfurter Infanterieregiment die traktionsreiche Nummer 71 erhielt. Die Nummer des Regimentes, das mit Erfurt am stärksten bisher verbunden war. Die Aufstellung des Stabes erfolgte jedoch erst am 12. September 1937. Da die, für das 71. Infanterieregiment vorgesehenen Kasernen (Gneisenau- und Blumenthal-Kaserne) noch nicht bezugsfertig waren, wurde das Regiment anfangs weiterhin auf dem Erfurter Petersberg in der Divisionskaserne untergebracht.

Ab 1.10.1937 wurde die 29. Infanterie-Division voll motorisiert und hieß seitdem 29. Infanterie-Division (mot.)

1937 empfingen die nunmehr motorisierten Teile in Wiesbaden aus der Hand des Reichskriegsministers von Blomberg und des Oberbefehlshabers des Heeres, Generaloberst Freiherr von Fritsch, ihre neue Standarten.

Im Frühjahr 1938 zog das 71. Infanterie-Regiment (mot.) vom Petersberg in die neuen Gneisenau- und Blumenthalkasernen um. Dies fand unter großer Anteilnahme der Erfurter Bevölkerung statt. So konnten die Erfurter am Kleinkaliberschießen, Reiten, Geschicklichkeitsfahren mit Krädern oder anderen Veranstaltungen teilnehmen oder in der Turnhalle des Petersberges einen Eintopf für 30 Pfennig erwerben.

Erfurt hatte sich zu einem der größten Militärstandorte Deutschlands entwickelt.

Die Einheiten der 29. Infanterie-Division (mot.) nahmen im September 1938 an der Besetzung des Sudetenlandes teil, sowie im Frühjahr 1939 am Einmarsch in der Tschechoslowakei.

Im Mai 1939 bestand die Erfurter Garnison aus 6.414 Armeeangehörigen. Ab 1939 kämpfte die Falke-Division an verschiedenen Fronten des 2. Weltkrieges. So in Polen, Luxemburg, Frankreich und der Sowjetunion.

Einsatz bei der „Operation Blau" Sommeroffensive 1942
(29. I.D. - XIV.A.K.)

05.08.1942:
Vorstoß aus der westlichen Kalmücken Steppe aus den Aksaj - Abschnitt / südl. Stalingrad.

25.08.1942:
Kämpfe um die Höhe von Tundutowo / südl. Eckpfeiler des inneren Befestigungsringes von Stalingrad.

30.08.1942:
Durchbruchskämpfe durch den inneren Verteidigungsring von Gawrilowka.

03.09.1942:
Vorstoß auf die Stalingrader Vorstadt Kuporossnoje.

08.09.1942:
Angriffskämpfe auf die Stalingrader Vorstadt Kuporossnoje.

12.09.1942:
Angriffskämpfe auf die Stalingrader Vororte Jelschanka und Kuporossnoje.

06.10.1942:
Sicherung des Wolgaufers südl. des Roten Platzes / Stalingrad Mitte.

09.10.1942:
Stellungskämpfe in Stalingrad Stadt im Bereich des Roten Platzes und er Anlegestelle der Wolgafähre.

30.11.1942:
Im Raum der 29. I.D. (mot.) zog sich der Feind etwa 3 km zurück und führte Schanzarbeiten durch. Starke Angriffe auf die Süd-

spitze südwestlich Stalingrad wurden zum größten Teil abgewiesen. Kleinere Einbrüche im Gegenstoß bereinigt.

07.01.1943:
Die 6. Armee konnte Einbruchsstellen bei der 16. Pz.Div. und der 29. I.D. (mot.) abriegeln, aber nicht beseitigen. Neue Angriffe wurden abgewiesen.

08.01.1943:
Die 29. I.D. (mot.) sollte die am weitesten nach Westen liegende 376. ID. ablösen.

10.01.1943:
Schwerpunkt des Angriffes der Russen waren die Stellungen der 29. I.D. (mot.). Die am weitesten vorn eingesetzten Bataillone wurden mit dem ersten und zweiten russischen Angriff zerschlagen. Stellungen bei Dimitrijewka bis zum Räumungsbefehl gehalten werden.

Januar 1943:
wurde die Erfurter 29. Infanterie-Division (mot.) im Stalingrader Kessel vernichtet und ging hier unter.

11.02.1943:
erfolgte in Südfrankreich die Wiederaufstellung aus der 345. Infanterie-Division, die am 1. März 1943 in 29. Infanterie-Division umbenannt wurde, und beteiligte sich an den Kämpfen in Frankreich und Italien bis zum Ende des 2. Weltkriegs.

<u>Divisionskommandeure der 29. I.D.</u>
General Leutnant Lemelsen,
General Major Freiherr von Langermann,
General Major von Boltenstern,
General Major Fremerey,
General Major Leyser (Januar 1943)

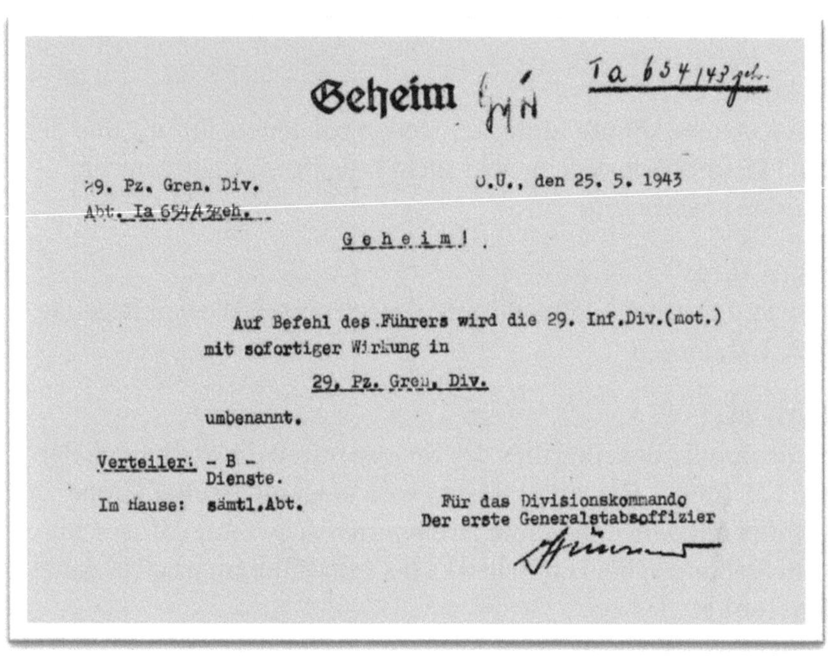

Bild 98: Hitlers Befehl zur Umbenennung der 29. Inf.Div.(mot).

Die Neuaufstellung und Umbenennung der 29. Inf.Div.(mot). zur 29. Pz.Gren.Div. erfolgte ab März 1943 in Südfrankreich aus der 345. I.D. (mot). und 4.000 alten Angehörigen der Division.

Die Truppe musste sich bei der Neuaufstellung in Südfrankreich wieder zu einer schlagkräftigen Einheit zusammenfinden.

Übung, Übung nochmals Übung.

Am 15. Juni 1943 verlegte die Division nach Süditalien in den Raum Foggia - Lucera.

Keine andere Division war auf dem italienischen Kriegsschauplatz so pausenlos und fast immer an den Brennpunkten eingesetzt wie die 29. Pz.Gren.Div., wie die „Falke"-Division nach ihrer Neuaufstellung nun bezeichnet wurde.

Am 02.05.1945 um 14.00 Uhr ruhten die Waffen. Die Division erlebte in Italien das Kriegsende.

So geht es weiter:

Zwischen 1941 und 1945 gerieten schätzungsweise 3,2 bis 3,6 Millionen Soldaten der Wehrmacht in sowjetische Kriegsgefangenschaft. 1,11 Millionen kamen dabei ums Leben oder kehrten nie zurück.

Insbesondere in den ersten Wochen und Monate nach der Gefangennahme starb eine hohe Zahl der Kriegsgefangenen an Hunger und mangelnder Unterbringung.

Eingepfercht in Güterwaggons werden sie bis Sibirien über das sowjetische Reich verteilt. In der Heimat erfuhr niemand, wohin die Kriegsgefangenen gebracht wurden.

Der Gefangenenalltag war vor allem in der Anfangszeit geprägt vom Kampf ums Überleben. Unzureichende Nahrungszuteilung, Krankheiten konnten schnell zum Tode führen. Es gab keine Privatsphäre.

Von Anfang an mussten die Gefangenen Zwangsarbeit leisten, die Nahrungszuteilung war an die Erfüllung der Arbeitsnorm gebunden.

Zu den körperlichen Strapazen und den schlechten Lebensbedingungen kam die psychische Belastung, die bei den Gefangenen Verzweiflung und Hoffnungslosigkeit hervorrief.

Das Lagerleben war von Monotonie und Aussichtslosigkeit geprägt.

Die Hauptperson des Buches war 1682 Tage Kriegsgefangener in der Sowjetunion. Er sah Kameraden sterben, litt an Malaria und wurde immer wieder verhört. Leistete Fronarbeit und hatte fast täglich unsäglichen Hunger. Dazu kam die Angst erschossen zu werden und die Sehnsucht nach der Heimat und seiner Familie.

Abkürzungen

Abt.	Abteilung
Arie	Artillerie
BT 7	sowjetischer leichter Panzer
Div.	Division
Dr.	Doktor
e. V.	eingetragener Verein
Fla – MG	Fliegerabwehr - Maschinengewehr
Flak	Fliegerabwehrkanone
Fw.	Feldwebel
Gefr.	Gefreiter
H 111	deutsches Bombenflugzeug
HJ	Hitlerjugend
Inf. Div.	Infanterie Division
Jak - Verbände	Jagdflieger - Verbände
Ju 52	deutsches Transportflugzeug
Kdr.	Kommandeur
Kfz.	Kraftfahrzeug
KW	Kampfwagen
KW I	sowjetischer schwerer Panzer
Lkw	Lastkraftwagen
Me 109	deutsches Kampfflugzeug
MG	Maschinengewehr
MG 42	deutsches Maschinengewehr
Mot.	motorisiert

MP	Maschinenpistole
Nachf.	Nachfolger
Nazis	Nationalsozialisten
NSDAP	Nationalsozialistische Deutsche Arbeiterpartei
OB	Oberbefehlshaber
Obfw.	Oberfeldwebel
Obgfr.	Obergefreiter
OKW	Oberkommando der Wehrmacht
Pak	Panzerabwehrkanone
Pkw	Personenkraftwagen
Po 2	Verbindungsflugzeug
Res. Laz.	Reserve Lazarett
RM	Reichsmark
Stuka	deutsches Sturzkampfflugzeug
T 34	sowjetischer mittlerer Panzer
TB - 3	Russischer Nachtbomber
Tgb.	Tagebuch
U.v.D.	Unteroffizier vom Dienst
Uffz.	Unteroffizier

<u>Quellennachweis der Bilder</u>

Bild 1   Privatbesitz

Bild 2   Privatbesitz

Bild 3   Privatbesitz

Bild 4   Privatbesitz

Bild 5   Privatbesitz

Bild 6   Privatbesitz

Bild 7   Privatbesitz

Bild 8   Privatbesitz

Bild 9 / 10   Privatbesitz

Bild 11   Privatbesitz

Bild 12   Privatbesitz

Bild 13   Privatbesitz

Bild 14   Privatbesitz

Bild 15   Privatbesitz

Bild 16   Privatbesitz

Bild 17   Privatbesitz

Bild 18   Privatbesitz

Bild 19   Privatbesitz

Bild 20   Privatbesitz

Bild 79   Briefe aus Stalingrad - Der 2. Weltkrieg im Kino-
               film *Müller - Film*

Bild 80   Briefe aus Stalingrad - Der 2. Weltkrieg im Kino-
               film *Müller - Film*

Bild 81   Briefe aus Stalingrad - Der 2. Weltkrieg im Kino-
               film *Müller - Film*

Bild 82   Privatbesitz Autor

Bild 83   Briefe aus Stalingrad - Der 2. Weltkrieg im Kino-
               film *Müller - Film*

Bild 84   Briefe aus Stalingrad - Der 2. Weltkrieg im Kino-
               film *Müller - Film*

Bild 85   Briefe aus Stalingrad - Der 2. Weltkrieg im Kino-
               film *Müller - Film*

Bild 86   Briefe aus Stalingrad - Der 2. Weltkrieg im Kino-
               film *Müller - Film*

Bild 87   Bundesarchiv Bild 101I-647-5211-33, Wilzek,
               Flugzeug Heinkel He 111

Bild 88   Privatbesitz Autor

Bild 89   Zeitschrift Ereignisse der Zeit im Spiegel der Aus-
               landspresse 1942/43 Seite 3.

Bild 90   Privatbesitz Autor

Bild 91   Privatbesitz Autor

Bild 92   Privatbesitz Autor

<u>Genutzte und weiterführende Literatur</u>

1. Percy E. Schramm (Hrsg.) — Kriegstagebuch des OKW - Eine Dokumentation
Band 2 und 3
Verlagsgruppe Weltbild GmbH
Augsburg 2006

2. Werner Ewald — Tagebuchaufzeichnungen

3. Guido Knopp — Entscheidung in Stalingrad
1. Auflage
Bertelsmann Verlag GmbH
München 1992

4. Franz Götte, Herbert Peiler, Hrsg. Kameradschaftsverband 29. Div. — Die 29. Falke - Division 1936 - 1945 29.I. D. - 29.I. D. (mot.) - 29.Pz.Gren.Div.
Podzun - Pallas - Verlag
Friedberg 1984

5. Die Berichte des Oberkommandos der Wehrmacht 1939 - 1945
Band 3 - 1. Januar 1942 bis 31. Dezember 1942
Verlag für Wehrwissenschaft, Parkland Verlag, Köln 2004

6. Die Berichte des Oberkommandos der Wehrmacht 1939 - 1945
Band 4 - 1. Januar 1943 bis 31. Dezember 1943
Verlag für Wehrwissenschaft, Parkland Verlag, Köln 2004

7. Oberst a.D.   Der schwere Entschluß
    Wilhelm Adam   *8. Auflage*
                        Verlag der Nation
                        Berlin 1965

8. Joachim Lemelsen,   29. Division, 29. Infanterie-
    Julius Schmidt   Division (mot.), 29. Panzergre-
                         nadier-Division
                         Podzun - Pallas - Verlag
                         Bad Nauheim 1960

9. K. Kollatz   Der Weg nach Stalingrad
                         Der Landser-Großband Nr. 1207
                         Pabel-Moewig Verlag KG
                         Rastatt 2006

10. Ernst - Ulrich   Manuskript: *Auf dem Weg nach*
    Hahmann   *Stalingrad - Im Einsatz als*
                         Luftnachrichtenmann

Dieses Buch, auf der Grundlage zahlreicher Feldpostbriefe eines Luftnachrichtenmannes ist im Stil einer Autobiographie geschrieben. In der vorliegenden 2. überarbeiteten Auflage wurden diverse Bilder und Feldpostbriefe eingearbeitet.

Es geht in dem Buch nicht um die Verherrlichung des Nationalsozialismus. Im Gegenteil soll mit einem Stück erzählender Geschichte erreicht werden, dass die Generation von heute die jungen Männer versteht, die damals für die Ideale des Nationalsozialismus kämpften, indem sie ein wenig von ihren Gefühlen und Ängsten erfährt, von den Strapazen und Entbehrungen - immer den Tod vor den Augen. Beeinflusst durch die allgegenwärtige Goebbelsche Propaganda und die herrschenden gesellschaftlichen Verhältnisse.

Überzeugt vom Nationalsozialismus, von der Bestimmung des Deutschen Volkes gaben viele ihr junges Leben für eine unsinnige Sache, so wie die Hauptfigur dieses Buches in einer noch sinnloseren Schlacht, im Kampf um Stalingrad. Wer überlebte, vergaß die grauenhaften Bilder des Todes sein Leben lang nicht. Viele von ihnen waren für ihr weiters Leben seelisch gezeichnet.

Solche schrecklichen historischen Tatsachen dürfen nicht in Vergessenheit geraten. Da Terror, Krieg, Gewalt und Not auch heute noch nicht von der Welt verschwunden sind ist es Notwendiger wie eh zu vor aus der Vergangenheit für die Zukunft die entsprechenden Lehren zu ziehen.

Es geht um das friedliche Nebeneinander aller nicht nur in Europa, sondern auf der ganzen Welt!

ERNST - ULRICH HAHMANN
Oberstleutnant a.D.

geb. 1943 in Ellrich am Südharz, lebt in Bad Salzungen, Ausbildung als Dreher, danach Laufbahn eines Artillerieoffiziers. Während der Wendezeit Einsatz als Kreisgeschäftsführer beim DRK Bad Salzungen. Anschließend in hessischen und bayrischen Sicherheitsfirmen in unterschiedlichen Funktionen tätig.

Zwei Mal verheiratet. Verwitwet. Drei Kinder.

Während der Armeezeit Artikel für militär-technische und militär-wissenschaftliche Zeitschriften geschrieben sowie eine Dokumentation über das Leben und Wirken des Arbeiterführers Franz Jacob.

Nach der Wende Fernstudium *„Schule des Großen Schreibens"* an der Axel Andersson Akademie in Hamburg.

Jetzt im Ruhestand. Geht seinen Hobbys nach. Schreibt jeden Tag mindestens eine Stunde und geht regelmäßig ins Fitnessstudio.

Mitglied des Literaturkreises Bad Salzungen.

Veröffentlichungen:
* *Das alte Salzungen - Sagen einer Stadt im Werratal*
* *Die Schnepfenburg - Bad Salzungen*
* *Die Ritter vom Frankenstein*
* *Die Gotteshäuser von Bad Salzungen*
* *Die Ritterburgen im Salzunger Land*
* *Das alte Ellrich - Sagen einer Südharzstadt*
* *Die wilde Horde*
* *Mit neunzehn im Kessel von Stalingrad*
* *Der Weg in die Hölle - Stalingrad*
* *Unter der Knute Stalins*
* *Reiki - Heilende Hände (Co-Autor Edelweiß Knabe)*
* *Es gibt eine wunderbare Kraft ... (Co-Autor Edelweiß Knabe)*
* *Lausbuben - Geschichten und Erzählungen aus der Kinderzeit*

* *Buntes Allerlei*
* *Lyrisches- Eine Schubkastensammlung aus Poesie*
* *<u>Jörg Seedow - Ein Journalist auf Spurensuche:</u> Band 1 Der Leichenschänder / Band 2 Der Flüchtlinge*
* *<u>Welt der Heimatsagen:</u> Band1 Sagen und Geschichten aus dem Werratal / Band 2 Sagen und Geschichten aus dem Südharz-Vorland*
* *<u>Welf Wesley - Der Weltraumkadett:</u> Band 1 Die Feuertaufe / Band 2 Auf den Spuren der Außerirdischen / Band 3 In Weltall verschollen / Band 4 Zurück zur Erde / Band 5 Flucht in die Unendlichkeit*
* *<u>Todesursache: Vernichtung durch Arbeit:</u> Band 1 Kali-Werra-Revier und das KZ Buchenwald / Band 2 Außen-kommandos des KZ Buchenwald im Kali-Werra-Revier / Band 3 Einsatz Kriegsgefangener und Fremdarbeiter im Kali-Werra-Revier/ Band 4 SS-Arbeitslager Erich / Band 5 SS-Arbeitsbrigade IV / Band 6 Die Erinnerung darf nicht sterben*
* *Die St. Johanniskirche in Ellrich - Höhen und Tiefen, Licht und Schatten eines evangelischen Gotteshauses*

<u>Als Ghost Writers geschrieben:</u>
* *Zwischen 2 Welten - plötzlich ist alles anders (Nahtoderfah-rungen eines Betroffenen)*
* *Traurigkeit*